靳以精品选

中国书籍文学馆 大师经典

靳以 ◎ 著

中国书籍出版社
China Book Press

图书在版编目（CIP）数据

靳以精品选 / 靳以著. —北京：中国书籍出版社，2015.12
ISBN 978-7-5068-5269-2

Ⅰ.①靳… Ⅱ.①靳… Ⅲ.①中国文学—现代文学—作品综合集 Ⅳ.①I216.2

中国版本图书馆CIP数据核字（2015）第265231号

靳以精品选

靳 以 著

图书策划	武 斌　崔付建
责任编辑	牛 超　成晓春
责任印制	孙马飞　马 芝
出版发行	中国书籍出版社
地　　址	北京市丰台区三路居路97号（邮编：100073）
电　　话	（010）52257143（总编室）（010）52257140（发行部）
电子邮箱	chinabp@vip.sina.com
经　　销	全国新华书店
印　　刷	北京富达印务有限公司
开　　本	710毫米×960毫米 1/16
字　　数	300千字
印　　张	23
版　　次	2016年3月第1版　2016年3月第1次印刷
书　　号	ISBN 978-7-5068-5269-2
定　　价	39.80元

版权所有　翻印必究

出版前言

我国现代文学是指用现代文学语言与文学形式，表达现代中国人思想、情感、心理的文学，是在20世纪初"五四"新文化运动的影响下，广泛接受外国文学影响而形成的新兴文学。其不仅用现代语言表现现代科学民主思想，而且在艺术形式和表现手法上都对传统文学进行了革新，建立了新的文学体裁，在叙述角度、抒情方式、描写手段以及结构组成等方面，都有新的创造。

我国现代文学的主流是人民的文学，集中表现为大大加强了文学与人民群众的结合，文学与进步社会思潮及民族解放、革命运动的自觉联系，构成了我国现代文学的基本历史特点与传统。此时的文学，以表现普通人民生活、改造民族性格和社会人生为根本任务。

在创作实践上，我国现代文学中出现了从未有过的彻底反封建的新主题和新人物，普通农民与下层人民，以及具有民主倾向的新式知识分子，成为了文学主人公，充分展示了批判封建旧道德、旧传统、旧制度以及表现下层人民不幸、改造国民性与争取个性解放等全新主题。也是通过这些内涵和元素，现代文学对推动历史进步起到了独特作用。

我们已经跨入21世纪，今天的历史状况和时代主题与现代文学的成长背景存在巨大差异，但文学表现人物、反映社会、推动进步的主旨并没有改变，在此背景下，我们非常有必要重温现代文学的经验，吸取其有益的因素，开创我们新世纪的文学春天。我们编选《中国书籍文学馆·大师经典》丛书，精选柔石、胡适、叶紫、穆时英、王统照、缪崇群、陆蠡、靳以、李颉人、张资平等我国现代著名作家的文学作品，正是为了向今天的读者展示现代文学的成就，让当代文学在与现代文学的对话中开拓创新，生机盎然。因为这些著名作家都是我国现代文学的开拓者和各种文学形式的集大成者，他们的作品来源于他们生活的时代，包含了作家本人对社会、生活的体验与思考，影响着社会的发展进程，具有永恒的魅力。

中国书籍出版社

2015年10月

靳以简介

靳以（1909~1959），现代著名作家，原名章方叙，天津人。出版有《猫与短简》《雾及其他》《血与火花》《圣型》《珠落集》《洪流》《前夕》《江山万里》以及散文集《幸福的日子》和《热情的赞歌》等。他一生共有各种著作30余部，在现代文坛具有一定的影响力。

靳以少年时代就读于天津南开中学，后进入复旦大学学习。他积极参加新文学运动，并开始文学创作。大学毕业后，他以写作和编辑为生。1930年，他开始文学创作，首先是写诗，后来写小说和散文。

1933年，靳以在北京与郑振铎合编《文学季刊》，并担任《水星月刊》编委。1935年，靳以开始在上海与巴金合编《文季月刊》《文丛》等杂志以及"烽火抗日小丛书"。这时，他创作了《红烛》等小说散文集十余部。作品多反映知识分子生活和小市民生活，也有描写青年男女生活和爱情的小说。

靳以的作品重在抒情，借他的话说："我时常想着的是：别人用鲜血和生命斗争，而我只能用一支小小的无力的笔，难道我不是一个有血有肉的人么？难道我的胸中不会澎湃着热情么？即便我是一只飞蛾，我也应该奋不顾身地扑向火焰！"这充分表明了他渴望光明、渴望战斗的精神。

渐渐地，靳以转向描写现实，创作了《人间人》《珠落》《黄沙》等。长篇小说《前夕》写华北沦陷前后，一个破落大家庭众多人物的不同性格和人生命运，为时代留下了画影，可惜艺术感染力稍欠。

1938年，靳以担任内迁重庆的复旦大学国文系教授，兼编重庆《国民公报》的文学副刊《文群》。1941年，他到福建师范专科学校任教，并编辑《现代文艺》《奴隶的花果》《最初的蜜》等杂志。

在此时期，靳以目睹了全民要求抗战和反动当局破坏抗战的状况，他的思想感情发生了深刻变化，作品中出现了革命的倾向，他开始尝试运用多种艺术手法批判社会现实。这时，他创作了优秀短篇小说《乱离》《众神》《别人的故事》和《生存》等，抨击时弊，歌颂美好品格，艺术日趋圆熟。

靳以此时密切关注现实人生，贴近生活，作品具有炽烈的情感。鲜明的爱憎，朴实流畅的语言，深长细腻的笔调，构成了这位现实主义作家的独特风格。他的语言朴素流畅，笔调细腻，十分讲究艺术构思。

由于靳以越来越批判社会现实，反动当局和日本侵略者加紧了对他的迫害。他编辑的杂志，差不多都被查禁，他也经常受到警告。1944年，靳以回重庆复旦大学执教，1946年夏随校迁回上海，任国文系主任，并编辑《大公报·星期文艺》，还与著名教育家、作家叶圣陶等合编《中国作家》。

新中国成立后，靳以热情参加文化建设工作和各项政治活动，继续从事创作和编辑工作，主持大型文学刊物《收获》的编辑工作。他曾担任上海文协主席，上海作家协会副主席，中国作家协会书记处书记等。他还是上海市人民委员会委员，全国第二届人大代表。1959年，他因心脏病发作逝世，享年50岁。

在现代文坛，许多名家对靳以都给予了较高评价。靳以逝世后，著名作家巴金曾在一个月内写了三篇文章，悼念靳以。他说："我认为他是一个人道主义的艺术家，有一颗富于同情的心。"

著名作家茅盾、冰心、沈从文等，都对靳以给予了极高的评价。

目录

散文

窗	2
鸟和树	7
渔	9
萤	13
散文三试	15
一人班	20
大城颂	23
老丑角	28
雄鸡的死亡	31
渡家	34
在车上	38
灯	41
冬晚	43
狗	46
忆上海	50
哈尔滨	54

往日的梦	60
关于我自己	66
生活与猫	70
写到一个孩子	74
又说到我自己	77
我的母亲	81
纪念我的亡母	85
病	91
猫	95
弟　弟	101
亡　者	105
雨　夜	108
献给母亲	112
冷　落	116
火	120
雪	125
医　生	128
难	132
红　烛	135
悼萧红	137
到佛子岭去	141

目录

小说

卖笑	152
去路	167
造车的人	183
困与疚	188
雪朝	201
早春的寒雨	215
人间人	228
珠落	244
雾晨	254
夏晚	266
众神	275
生存	290
别人的故事	308
晚宴	319
小红和阿蓝	343

大师经典

散文
靳以精品选

窗

在记忆中，窗应该是灵魂上辉耀的点缀。可是当我幼年的时节，像是有些不同，我们当然不是生活在无窗的暗室里，那窗口也大着呢，但是隔着铁栏，在铁栏之外还是木条钉起扇样的护窗板，不但挡住大野的景物，连太阳也遮住了。那时我们正在一个学校里读书，真是像监牢一般地把我们关在里边，顽皮的孩子只有蹲在地上仰起头来才看到外边——那不过是一线青天而已！那时我们那么高兴地听着窗外的市声，甚至还回答窗外人的语言；可是那无情的木板挡住了一切，我们既看不出去，别人也看不进来。

就是在这情形之下，我们长着长着，……

当我们走出来的时候，五光十色使我们的眼睛晕眩了，一时张不开来，胆小的便又逃避般地跳回那间木屋里，情愿把自己关在那一无所见的陋室中；可是我们这些野生野长的孩子们，就做了一名勇敢的闯入者，终于冲到纷杂的人世中去了，凭着那股勇气，不顾一己的伤痛，毕竟能看了，能听了，也能说了。于是当我们再踱入那无窗的，遮住了窗的屋子里，我们就感觉到死一般的窒闷。

最使我喜悦的当然是能耸立在高高的山顶，极目四望，那山啊河啊的无非是小丘和细流，一切都收入眼底；整个的心胸全都敞开了，也还不能收容那广阔的天地。一声高啸，树叶的海都为那声音轻轻推动，霎时间，云涌雾滚，自己整个消失在白茫茫之中了，可是我并不慌张，还清楚地知道，仍是挺拔地站在峭峰之上。

可是现实生活却把我们安排在蠢蠢的人世里，我们不能超俗拔尘地活在云端，我们也只好是那些蠕蠕动着的人类之一，即使不想去触犯别人，别人也要来挤你的。用眼睛相瞪，用鼻子相哼，用嘴相斥——几乎都要到了用嘴相咬的地步了。

于是当我过了烦恼的一日，便走回我的房子，这时，一切该安静下来，为着从窗口泻进来的一片月光，我不忍开灯，便静静地坐到窗前，看看远近的山树，还有那日夜湍流的白花花的江水，若是一个无月夜呢，星星像智慧的种子，每一颗都向我闪着，好像都要跃入我灵魂的深处，我很忙碌地把它们迎入我的心胸。

每一个早晨，当我被梦烦苦够了，才一醒来，就伸手推开当头的窗，一股清新的气流随即淌进来了。于是我用手臂支着头，看出去，看到那被露水洗过的翠绿的叶子，还有那垂在叶尖的滚圆的水珠，鸣啭的鸟雀不但穿碎了那片阳光，还把水珠撞击下来，纷纷如雨似的落下去呢！也许有一只莽撞的鸟，从那不曾关闭的窗口飞了进来，于是带来那份自然的生气，它在我那屋顶上阒飞，终于有点慌张了，几次碰到壁角或是粉顶上，我虽然很为它担一份心，可是我也不能指引它一条路再回到那大自然的天地中。我的眼和心也为它匆忙着，它还有那份智巧，朝着流泻光亮的所在飞去，于是它又穿行在蓝天绿树的中间了。我再听不到那急促的鸣叫，有的是那高啭低鸣的万千种鸟底声音，我那么欢喜听，可是我看不见，我只知道少数的几种名字。还有那揉合了多少种的花草的香气，也尽自从窗口涌流进来，是的，我不能再那么懒睡在床上了，我霍地跳起来，也投身到窗外自由的世界中！我知道人类是怎样爱好自然，爱好自由的天地，我还记得，当着病痛使我不得不把自己交给医生的时候，我像一只羊似的半躺在手术台上，更大的疼痛使我忘记我的病痛了，额间的汗珠不断地涨起来，左手抓着右手，我闭紧嘴，我听到刀剪在我的皮肉上剪割的声音，半呆的眼，却定定地望着迎面的大窗，花开了，叶子也绿了，白云无羁绊地飘着，"唉唉，"我心里叫着："我为什么不是那只在枝上跳跃的小鸟呢？那我就不必受这些苦痛了！"

  我渐渐也懂得那些被囚禁的信徒们的心，看到从那高高的窗口透进的一柱阳光，便合掌跪在地上，虔诚地以为那就是救主的灵应，大神的光辉，好像那受难的灵魂，便由此而得救似的。是的，他们已经被残暴的罗马君主拘捕了，把一些不该得的罪名全都堆在他们的身上，他们中的一些，早被丢给那凶猛的狮虎，他们只是生活在黑暗潮湿之中，忍住啜泣，泪淌到自己的心里，忽然那光降临了，也许突然间使他们睁不开眼，可是那只是刹那间的事，那是光啊，那是不死的希望啊，那是万能的上帝啊，于是他们自然而然地划着十字跪下去了，求神来接受他们那些纯洁的灵魂吧，他们深知，那被照亮了的灵魂，该永远也不会走上歧途，纵然他们明天也要追随他们同伴的路，丢给那些野兽，或是再加以更惨酷的刑罚，可是他们已经没有畏惧了，他们已经得到整个的拯救。他们把幸福交付给未来，他们眼睛一直望着遥远的所在，追随着光明向远飞去。

  可是我并不曾得到拯救，我只有一颗不安定的心。我为每日的工作把背坐弯了，眼看花了，可是我还是在不安宁之中。当我抬起头来，我却得着解放。迎着我的那窗口仿佛是一个自然的镜框，于是我长长的喘了一口气，我的心又舒展开了。我的眼又明亮起来。我把窗外的景物装在我自然的镜框中。我摇动我的头部，因为我具有一份匠心，想把最好的景物装在那中间。我知道蓝天不该太多，也不能都被山撑满，绿色固然象征青春，可是一派树木也显得非常单调，终于我不得不站起来，于是蜿蜒的公路和日夜湍流的江也收在眼底了。我好好安排，在那黑暗的屋顶的上面有轻盈的炊烟，在那一片绿树之中，虽然没有花朵的点缀，却有经霜的乌桕；呆板的大山，却被一抹梦幻般的云雾拦腰围住，江水碧了，正好这时候没有汽车飞驰，公路只是沉静地躺在那里，夕阳又把这些景物罩上一层金光，使它更柔和，更幽美，……我更看到了，在那小桥的边上，还有一株早开的桃花，这还是冬天呢，想不到温暖的风却吹绽了一树红桃。

跟着我像有所触悟似的打了一个寒战，我就急遽地摇去了那株桃花，因为我分明记得，在一个寒冷的早晨，我看到一些人埋葬他们冻死的同伴，就是在那株树下，他们挖了一个坑，那三个死去的人，竟完全和他们来到这个世界的时候一样，精光光的，被丢到那个坟里去了。没有一滴眼泪，没有一声叹息，那正是一个极冷的天，严霜把屋顶盖白了，树木变成淡绿的颜色，江水好像油一般地凝住了，芭蕉已经转成枯黑，死沉沉地垂萎下来！……

如今，水绿了，活泼地流着，枯死的芭蕉又冒出尖细的长叶，那些被埋在地下的人，却使那棵树早着了无数朵红花！想象着它也该早结成累累的果实，饱孕着血一般的汁液的果实，我不忍吃，我也不忍看，我已经急速地把它抛在我那自然的镜框之外了。

可是现在，我那自然的镜框只有一片黑暗，因为这正是夜晚，我已经伏案许久了，跳动的灯火使我的眼睛酸痛，我就放下笔，推开了窗，正是月半。该有一幅清明的夜景，不料乌云障住了整个的天，凡是发光的全都隐晦了，我万分失望，不愉快地摇着头，当我的头偏过去，我突然看到在那不注意的高角上,有一点红红的野火,那是烧在山顶上,却也映在水面。红茸茸的一团,高高地顶在峰尖,它好像不是摧毁万物的火,也不是博得美人一笑而使诸侯愤怒的火,也不是使罗马城化成灰烬,而引起暴君尼罗王的诗兴的火;它是那个普洛米修士从大神宙斯那里偷来送给人间的,它是那把光明撒给大地的火。

我尽顾书写,当我抬起头来,那火已经好像点在岭巅的一排明灯,使黑暗的天地顿时辉耀起来了。

一九四二年二月二日

(选自1942年8月文化生活出版社出版的《红烛》)

鸟和树

鸟的王国该是美丽的吧，不然怎样会引起那个老雅典人的憧憬？（这是希腊的喜剧家阿里斯多芬在他的剧作《鸟》中暗示给我们的）佛朗士又说到企鹅的国度，但是在真实的世界上哪一个角落里，有这样的国家呢？治理各国家的虽然也用两只脚支持他们的体重，可是他们既不能飞，又不能唱；但是他们是万能的人类中的万能者，承受万人的膜拜和爱戴，役使万人，也使万人成为孤寡。

使人类添加一分幸福一分喜悦的，该不是人类本身的事。清晨，窗外的鸟声就把我从烦苦的梦境中抓回来了，我张大了眼睛望不到；可是我的两只耳朵，全被那高低的鸣啭充盈了。被露水洗清的高树，巨人般地站在我的窗前，使它的枝叶晃动的，该是那跳跃的，飞翔的大小的快乐的鸟呢？如果我有双羽翼，也该从窗口飞上枝头了。可惜我那暗哑低沉的音调，即使是一只鸟，也只好做一只不会歌唱的含羞的鸟。

是什么样的叫出那清越的高音，是什么样的叫得那么曲折婉转？是什么样的叫得那么短促那么急，更是什么样的叫得像猫，又像一支哀怨的洞箫？还有那快乐的，细碎的，忘却人间一切苦痛的，在为那不同的鸣叫击着轻松的拍子。以不同的心和不同的声音高啭低鸣的众鸟啊，都不过使这个世界更丰富些而已。

可是当我站到树的下面，以虔诚的心想来静聆它们的鸣叫，我的身影就使它们惊逃飞散了。这却使我看到它们华丽的羽毛，翠绿的，血红的，在蓝天的海上漂着，我极自然地心里说："山野间怎么能有这样好看的鸟！"——随即领悟到鸟对于人类的厌恶不是无端的了。

是的，人类惯于把一些樊笼和枷锁加在其他生物的身上或颈项上，只是为了自己的贪欲，所以鸟该是不爱人类的，可是它却爱树，那沉默的大树伸出枝叶去，障住了阳光，也遮住风雨，可以安置它的巢，也可以供它短暂的休憩。它站在山边，站在水旁，给远行人留下最后的深刻的影子；招致仓皇的归鸟，用残余的力量，迅速飞向枝头，它就是那么挺然地站着，那臃笨的身躯抵住风雨的摇撼，小小的鸟啊，在它的枝干间自在地跳跃。

如果我是一株树啊，我要做一株高大粗壮的树，把我的顶际插入云端，把我的枝干伸向辽远。我要看得深远，当着太阳沉下去了，我用我的全心来迎接四方八面的失巢的小鸟，要它们全都栖息在我的枝干间，要它们全能从我的身上得着一份温暖，用我的汁液作为它们的养料，我还为它们抵挡风雨的侵蚀，我想那时候它们该真心爱我了，因为我已经不是那个属于使它们厌恶的人类中的，我失去了那份自私和贪鄙，为了小鸟的幸福我情愿肩起最辛苦最沉重的担子。

（选自1945年12月中华书局出版的《沉默的果实》）

渔

对于渔好像有着过高的喜爱，幼小时为了自己在河边捉到一尾两尾小鱼弄湿了衣衫鞋袜为母亲责打的事时时有过；可是把小凳搬在门前，坐在那里，远望着渔船的捕捉却被允许的。只是母亲要殷勤地嘱咐着："只要坐在那里啊，不可以走到前面去的。"

为什么要走到近前呢，远远地看着瘦长的像尖刀一样的鱼在网上跳跃着，搅碎了和平的夕阳不是更引人么？银子一样的鱼鳞，在阳光中闪映着，使人感觉到美丽得眩目了。为着还只是一个孩子的缘故，自己也像在用着力，帮着它们去冲破了那爿网，重复快乐地回到它们所居住的水中去。在看到渔人一面笑着一面用网袋再把它们放到身旁的竹篓中，就有着丢去了些什么之感，总是默默地把小凳搬进院子，不想再看下去了。

"这么大的河，为什么它们要游到网里来呢？"

那时候，这是一个十分苦着我小小的心的疑问，我自己不能解答，我说给比我年长的人，他们却说我是装满了莫名其妙的思想的小家伙。

我的年岁增加了，也走过许多不同的地方，知道了更多的渔的方法。被称为文雅的习惯的就是钓了。而且还说是能以养性的一种游戏呢。用小的铁钩穿上了饵，诱着鱼的吞食，然后捉了上来，鱼的贪食自然是不该的，以人的聪明来欺骗着微小的鱼类也并不是十分公允的事吧！还算好的是只要不是一尾喜食的鱼，也就能逃开这劫数了。可是被列为人的天性的食，大约也是鱼的天性。算是一种惩罚了，被从居处的水中捉了上来，可不能因为它们是初犯而有悔改的机会。住在北平的时候，曾经在五龙亭旁看到一个态度安详的中年钓者，他是那样沉心静气，谛视着钓丝，等待着那尾鱼着实地吞了钓，就急剧地招着钓竿。意外的重量，钓者以为是鳖一类什么的了。可是他并没有就放弃，终于一个大的鱼头露出水面了。他再也掩不住心中的惊喜，近三尺长的一尾鲤鱼被拉出水面了。钓者稍稍显得一点慌乱，鱼的身子在空中弯着挺着。它好像也知道这是生命的最后的挣扎。终于为了绳子的不济，它仍落入水中：水面上空留下一个水花和一条泳去的水迹，还有钓者的一副气急苍白的脸。

　　"这尾鱼该庆幸着自己了。"

　　虽然自己不是那尾鱼，生物的这一点共有的情绪想来还不致全是空幻。

　　尝见用水鸟来捉鱼的，那也并不为自己所好。看着鸟类驮了太阳翻飞着，还有一点趣味，只是看到渔人强着从鸟的颈子里吐出吞下去的鱼，便觉得厌恶万分了。

　　可是到了冬天，北方的渔人习于在冰上凿了个洞，用木棍搅着，把那些在冰下休憩着的鱼搅得昏天黑地翻了上来，却更使自己不喜了。

　　"为什么要这样呢？这是人类的智慧么？"

　　作为人类的我们，也许正以为这些是智慧的应用，于是妄自想着自身是万物之灵。

"逃到哪里也能捉起你来啊，你渺小的动物！"

像咆哮似的这样喊着，要使所有在地上共同生存的鱼虫鸟兽都惊惕地听到；可是正有许多安居于它们自己的天地中，就是一声雷它们也听不见的。

喊叫总是要有的，觉得是人了，便必须有这点宽大慈厚的天性。

在我们这个国度里，自以为比北方人多有一点智慧的江南人，还有一种更精密的捕鱼的方法。那多半是在田野间的小溪流中（他们只能在小溪细流间逞强的，江河将淹死他们），用土筑了两道障碍，人便站在中间（水并不深，至多不过到了胸部），用盆啊罐子啊之类的把这中间的水淘了出去。一直到见了污泥的底，于是那些大小的鱼虾之类就再也无法逃开了。盈尺的几乎是从来也没有，寸把长才生出来的鱼仔却很多很多，那个人就一尾一尾的拾起来，什么也不放过，一只黑蚌也要丢进篮子里。他们的脸上浮着卑鄙的满意的笑，拾过了之后再向前去筑一道障碍，这样一节一节地走着，一直把这条小溪搜尽了为止。

从前因为年少气盛，愤愤地会自己想着：

"这是人类的耻辱啊，这——这是我的耻辱啊！"

可是在一旁捉鱼的人却尽自嘻嘻哈哈地笑着，他们一点也不觉得这是耻辱，有时候他们稍稍静下一些，也许在盘算着估出的市价。

鱼却是最可怜的，水没有了。于是为避开厄运，向着污泥钻去；可是那只手总是来了，连叫号也不会的鱼，只好被丢进没有水的篮子里。

篮里的鱼介之类已经许多了，挤在那里，大大地翕动着嘴；可是没有一滴水。有的是小得那样可怜，像是毫无用处，绝不能满足人类的馋吻，却也在那中间微弱地蠕动着身子。来到这个世界像是也没有几天的样子，立刻就要被丢进锅釜之中了。

鱼是不会说话也不会出声的，站在边上的乡妪却高兴地说着：

"小的也好，晒干了总有味呢！"

我的心将爆裂了,我愿化为一尾鱼,一尾硕大的有利齿的鱼,我不怕钩也不怕网,我要在一张口间吞尽了无耻的人类。

怎么样我才能变成一尾鱼呢?

(选自1937年1月开明书店出版的《猫与短简》)

萤

郁闷的无月夜，不知名的花的香更浓了，炎热也愈难耐了；千千万万的火萤在黑暗的海中漂浮着。那像亮在泡沫的尖顶上的一点雪白的水花，也像是照映在海面上群星的身影。我仰起头来，天上果真就嵌满了星星，都在闪着，星是天间的萤的身影呢，还是萤是地上的星的身影？但是它们都发着光，虽然很微细，却也为夜行人照亮眼前的路。路是很平坦，入了夜，该是毒物的世界，不是曾经看见过一尾赤练蛇横在路的中央么？它不一定要等待人们去侵犯它才张口来咬的，它就是等在那里，遇到什么生物也不放过，它是依靠吞噬他人的生命才得生存的。

可是萤却高高低低浮在空中，不但为人照亮了路边的深坑，也为人照出偃卧的毒蛇，使过路人知所趋避。群星在天上，也用忧愁而关心的眼睛望着，它自知是发光的，就更把眼睛大了（因为疲倦，所以不得不一眨一眨的），它恨不得大声喊出来，告诉人们："在地上，夜是精灵的世界，回到你们的家中去吧，等待太阳出来了再继续你们的行程。"

可是它没有声音，因为风静止着，森林也只得守着它们的沉默。田间的水流，也因为干涸，停止它们的潺潺了。在地上，在黯黑的夜里，只有蛙发着聒噪的鸣叫，那是使人觉得郁热更其难耐，黑夜更其无边的。守在路中的蛇也在嘶嘶地叫着，怕也因为没有猎取物而感到不耐吧？它也许意识到萤火对它是不利的，便高昂起头来，想用那吞吐的毒舌吸取一只两只；可是可爱的萤火，早自飞到高处去了。向上看，那毒蛇才又看到天上闪烁着那么多发光的眼睛，一切光，原来都是使人类幸福的，它就不得不颓然又垂下头，扭着那斑驳的身躯，不情愿地回到自己的洞穴中去了。那成千成万的萤火虫，却一直愉快地飘着，向上飞在高空中它的光显得细弱了，它还是落到地上来。落在树枝上，使人们看到肥大的绿叶间还有一丛丛的花朵，那香气该是它们发散出来的吧？落在路边的草上，映出那细瘦的叶尖，和那上面栖息着的一只小甲虫；落在老人的胡须上，孩子更会稚气地叫着："看，胡子像烟斗似的烧起来了，一亮一亮的。"落在骄傲的孩子的发际，她就便得意地说："看我的头上簪了星星！"

  它们就是这样成夜地忙碌着，在黯黑的世界中穿行；当着太阳的光重复来到大地，它们就和天际的星星互道着辛苦隐下去了，等待黯夜复来的时候再为人类献出它们微弱的光辉。

（选自1945年12月中华书局出版的《沉默的果实》）

散文三试

苦痛和快乐

我逡巡在苦痛和快乐的边沿上,小心地迈着我的脚步;原以为它们中间有遥远的距离,不曾想它们却是那么相近。我左右顾盼,它们就在我的两边。我的胸中充满了愉悦和恐惧,我只得更小心地迈着我的脚步。

我不怕苦痛,可是我也不拒绝快乐。这么长久的时日,我只在苦痛的沉渊中泅泳。它虽然是静止的,可是它的波面上停留不住一粒细尘。我用绝望的声音歌唱着我那痛苦的心,从遥远的天边外,响着微细的回应;我的眼前倏地闪了一道光,我瞥见快乐的影子,但当我伸出手去,全身俯就它的时候,它却远逝了。

是谁把我拖上来的,我记不清了。我只知道我是被一只温柔的、好像无力的手把我牵引上来了。我重复看见花,看见树,看见了穿碎白云的飞鸟。我用感激的目光追寻，可是没有一个人在我的面前。我低下头来，看到附着我心上的永不磨灭的影子，原来他早已投入了我的胸怀。

我从苦痛的沉渊中爬出，站起身来，才看到快乐原来就在面前。可是我转回头去，我又望到仍在苦痛中的一群。我虽不曾自去攫得快乐，把苦痛掷给别人，可是我也不忍心独自跨过去，无视他们的苦痛。我们的苦痛是一个，快乐也是一个。我们都要跨到快乐中去，我看着我那无力的两手，我不知道先向谁伸出去。我注视着他们，每一张脸都是我熟悉的，都是不曾被苦痛淹没而怀着希望的微笑的。我们共过苦痛的，我怎么能把他们遗忘在苦痛之中？

我奋力引他们上来，一个又是一个，虽然在困苦中，他们仍有浓厚的兄弟般的爱情，他们并不争先。可是我的力量还是不济了，当我又引着一个的时候，几乎把我又拖下去，幸亏有另外的两只手拉住我，我回头观望，原来是早被我引上来的得到苏息的人的手。

我望着他，好像说："你应该休息呵！"

他望着我，好像回答："当着我的同伴还在苦痛中，我不能安心休息的。"

于是我们共同伸出手去，共同把陷在那中间的都引上来。我们都从苦痛中抬起头来，站直了身子，还是我们那一群，一齐大步向快乐中走去。我们最快乐，因为我们所得到的是穿过苦痛的快乐。

生命与爱

我抬起眼来，无数的雪白的云朵向上飞翔，我细心观望，原来是浴着朝阳的鸽群，愉悦地飞向蓝天的阔胸。

那边，高摩天际的大树的高枝上，正有小鸟快乐地叫跳着；一头小松鼠，钻到尖顶，扬着鼻子望过那一片无垠的湛蓝，便迅速地沿着树干奔下来了。那树还缠绕着青青的藤蔓，开着小蓝花，在空隙的所在还有像安放在那里的小圆菌。美丽而骄傲的牵牛，从黑夜的磨难中过来，满心都是泪，迎着初起的太阳。小草顶着一滴露水，一星光辉，昂着它们的头。土地都微微地动着，原来那下边还有不被看到的想翻到地面上来……

呵，生命是无所不在的，爱也无所不在。

我有生命，我也有爱。我有旺盛的生命，我有固执的爱情。我用我的爱情，滋育我的生命的树，使它在大地间矗立，不怕大风雨的摇撼。让它满身流着血，全是伤，只要它能托住天的一角，不使荫蔽在它下面的蒙受些微的损伤。为了他人的生命，我要生命；为了他人的爱情，我要爱情。爱使生命丰富，爱使一个生命联起又一个生命。为什么太阳从早到晚用殷切的眼热望着受难的大地？为什么绕着太阳的月亮以太阳的光为光又转照着人间？为什么潮水如约汹涌地奔向海岸，在岩石间留下它的话语？为什么星星和流萤相互地眨着眼睛？为什么人能忘了自己，用发亮的眼睛凝望，随时都有可以奉献的生命，就是自己的生命不在，欣喜地看着他人享受生命？是这爱情使天地广大，是这爱情使日夜分明，是这爱情拯救了受难的人群，是这爱情使一颗心成为万颗心——一人的生命联起万人的生命。

如果生命没有爱情，太阳不顾恋地远去了，月亮不再有光；海水涸了，不再有波浪；土地把树掷出去，星星也四散消逝了，流萤跌在地上。人们互相恨着，像鸵鸟一样钻到岩穴里，等待着死亡。不，不，我想没有一个人甘心世界这样达到它的末日，这不是为自己不到百年的生存，是为了那必须继续下去的、永不灭亡的人群。

我歌颂生命，我歌颂使生命常青的爱情。我爱自己的生命，我更爱别人的生命。我不因为我那困苦的生命就加以诅咒，我用爱来洗净它的困苦，我用爱使别人的生命丰富，使别人享受他们生命的内容。

让我们同声歌唱吧，让我们同声欢呼吧，当着我的力量还没有失去，我的爱情还浓重，我的生命还健壮的时候，让我的歌使太阳对大地更亲切，星月更明亮，涛声做为我的低音，萤火是照亮了我的曲谱的微光。人们不再只是无助地互望，用他们有力的臂膀，尽情地拥抱，都有了生命，都有了爱，得到了宇宙的大和谐。

如果我的生命不在，就把我的爱在人间留下来。

希望的花朵

若是没有那希望的金色小虫，最后从装满人间灾难的宝匣中飞出来，人类怕早已达到灭亡的境地了吧？

希望使种子发芽，希望使枯树抽条，希望使生命带来了新的生命，希望给人间装点了无数的美丽的花朵。

如果当夜之后没有白昼，人们看到沉下去的太阳，不只是悲伤，还要对统治人间的无尽的黑暗发着抖吧！无边的夜呵，该只把人带到灭亡。如果种子是死在土地里，谁还肯大把地撒在地上？如果树是不生叶子的，谁还要它站在那里遮住生长万物的阳光？因为有希望，才有热，才有光，才有生长。

当希望的花朵闪在你的眼前，谁还能迷醉般地闭起眼睛，只等待一个美梦？希望引你大睁着眼，充满了喜悦和坚信，伸出你的双手，顺着它的路向前走，你要奔向前去，用你全身的力量冲刺，直到你把它抓到手中。希望的花朵不是一颗，在你的掌中，它就化成无数颗。你把它分给称的同行者，让每个人都捧着他的美丽的希望的花朵。

告诉我，当着希望的花朵开在你的手中，你要什么？

你要幸福，是么？也要我的幸福，——呵呵，还要万万人的幸福。我们不能只想到自己的幸福就忘了别人的，正如同我们不能看重了自己的生命便忽略了别人的生命。你要笑么？不，我要你歌唱，把你的歌唱，投在宇宙间的大和谐中，让你的歌声把那和谐送到至高的天空。

你知道，我是多么喜欢你的声音！你的歌唱好像在我的面前筑起一条七色的虹桥，我毫不恐惧地走了上去。迎在我前面的是透明的、蔚蓝的天空；随在我后面的，是不尽的万人的行列。我们是从污秽中来，我们是从困苦中来，我们是从无望的悲伤中来。我还忘记了，我们每人的手中早就捧着希望的花朵。有了面前的希望，我们才能在那缤纷的彩桥上跨着脚步，不战颤，不打抖。万人的希望结成一个大的希望，万人的快乐集成一个大的快乐，万人的歌声汇成天地间的最大的最强的声音。

我们一直等待这个大和谐了，凡是能发音的都歌唱，歌唱自己的快乐和幸福，歌唱万人的快乐和幸福。尽管我们的声音有高低，可是没有一个人障住别人的音路，若是水，我们就是朝一个方向流；若是风，我们就是朝一个方向吹；若是歌，我们就有一个相同的曲调；若是有爱情，我们就该尽情地拥抱。让我们的理想是一个，快乐是一个，让我们的生命也合成一个，因为我们的手中都有一颗最大的、最美丽的、希望的花朵。

一九四六年四月六日　江边

一人班

在地上用粉块写着尺大的三个"飞白"字:"一人班"。

这是在什刹海的最南边,隔了一面残缺的墙,就是奔驰着车马的大路了,暂时闲散下来的车夫,把身子俯在墙上,望了下来;在北面和西面,疏落地围了几个人,(那还是以孩子为多),凝神地看着的却是一个像在扭打着的两个人型,穿了人的衣帽。上半身好像没有什么动作,两个人的四只脚,却极生动地踢着,绊着,还要出来掼交的着数。那些小孩子们真是为那惊险的过节所抓住了,愕然地睁大了乌黑的眼睛,有的把手指含在嘴里都忘记拿出来,口涎就顺着手淌了下来。他们好像是真在为那将被掼到地上的一个担着心,果然,洞的一声,两个人都倒下去了,于是从一个人的身子里钻出一个头来,那两个套裤青靴里,又缩出两只手来。

他是那么老的一个人,他的脸好像是被汗洗了一样,他把所有的和气都堆在他的笑容里,他打着躬,把两只手合拢来作着揖。

"先生,您多捧捧,玩意儿是假的,就说这点儿力气。……小的今年七十二了，大热的天，唉，也是没有法子！"

他朝着这面打过了躬，又朝着那面，他那呆滞的眼睛随着一个两个的铜元落到地上，那些车夫们哄哄地笑着，小孩子们抹抹污秽的脸，一溜烟跑散了。

他抹抹汗，站在那里，偶然是轻轻地叹息了一声。他不像那些江湖人朝着那些散去的人投着讽骂的话，他是以恳切的眼光望着那些人，也许希望着他们会不经意地回过头来，看见他的眼睛动了心不忍离去，"您不给钱也不要紧的，"他的眼睛好像在说，"您站在这儿，到底也给我助个威，引来些别的主顾。"

四散的人并没有一个回过头来，那面凉棚上的锣鼓在热闹地敲着，更使他们的脚步快了一些。

他莫可奈何地苦笑着，弯下身去把地上的三四个铜元拾了起来，仔细地擦去了尘土放在腰袋里。

他抚摸着颔下花白胡子，擦去了附着在那上面的汗水，然后就长长地吸了一口气，又把头钻到里面去，两只手插到靴筒里。他是像马一样地伏着，脚和手都踏着地，他是以自己的脚踢着自己的手，或是用自己的手打着自己脚。

车夫们又把身子伏在墙头上看着，新来的游人停住了脚，曾经看过的嗤笑着走过去了，小孩子们又围了上来。地上的尘土有些飞扬起来，扭打着的两个人像是更出力地缠着。有的时候一个像是要倒下去了，却又猛然地站定了脚，有的时候这个人的脚绊了那个人的，暂时地停顿着，正像那些掼交的人在静止中思索着怎样来运用智力以求克服对方。就试探着，拨着，挑着，突然一个大转身，有一个人就猛然地坐下去了。这一次跌得更重一些，围看的人大声地哗笑着；可是看到已经跌下去，就开始移动着脚步。手和头又缩出来了，从那地位上看，方才发着音响正是由于他的头触在地上。当着他向四方打躬拱手的时候，他还时时地用一只手抚摸着他那光亮的头顶。那上面已经没有一根毛发，是老年使他如此呢，还是为生活的撞击到了这样的地步呢？

他仍然是笑望着那些走开去的人，他没有一句怨言，别人把钱丢下来了，他总不忘记朝着那面拱拱手。

重重叠叠的皱纹，为他记下了人生的经历，他知道他的路是短了，也狭了。怎么样能和那些以美色炫耀着的，有精巧技艺的去争胜呢？汗水打着脚背，汗水打着尘埃，他已经到了该歇息的年岁了。

收地租的警察，带了帆布袋子和纸簿来了，用熟稔的语调来和他说：

"怎么样，今儿个？"

"先生，您回头再辛苦一趟吧，我——我还没有打下钱来呢！"

也许有泪水在他的眼睛里涨满了，用低缓的声音说过后，就含着笑，恭敬地打着躬，那个警察也没有说一句话，转向别的地摊去了。他就又把头钻了进去。

太阳又沉下些去，把树的阴影映成更高大的铺在地上，一片荷塘被嘈杂的声音搅成污浊的了，晚风飘着；汗水还是湿透了他的全身，想到了这一天，也许就打了一个寒战。

（选自1937年1月开明书店出版的《猫与短简》）

大城颂

喂，你没有看见过上海么？就是那边，你看，那一派红光。那不是火，傻孩子，那不是我们那里烧山的野火，那是那个不眠的大城冒出来的光。

你说我们这里早就黑了天，邻舍家有的都睡着了，不错，上海的天也黑了，那是人的力量使它发光。你看不出吧，那一边是出卖宇宙牌雨衣，这一边是找寻礼义廉耻。有的在推销香烟或是蚊香，热心的宗教家，还借这五颜六色的灯光在说教呢！你要问他说的是什么？他说：无论你有多么大的罪恶，只要你信了耶稣，你就立刻可以升天哩！你看，这多么方便，做了一生恶事，只要你皈依上帝，不但洗去了你的罪恶，还可以一步升天，和那些美丽的安琪儿在一起呢！

你没有看见过安琪儿么？地上也有安琪儿的，就是在那说教牌下面每晚都立满了"街上的安琪儿"的。她们从头等、二等、三等，一直到没有等级，没有房屋，只好在街灯的下面向路人微笑。她们是不得不笑的，你不能责备她们当着人类在苦痛之中，她们还要笑的。她们是用笑来卖钱的。

　　在这个大城里，谁是最快乐的，我说不出。到处都是欢笑，谁知道在那笑声的后面隐藏的是什么？如果你的神经敏锐一点，这笑声会使你发疯的，因为那不是笑，那是一根根的利爪在抓你的神经，使你的神经变成一团糟。想想看，假使神经变成一团糟，人还怎么能受得了？可是上海人不怕的，他们在喧闹之中取得镇静，你看每一个电车停站，每一辆装满了人的车，说是沙丁鱼都不足，因为挤得不分彼此你我，只好说像阿根廷的碎牛肉。（我用这些外国罐头做比方，因为你更能了解些。）你再看那两条马上的黑市场，你穿过一次就通身是汗，满耳是吵嚷；可是他们整天在那里，眼忙，耳忙，口忙，两脚也忙，那是怕万一有想捞外水的警察来了，不得不拔脚跑开，免得人财两损。再有那交易所，理论家说那是多么利国益民的，可是事实上那是一座扰攘的大臭坑！投机家在那里睁大了眼睛，不，我说错了，真正的大投机家并不在那里，他们只坐在公馆里，电话旁，从那里发出他们的一吸一放的命令，忙的是那些楼上楼下的人们，汗珠像黄豆大，拥在那里，手掌向外，或是手掌向内，还有那无数的要塞住一只耳朵才听得到的电话，嗡嗡地响着。你一分钟都站不住，他们的一生都在那里，全部的理想，全部的情感也全在那里。明天他发财了，什么都属于他的；如果他失败了，连他自己都不属于他了。

　　更奇怪的是我曾经在一座大楼里闻到檀香的气味，刚好门开了，我看到一间雅致的佛堂，问起来才知道也原来是屠宰公司经理的办公室。你以为这是一个讽刺或是一个矛盾么？不，事实是这样的，比这还巧妙的是不久才发生的，绑票匪把肉票藏到市政府里！这真是一件有趣的事，说起来真像一个虚构的荒唐的故事哩！事实是真的，一点都不假。

　　可是，昨天我在街上却遇到严密的搜查，仍然是那些巡捕执行的。（从身材和态度上我只知道他们是忠于大英帝国的巡捕。）照样是提了手枪，手指还扣在里面，准备任何时候都能射击。当我十年前在上海的时候，我时时受到他们的搜查；二十年前在另一个城里，通过"日本租界"常常受到日本兵的搜查，今天我又受到搜查了，你相信么，而且还有冲锋枪，手提式。等着你要是拒检，不但打死你，还得打死路上许多行人，好在我们的命不值钱，打死也算不了什么。

这是说你走在街上，就是住在你的家里呢，不久就要有人来拜访你了。他们是奉公来的，什么问题你都不能拒绝回答，他要造成纪录，将来分门别类，把你定成几等几级，有个风声草动的，马上就可以得到线索。想逃也逃不出去，你就变成了孙猴子，这个大城的主宰，就是如来佛的掌心。

这么说来，居民应该高枕无忧了。可是事实上并不如此。有一次的绑案赎金竟到了五十万美金，你算一下看，有多少圈圈？绑匪的口气比贪污的官吏还要大呢！论本事，也着实惊人，俨然是一个有计划有组织的团体，周密，敏捷，在效率方面说起来实在是不可比的。有一次，几个绑匪带着肉票，舞场，饭馆，公共场所……什么地方都到过了，可是没有一个人能发现出那极不自然的关系。我想，如果我是其中任何方面的一个，我却会手足失措，形色张皇，早被人识破。可是识破有什么用呢？这个大城的居民向例是不管闲事的，遇见邻居有盗匪，照例是关门闭户，除非失了火，那是因为怕连累的缘故。

不要说路人间没有感情。不是前两天有一件案子，一个妻子把丈夫杀了十二刀！这十二刀怎么砍下去的，我连想也想不出。可是一个男人就是这样被砍成多少块，那个犯罪的女人（还是一个瘦小的年轻女人）还有那好事的记者把照片制版刊出呢！

这里反正有的是制版材料，有的是白报纸，也有的是那许多无聊的事。记得前一阵，曾经创造了一个父亲节，一个最伟大的口号是"如果不纪念父亲节，就是不孝！"（我想那一天，"不孝"的人实在大多了。）当天的报纸上，就有一个孝子向父亲献花的照片。彬彬有礼，假里假气，我不知道是不是这么一来就可以把这一对孝子慈父流传千古？这些天呢，你没有看见么？在选举小姐皇后，满纸都是照片哩！选举票是用钱买的（这一点也还爽快，说明是要钱救灾），可是我无论如何总没有这样想的力量，不知道怎样把瘦骨嶙峋的灾民和花枝招展的女人想在一起。我觉得这又是一个大讽刺，一个大矛盾。

这个大城，原来是以大矛盾出名的，不是前些日子有过一次粮贷么？那用意也许好的，怕米粮涨价；可是这笔钱一来，制成涨价的资本。说是利民，反倒害民，有点看不过去了，火烧出来了，于是大雷大雨一阵，等到最后的有关人物也从外洋回来，反倒一点声息都没有了，谁知道这又是怎么一回事？

这米粮，真是一桩古怪的东西，它没有情感，也没有生命，可是它支配人类的情感，主宰人类的生命。这许多年来，它不知道使多少人升上富有者的天堂，使多少人堕入贫贱者的地狱。我只可怜一位老教授，他因为错领了二斗米，受到处分，因此羞愧致死！还有一个粮官，因为无法从百姓那里压榨出米来，自己投水死了。一死并不能了事的，人总还是要活的，这又使我记起多少年前，曾经有一些没有饭吃的穷人，啸聚山中，自称是"米党"。用米当做党名，当然是前后所无，倒也一语中的，开门见山，没有废话，更不扭扭捏捏，装疯卖傻，充分地把米的重要性表现出来。

只要肯说一句真话，在中国，就是最值得敬重的。遍天都是谎话，美丽的，强项的，连自己都骗不过的……没有一个商人说他垄断居奇，贪图万利的；可是在我们的国家里，商人在四民之首，过着最豪华的生活。没有一个大官不夸说自己的奉公守法，廉洁清明；可是他们从来不感觉生活迫人，他们一直骑在人民的颈子上。没有一个汉奸不说自己是为国为民的，再切实一点就说到是地下工作者；可是他们没有被日本人发现捕捉，一直到胜利了，也不曾邀功候赏，却多半是费尽心机抓了来的。在这个城里，连妓女都夸说是贞洁的；可是一个五岁的女孩子，曾被一个二十岁的男子强奸了，还染了淋病！

这就是上海，我的孩子，这就是使许多人做梦的上海，这就是那些飞来转去的大官富贾时常夸说的上海！

怎么，你说这不该叫做上海，该叫做下海。这倒是一个新鲜的名字，可是下海我们也说不上。我们只是些水上的浮萍，上不去也下不去。今天我们漂到这里来了，我们还是聚在一起，就是有了大风大浪，我们也不担心淹没，海水不过能滚过我们的身上，我们是冲不散也沉不下的。

好，我的孩子，今夜有满天星，明天该有一个炎热的响晴天。如果你不怕发痧，让我明天领着你们到上海去下一遭海吧。

一九四六年九月一日

老丑角

那个老丑角是一路翻着筋斗出来的,一直到空场的中心,就纹丝不动地竖个蜻蜓倒立着。

谁知道他用全力忍着喘息,谁知道他通体都打着抖,谁知道他的血是从脚跟向头上流?谁知道他的心悬着,像秋风里悬着的落叶?谁知道他几十年的岁月中看厌了人类,情愿忍着辛苦倒立着,把人们翻一个身来观看。

他看到人们都像他似的倒悬着。

人们鼓着掌。

美女飞出来了,马奔驰着,

海豹顶着圆球出来了,

象打着喷嚏,

狮子在电棒下吼着团团转,

当着热闹的戏开始的时候,那老丑角放下腿来,默默地走到旗竿的下面,独自拢了膝头坐着。

他的眼茫茫地望着前方，可是面前的人并不在他的心上落下影子。

谁看得到白粉红朱的后面是一张长满了皱纹的多辛苦的脸？

谁看得到罩在可笑的尖帽下是一夜转白的霜发？

谁看得到他那胸膛被人撕去一半的鲜血淋漓的心？

当着场子空下来的时候，他不得不又站起来跳进去。

人们起着一阵哄笑。

"你们笑我么？我不是丑角呵！……"

又是一阵哄笑。

"我扮演过人类的悲剧……"

还是一阵哄笑。

"人类的悲剧还在演着呢！……"

仍是一阵哄笑。

"你们看到么，我在哭呢！"

总是一阵哄笑。

稀世的珍禽异兽在悠扬的音乐声中入场了，那个老丑角只得噙着自己的眼泪躲到一旁，他感觉到自己的渺小，他突然意识到生来不过是为别人填补空隙的，尽管他是那么对自己都真诚，他有一颗注满了鲜血的爱人类的心。

当着一切的表演都已完毕，观众挂着笑脸从座位上站起来的时候，他又得像一阵风似的翻着筋斗，时反时正地看着人群又从那窄门挤出去，他渐渐地看到每一个空了的座位都瞪眼望着他，他才停下自己的手脚坐下来。

他知道捧花的走向少女了，

抱草料的到马的身边，

每一种禽兽都有人侍候。

只是他坐在那空空的场子中间，自己捧下自己的尖帽，让汗自由地淌下来，让泪自由地淌下来，冲淡了脸上的朱白，他顿时感觉到空虚，寂寞，真的感到自己的衰老。

只有一根阳光的柱子，从棚顶的小孔伸进来，照在他面前的，圆圆的一块。

他用手指在那发亮的尘土上写些别人不识得的字。

雄鸡的死亡

每天，由于它的鸣叫，才驱走无边的黑夜，引来使大地重复光明的太阳。一些穷苦的人们，迅速地爬起来了，赶到温煦的阳光下工作着，极其辛苦地，换来了一天的温饱。

入晚，暗夜来了，他们又拖着疲乏的身体，走回自己的窠，把身心全交付给一夜的好梦。

虽然雄鸡每天把他们从梦中惊醒起，他们并不怨恨，因为他们要生活，不能永远在梦中的。

他们一直是和穷困搏斗，所以那只可怜的雄鸡，也是极其可怜地活下来，它是枯瘦得连保温的羽毛也因为和邻家的恶鸡争斗而不全了；可是它永远不忘它的职责，它总是引吭高鸣，为光明划开一条路，使它更快地，更完全地落到人间。

可是有一天，它没有声响了，于是那些穷苦的人们一直昏睡着。到饥饿使他们不得不抱着疼痛的肚子滚起来的时候，太阳又将西沉了。

这时他们才真的怀了痛切的愤恨，准备去惩罚那只失职的雄鸡。庭院中不见，笼里也没有，走到路旁，才看到它是无声地倒在那里。它的躯体已经僵硬了，没有血，没有显明的伤痕；它的眼睛是大张开的，显出它的死时也有过一番挣扎的。只是在颈下有一条小小的破口，还是没有血。

他们无法知道它的死因，也不忍分吃它的骨肉，虽然他们的肚子原是极饥饿的。还好心地把它埋在土里，要它也安静地躺在土地母亲的怀抱里。

可是他们，因为它的死亡，已经在昏睡中消磨了一个昼间。他们是极其悲伤的，约定在第二天的清晨哀悼那个忠实的伙伴。

他们的住处是那么荒凉，不但没有富贵人家，连人影子也不见；于是当哀悼的时候，为他们守门的是瞎了一只眼的老狗，檐前的麻雀，田鼠，青蛙，都成为他们荣誉的来宾。和它生前斗过的那只鸡也来了，虽然是仇敌，它也尊敬它生前的英勇，算是一个值得追念的对手。可是当着一个有黑嘴圈的黄鼠狼也出现了，却使一切人都奇怪起来。

黄鼠狼是很斯文地，有礼地向各方面招呼，然后坐下来。它那滴溜溜的眼睛不断地转着，心里怀着一点鬼胎；但是它为了自己的地位，不得不在这场所出现，争取一些拥护它的群众。而且它还可以乘着这机会，看准了另一只鸡的行踪，然后在不备中又可以作为自己的一顿美餐。

性子暴躁的，早预备把它驱逐出去了；可是顾全大局的年老的人阻止了他们，说是留它在这里吧！看它耍得出什么花样来。

哀悼会在悲痛中进行着，说明伙伴虽然死了，他们要另外找一个伙伴作为他们忠实的引路人。话才说完，不晓得怎么一下，那个不速之客，已经仿佛很昂然的样子站在上面了。

它装出一副悲哀的面孔，紧紧地皱着那对三棱眉，亮亮嗓子，把一口痰吐在地上，然后装腔作势地说道：

"这是一件极大的不幸，啊啊，……伟大的同志死去了，啊啊……它是伟大的，总而言之它是伟大的，啊啊，……它给我们带来了太阳，太阳是多么好的东西呀，正好晒着我的屁股睡觉……"

轰轰的声音从四面响起来了，它却养成一份镇静的精神，面容不改地说下去；

"——对于工作我本来是努力的，我不分昼夜地努力，所以有时候，在日里，我也不得不睡了——"

可是下面轰轰的声音，还不曾停止：

"同志们，不要误会我，在工作上我们是极好的同志，我们是共存共荣的，……"

下面不但轰轰，连砖石也飞上来了，这时却有一阵弥天的臭气，每个都不得不背过身去掩了鼻子；当着他们再转过身去，那个黑嘴头会说话的家伙，已经不知道逃到哪里去了。

于是麻雀和青蛙合唱一节哀悼的歌，由那一只鸡模仿它的音容叫了几声，可是总没有那么雄壮有生气，那么充满了阳光的意味。

渡　家

穿行我所住的那个城的三条河（其中的一条是运河，一条是白河，再一条就不知道了），流到一个地方汇合了；于是河面广了，流水也急了。在那中间，还有着急流的漩涡，老年人说那下面是有着宝物的。是什么样的宝物，没有人看见，也没有人知道。还有些附会的话也由老年人告诉着青年人，那是说到矗立在河北岸的天主教堂：那座有着狭长窗子高惕式的建筑，曾经因为剖取中国人的心和眼睛，在庚子前一二年，就有站在河南的幼童，轻轻抛着石子就可以打碎那玻璃的窗子。"那是人民的力量响！"老人叹着气，"可是后来就引起来八国联军进北京！"

就在那天主堂下面，通到河的南岸，有着一个渡口；这在我才住到这个城中的时候就知道了。渡家是一个五十多岁，短矮而跛了左足的人。他虽然是跛子，却仍是矫健的，黑红的肌肉，在用起力气的时候，像老鼠一样地在皮下忽突忽伏的。就是跛子，打下篙去，也能如平常人一样地弓着身子从船头走到船梢，踏着船板洞洞地响着。还有一个年轻人，那是他的儿子，不过三十岁的样子，看起来好像是还不如他强壮。

春天夏天和秋天，这条摆渡船是自由地打着斜从这岸到那岸，到了冬天，河水冻了起来，就只有钉好两支木桩，系好一根铁链，把冰凿开一条路，攀引着铁链往返地渡着。因为过渡的多半是住在附近的人，所以许多人都和他很熟识；到收渡钱的时候，端起小簸箩，他就要说："您带着钱吧！"过渡的人就会笑着，打着招呼，把钱放到里面。若是真没有带着钱，只要说一声下次再给吧，他就曳着跛脚到另外人的前面再说着那句话去了。

到晚间，一盏油灯就放在船头上，远远的只看到那黄黄的灯亮在水面上浮过去又浮过来。夜中，人少了，往返的次数也少了，为了过渡人的方便，在每次开行之先，他就扯起嗓子喊着："过摆渡啊！"每个字都是用拖长了的沙哑的声音，传到远远的地方去。想去赶过渡的人，就会一面应着一面紧着脚步，好能随着过去。即使跑到那里，渡船已经离岸一丈或是两丈，只要叫他一声，他仍然可以把船拢过来。他还会殷勤地叮咛着："不用忙，靠好了您再上来。"

一个冬天的晚上，恰巧我从友人家出来，要过渡回到我的家。时候并不十分晚，因为严寒和浓雾，行人却十分稀少了。我赶到渡口那里，摆渡刚刚靠近了这面的岸，从那上面只有三个人走下来，而在等候摆渡的人也只有我一个。我走上去，想着定然还会有一两个人上来。那晚上的重雾，却真是使我看不出二尺以外的物件，我只看见那盏黄黄的灯。在经过船头的时候，我看到蹲在那里的老年渡家。我就站在那里，像和一切都隔绝了似的。

"好大的雾啊！"

那个渡家说着，接着他就喊起来：

"谁过摆渡啊！"

没有一个人回应，也没有一个由远而近的脚步声。

"过去吧，爹，不会有人了。"

这是船梢那个年轻的对那个渡家说。

我却有点担心了，想起传奇中的一些荒诞的船夫故事，自己想着："真是我一个人怎么办呢？"

可是那个年老的却说：

"等等吧，万一有人来呢。"

我的心松下一点来了，于是他又用那沙哑的声音喊着。

仍然是静静的，只有远远响着的回音。

我只希望着能有一个人来。

我后悔着当友人要我住在他的家中，不如就答应了也好，省得冒这一番险。

"咱们走吧，也没有人了。"

是那个年老的这样说。我慌了，我急急说：

"等等也没有什么，我没有要紧事，省得别人来了又要等一大程。"

我的话居然生了效力，那个渡家又叫着。我想到索性下去吧，走到那面喊车多绕些路回去也就好了，而在恐惧之外的一点点好奇心，却使我仍然留在那里。

人还是没有，船却真的开了。

"得了，也没有人啦，到河那边我们也该歇了。"

这是那个年轻的在那边说着。

站在中间的我，却为纷乱的思虑所扰。我想我应该怎么样站着才好呢？那根竹篙一下不也就很能把我打翻了么？于是我想着我该怎么样把两腿用上力量，到他打来的时候，怎样抓住那根竹篙，乘机自己可以跳到冰上去逃走。

可是万一跳入了渔人捕鱼的冰穴，该怎么样呢？那不是就要沉到水底么？即使能再浮起来，也不见得可以从下去的地方冒上来。那时候顶着头的是坚厚的冰层，那将是什么样的结果呢？只有死在不见天日的水中了！

突然间那个船停了，我刚要叫出来，那个渡家却来说：

"已经到了，您带着钱吧。"

我忍着狂喜，匆匆地把钱摸了几个，放到那个小簸箩里，他说着道谢的话，再三地告诉我：雾大，看清了走，不要跌到河下去。

我平安地上了岸，踽踽地走着，偶然把头回过去，只看见一个微弱的灯光，一高一低地向着东方走去。

我的幻想消失了，我的想念却殷切了，我的心中一直记着：他是当我站在渡头茫然四顾的时候、把我安稳地渡到对岸的一个穷苦而极其善良的人。

一九三四年冬

（选自1937年6月商务印书馆出版的《渡家》）

在车上

　　坐到车上感到了微风吹嘘的爽适。把未曾停挥的摺扇，即刻放到袋中了。虽然本来是没有风的，由于车行的速度，使我的脸和身子急促地钻进了空气之中，便有温柔的风扑在脸上。还从张开的衣领溜进我的胸前。

　　我舒适地伸直了我的腿。

　　拉着这辆车的车夫是一个矮小的汉子，急急地跑着小步子。（这是因为生来他的两只短腿。）所以他像是在一跳一跳的。他的确跑得很快，超过了几辆其他的车，汗在他那紫黑色的皮肤上浸润着。

　　我脱下了帽子，那为汗湿了的头发，渐渐地为风也吹干了。

　　"我也没有什么急事，慢点走也不妨事。"

　　我这样说着，我的心中却也是有同一的意思（也许别人要说我这是多余的同情）。

　　"不要紧，您放心吧，受罪的命，不会那么爽快的！"

　　为表示对我好意的感谢，他回过头来，和我说着这句话。他是五十岁以上的人了，带了对痛苦生活愤恨的态度，而希求出世的语气，可是他却并没有把脚步放慢下来。

他安逸地以一只手握了车把（其实说是一只手也不尽然的，只是灵活地用了大指与食指间的凹处虚虚架着的），另外一只手取下腰带上悬着的毛巾擦着。汗的雾飘在我的脸上。

好像是为了感激我的同情，他把脚步是更加快了。这增重我心上的不安，可是我不知该和他说些什么。

一辆一辆的车，为他超越过去。

我仔细地望了其他车夫的脸，纵然露了不同的样子，却没有一个是快活的。有的是皱着眉，有的斜了嘴角，流着黏涎，有的脸色成为苍白了，一口气不接一口气地在喘着。他们的脸都是为身受的苦痛扭为不成形的样子，他们用尽了一身的精力，所得到的却是些微的报酬。我看到了一个还未长成，只有十三四岁的孩子，把脸涨得红红的，也拖了一辆车子，那上面坐着一个臃肿的胖汉子，身前还有一口空缸。还有一个长了灰白胡须的，一步一垂首地，挨着路向前行走。

我的心，像是一下一下地忍受着鞭笞。

他们有走不完的长途，一个苦痛的日子过去了，有另外的一个已经在等候，他们不敢生出一点点凌空的妄想，在夏天，火一样的太阳会晒得人晕眩，可是他们要跋涉着，柏油路上溶出的沥青在烫着他们的脚心。秋尽冬来的日子，雨雪和着寒风，湿透了他们的短棉袄，加重了它的分量，压在他们的身上。刺骨的寒冷，在使他们的心打着战。这也是得忍的。

还有那些，为了多求些报酬，就整夜地游荡着，到疲困重重地袭击了身子，便像狗一样地蜷伏在车斗里。他们不懂得什么是舒适的床被，夏天是蚊蝇，冬天是寒冷，果然有一个喊车的声音，他们是可以立刻醒转来，站起身来就把车拉过去，然后就起始奔跑着。

……

"你的车每天要化多少车租呵？"

我还是问着我的车夫，当他走在一条僻静的路上时。

"您说是'车份儿？'不多，六十枚。"

"那你一天能拉多少呢？"

"那没准儿，也就是三十多吊钱。唉，只要能个人有一辆车就好了。"

这样。我知道他的希望了，他想着自己能有一辆车。他自己还要自早至晚地为别人奔跑着。

心上的疚痛是重的，若是为了这原因便不去乘坐，那满街满巷的车夫该如何呢？

我已经不是像才坐到车上来的那样轻松了。

到了所要到的地方，我走下车来，我没有敢抬起头来望着他是如何地抹着汗，我只听到他是在喘着气，我把钱付过他，（那数目比说定的多了些，）不敢听着他的道谢，我是急急地走了进去。

（选自1937年6月商务印书馆出版的《渡家》）

灯

于一切的记忆之中,灯——或者就是火亮,最能给我一些温煦之感。这不能说到只是过去,现在和将来也都是如此罢。但是还要加以一点说明的,我并不喜欢那十分堂皇耀目的华灯(甚至于我还许背过脸去),我爱着那若有若无像鬼火一样,像晨间的微光一样,像映在水中的晚霞一样的,……

想到最早的事,就是小的时节,在晚间为仆人背了送到家中去,总是有另外一个仆人提了纸灯笼走在前面,我爱着那灯,我睁大了眼睛在望着;可是渐渐地那摇摇晃晃的光晕会使我的眼睛温柔地疲倦了。而那摆着的黄黄的光亮,却一直好像在我的眼前;虽然我已经闭上了我的眼睛。

有一次却是在我起始离开故旧的时候,我已经长成了,我走向一个陌生的地方。一天的晚间我失迷了路途,我不知道要如何才能走回我的寓所,我只知道我是才从彼岸过来,这边也只是荒野。我是十分焦急地站在那里,在那情况中,已经有了露宿一夜的可能,我张望着,于是我远远地望到了远远灯火的光亮，我就朝了那面走着。那并不是一条平坦的路，又因为在阴雨之后，几次我是走在泥泞之中，污水没了我的脚踝，我的鞋也是几次将被黏去，可是抬起头来，我知道那光亮是更近一点了，我就欣喜着抹下脸上的汗，再拔起脚来走着。终于我是投身到了那光亮中了，我是已经站在街路之上了。在一番跋涉之后，我回到我安身的所在。

但是时常为我所经历着的，却是在任何一个城中走着夜路，一些窗间的灯光给着稀有的温暖。路也许是长的，夜也许深了，独自一个人如孤灵一样地在路上走着，冷了么，便拉起衣领来，偶然地就望到了透出来的光。那光几乎是一直照在我的心上，如果有那慷慨的主人，我能不顾一切地走进那所房屋。但是我知道那只是找不着边际的玄想，我惟有加紧了脚步，频行频回首。……

还记得有着那样的一个晚上，为了一时的高兴，和同住的K君点起了五支或六支洋烛。也许那正是新年的时候，远处有着爆竹的声音，冷寂是更重地扑到我们离家人的身上。每个火焰在跳动着，在墙上更错综地映着无数的影子，于是我们快活了，觉得像是这屋子里装满了人，就坐下来，凝视着那些点燃着的烛，我们高兴地剪了这个的焦芯又剪了那个的。

而今呢，一盏座灯，几乎是我最亲近的友人了。它立在我的案头，它分去我的凄凉与孤寂，它给我光，恰足照了我自己，好像是，它也知道我并不需要更多的。

我爱灯，我爱着火亮。

若是身为一只飞蛾，为什么不急速地投到火的胸中去呢？谁能说这是蠢盲？说着的人，也许正是不知道自己的一个蠢人罢？

冬　晚

　　我该记得那是一个寒冷的天，在那近北的古旧的大城里冬日自有它的威严。几个人从茶店中出来，立刻拉起衣领，虽然只是十点钟，已经是路静人稀了。

　　风虽是稍稍杀了些，寒冷却像是更甚了。水滴结成的冰，反映着一点点的灯光；可是踏在那上面，正是可以使人倾跌下来的啊！入冬就冻了起来的路，在人的脚和马的蹄子下，更响着清亮之音。

　　"我们回去了吧。"

　　一个人这样地说了，几个人就同时起着踌躇。每次总是这样，茫茫地立在路边，颇有无可适从之苦，叫做"家"的所在自然是等在那里，可是我们都有些莫明其妙的感觉，若是不被说起来，总也不会想到的。

　　两个人向南去了，我们三个人该向北去。因为还有一条颇远的路，我们只得叫着车子。原以为路是冷静的，可是一声呼唤之后，许多辆车子都朝我们这里来，争着说：

　　"您到哪儿，我拉您去。"

才把要去的地名说出，他们就讨着价，还没有等他们还口，他们自己就一直把价钱少了下去。

"一毛钱，"

"四十枚，"

"三十六个吧！"

"三十枚我送您回去。"

听到这样的价钱，就说出来就是三十枚，要三辆。那个第一个说的立刻嚷着他是先讲好了的，另外两辆也争着附和，这样说定了，我就走近第一个车夫，虽然衣领遮蔽了我半部的脸，我的眼睛还能清楚地看到那只是一个十四五岁的孩子。当着他把车把放下去，我并没有坐到上面。他说着：

"您请坐上去吧。"

我没有回答他，可是我也没有动动我的脚。他好像知道了，就和我说：

"您放心，准保没错儿，送您平安到家。"

"我，我倒没有什么，只是你，——"

"我今年十九啦，拉了二年半的车。"

显然这是不确实的，他那样子最多也不过十六岁。

"你知道到那里去还得要爬一座桥，路又不近，……"

"我常走，您就上车吧。"

好像由于过度的寒冷，他的声音发着一点颤，在阴暗的灯光下，我看见他那瘦小的脸。他的身子又显得是那么单薄，像是还害着病的样子。

"我还是换一辆吧！我怕，——"

我才说出了，就有一辆车跑到我近前来，可是我并没有就上去，我从衣袋内掏出一些钱，给那个失望了的车夫。

"你不用拉我了，这点钱给你。"

他坚决地摇着头，俯下身拾起了车把，眼睛里冒着愤怒的光。

"你的年纪大小，你不该拉车，太劳苦了会伤害你的身体。——"

我加着解释，他给我回答了：

"我二十八啦，我的年纪一点也不小，我的家里人都看我不小，看我该养家了。"

"拿去这点钱吧。"

"凭什么我要你的钱，我要卖力气才赚钱的！"

他说完，什么也不顾，径自掉头去了。我站在那里，像呆了一样。我那同行的两个友人的车子早已走了，只是我一个人还站在那里，我觉得十分孤独，我觉得我只是活在一个陌生的世界中，我一点也不懂得别人，别人也许不懂得我。他也许是对的，难说是我，我错了么？

握着铜元伸在冷空里的手觉得一点僵了，我只得缩回来。

我的心也冻结了，在这寒冷的冬夜，在那严酷而恨急的眼光里。

我坐上了车，一任他送我到任何的地方去。

（选自1937年1月开明书店出版的《猫与短简》）

狗

豢养猫啊狗啊的兴致，只是我的姊姊有的，用好话从亲友那里讨了来是她，关心饮食沐浴的是她，为着这些小动物流泪的也是她；自从被遣嫁了，她所豢养的猫狗，就死的死了，逃的逃了。就是到了辽远的×城去，在信中还殷切地问到花花黑黑的近况，她再也想不到随了中落之家，花花死了，黑黑从半掩的街门，不知逃到哪一方去了。

对于狗，在初小的时候就留下恐惧的影子。记得那是到左邻的一家去，在那家的后院里，我还想得起有许多只瓦缸，有的长着荷花，有的养了金鱼。把小小的头探在缸沿，望着里面的游鱼漾碎一张自己圆圆的脸影，是最感觉兴味的事。每次去把腿跨进一尺半高的门限已经是一件难事了，才怀着一点欣悦站到里面，洪亮的犬吠立刻就响起来。一只高大的狗跳跃着，叫着；颈间锁着的铁链声混在叫声之中。它的剽悍勇猛，像是随时可以挣断那条铁链，嘴角流着沫，眼睛像是红的。我总是被吓得不敢动一步，连返身逃走的心念也忘了，而为犬声惊动的好心主人，就会从上房走出来，一面"畜生畜生"地叱住了狗，一面走来领了我的手，还再三地说着："不要怕，不要怕，它不会咬人的。"

它真是没有咬过我，可是我每次走去，它总要凶恶地大叫一声。

"红眼睛的狗是咬死人的，尾巴垂下来的是疯狗……"不知谁和我这样说过一次，我像深深地刻在心中。"……要躲开它们，咬了要死的。"

已是一个怕狗的孩子，当然更会记得清清楚楚。却有一次，午饭后，许多同学都跑到学校后门那里去看疯狗，自己也就壮壮胆子夹在里面。在那小学校的后面，正是一座小药王庙，许多人围了庙前的旗杆。我钻进去，才看见这旗杆脚下用麻绳绑了一只黄狗。不大，也不记得尾巴是否垂下，只是被两三个汉子用木棍挥打。那条狗像用尽所有的力量想逃开，时时被打得躺在那里；可是过一些时又猛力地冲一下。它不是吠叫着了，它是哀鸣，它的嘴角流着血。相反我所有的记忆，那条疯狗并不使我恐惧，却引起我的怜悯。我像哀求他们停一停手，更多的人却笑着，十分得意的样子。我只能忍着两只湿润的眼睛，又从人群中钻了出来。

那条瘦小的狗，它的哀鸣，它那流血的嘴，在我的脑子上涂了鲜明的色彩，梦中显现出来就哭着醒了的时候有过不止一次两次。

"为什么他们要打死它呢？"

想着，问着这同一的话，在抚慰着的母亲，只是温和地拍着身子，一直到又睡着了的时候。

长成了的时节，把活生生的人强制地置之死地的事也不知看过了多少桩，想来为着一条疯狗而流泪的举动是太愚蠢了。多少年的真实生活，把自己的个性磨成没有棱角随方就圆，不知是为了自己还是为了别人才活下去。一天又一天，每天都是不知为了什么忙碌着，可是我并不愉快，连一点安静的心情也很少有。

我的感觉渐渐地变为迟钝了，我知道我所看到和我所听到的，并不是不移的真实。由于恶的天性，由于虚伪，什么都变了样。我曾经做过十足的呆子，可是一个呆子，在这个社会上，也能得着一点小小的聪明。

有一次，真的深深地打动了我的还是一条狗，那是当我住在×城的时节。总是秋尽的十月天吧，还下着雨，随了雨俱来的是透衣的寒冷。我是从友人家出来，近黄昏，原是说好晚饭后才回去的，却为了一转念间想到早归，便起身告辞了。友人再三好心地留我，说是等雨停了再走也不迟；可是我知道黄昏还飘雨，总有一夜的淅沥。

不知道那一次为什么，我没有坐车子，便独自在雨中行走，也许是又记起来忘却的癖好。街上的人并不多，所以自己才走得十分悠闲地迈着步子。

好像是在一个路口那里停下来，因为路不熟，正在想着该顺着哪一条路走去，一间破旧的房子正迎了我，响着细细的小狗的鸣声，低下了头，就看到破檐下墙根旁，一条狗卧在那里，三只或是四只还没有张开眼的小狗蠕蠕地动着，抢着去吃奶。

那是一条瘦得不像样子的狗，还在病着，好像再也不能活上两三天。身上的皮毛有几处是脱落了，雨又浇得湿淋淋的，半闭着的眼睛已经变了色，艰难地做着最后的呼吸，看得出腹部上迟缓的一起一伏。它就是蜷卧在那里，大约还是几天没有食物下口了，难得再移动一步。有时候它的眼睛张开了，眼珠显得十分呆滞，强自抬起头贪婪地看看那几个狗仔，便又闭了眼，垂下头去。可是它还不忘记把后腿动一下，或是把腹部转一下，为了使小狗能更容易些衔住了乳头。有的时候一条小狗跑近它的头部，几乎是直觉地伸出舌头来，缓缓地一下一下在小狗的身上舐着。它却不记得泥水浸着它的身子，它也忘记了即将来临的死亡！……

我几乎是惊住了，就站在那里。有的人从我的身边过去了，像没有我的存在；有的人把好奇的眼睛朝我望了望。我自己可是被这景象所感动了，我几乎要流泪了。我不愿意过于柔弱，可是在这伟大的真情下，我怎么还能止住我的泪呢？觉得惭愧了吧，觉得渺小了吧，而在自己，为了那时母亲才故去不多时，心中更有着难以说出的酸楚呢！

兀自站在那里，不忍离去，雨是渐晚渐大了，心中在想着它们该挪动一下了，不然雨水会更多地落在它的身上，那么它更要少看几眼它的的幼小者。

为着不幸的狗而深思着，却不提防雨水已经淋透了帽子还着着实实地湿澈了两肩。一股寒冷穿进了我的心，我的身子在微微战抖着，我不得不再移动我的脚步；可是我的脚步是更迟钝了。

夜沉了下来，在细细的小狗的鸣叫之中，还有那条母狗的哀鸣。它是留恋呢，还是怨愤呢；却难为人所知了。

我还记得后几日间我总像听到那哀鸣的声音，而一闭起了眼，就像又看到垂死的狗和它那一群才到世上来的子女们。

忆上海

我对着这个跳动的菜油灯芯已经呆住了许久,我想对于我曾经先后住过八年的上海引起一些具体的思念和忆恋来;可是我失败了。时间轻轻地流过去,笔尖的墨干了又濡,濡了又干,眼前的一张纸仍然保持它的洁白,不曾留下一丝痕迹。我写,勉强地把笔尖划着纸面;可是要我写些什么呢?首先我就清晰地知道,上海距我所住的地方有几千里的路程,从前只要四天或是五天的时候,就可以顺流而下的,如今我若是起了一个念头,那么我就要应用各种不同的交通工具,花费周游世界的时日,才能达到我的目的。但是这样艰苦的旅程完成之后,对我将一无乐趣,仿佛投火的飞蛾一般,忍受烈焰的焚烧。否则我只得像一个失去了感觉的动物一样,蛰伏着,几乎和死去一般。但是一切是我所企求的么?每个人都可以代我回答出来的。然而要我在这个小市镇里,一切物质文明和精神文明,都要先从我们生活的这个年代数回一百年或是二百年,去遥念那个和世界上任何大都市全不显得逊色的上海,我们往日的记忆,都无凭依了。我先让你们知道我们穿的是土布衫,行路是用自己的两条腿或是把自己一身的分量都加在两个人肩上的"滑竿"，我们看不见火车，连汽车也不大看见（这时常使我想到有一天我们再回到那个繁华的大城里，是不是也同一些乡下人一样，望到汽车就显得不知所措），没有平坦路的，却有无数的老鼠横行，（这些老鼠都能咬婴孩的鼻子！）没有百货店，只有逢三六九的场，卖的也无非是鸡，鸭，老布，陶器，炒米，麦芽糖……

我们过的是简单而朴实的日子，我的心是较自由，较快乐的；可是我总有一份不安的情绪。仿佛我时时都在准备着，一直到那一天，我就可以提了行囊上路。许多人都是如此，许多人也是这样坚信着。从前我们信赖别人，我们不能加以决定的论断，现在我们用自己的力量，所以我们才可以这样说。我都不敢多想，因为怕那过于兴奋的情感使我中夜不眠。

什么使我这样惦记着上海呢？那个嘈杂的城不是在我只住了两三天就引起我的厌烦而加以诅咒么？初去的时节好像连誓也发过了，说是那样的城市再也不能住下去，那些吃大雪茄红涨着脸的买办们，那些凶恶相的流氓地痞们，那些专欺侮乡下人的邮局银行职员老爷们……可是渐渐地我也习惯了，因为知道都是为了钱的缘故，所以人们才那样不和善，假使在自己的一面把钱看得淡了，自然就有许多笑脸从旁偎过来，于是生活就显得并不那样可厌了。几年的日子就在这样的试验中度过，一切可鄙的丑恶的隐去它们的棱角，在这个"建基于金钱和罪恶的大城市"中，我终于也遇到些可爱的人；他们自然不是吸吮他人血肉的家伙们，他们更不是依附在外人势力下的寄生虫，他们也不是油头粉面蓄着波浪式头发的醉生梦死的青年……除开人，那个地方后来也居然能使我安心地住下来了。在嘈杂中我也能安静下来，有时我挤在熙攘的人群中，张大眼睛去观看；到我感到厌烦的时节，我就能一个人躲回我自己的小房子里。市声尽管还喧闹地从窗口流进来，街车的经过虽然还使我的危楼微微震颤着；可是我可以不受一点惊扰，因为我个人已经和这个大城的脉搏相调谐了。

但是它也和我们整个的民族有同一的命运，在三十个月以前遭受无端的危难。虽然如今它包容了更多的居民，显露着畸形的繁荣；火曾在它的四周烧着，飞机曾在上空盘旋，子弹像雨似的落下来，从四方向着四方，掠过这个城的天空，飞滚着火红的炮弹。人并不恐惧，有的还私自祝祷着；好了，一齐毁灭吧，我们不把一根草留给我们的敌人。

它却不曾毁灭，而今它还屹然地巍立着，它是群丑跳梁的场所；可是也有正义的手在开拓光明的路，也有高亢的呼声，引导着百万的大众，为了这一切它才更有力地引着我的眼睛和我的心，从不可见的远处望回去，从没有着落的思念中向着它的那一面。

我想念些什么呢？使我念念不忘的难道是那些仍然得意地过着成功的日子的一些人么？或是那一座高楼，应该造得成形了，使那个城有了更高的建筑，也许又造了一所更高更大的划破了那被奸污的天空？也许我只是从利禄的一面看，计算着有多少新贵或是由于特殊环境成为百万富翁的人？

这一切的事，有的是我想得到的，有的我不能想到；但是我总可以确定地说上海是在变，向好的方面或是向坏的方面。真是坚定地保持那不变的原质的该是大多数人那一颗火热的心，那只是一颗心，一颗伟大的心。

我看见过它，当无数的青年男女舍弃自身一切的幸福，安逸的日子，终日地劳作，甚至牺牲自己的生命；我又看见过它，当着那一支孤军和那一面旗，最后地点缀着蔚蓝的天空，河的这一面是数不清的企望的头和挥摇的手臂，河的那一面，在炮火的下面，在铁丝网的下面，是年青的人和食品一齐滚进去；我再看见它。

当着节日，招展在天空的，门前的都是大大小小鲜红的国旗，好像把自己的一颗热诚的心从胸膛里掏出高高挑起来，还像说："喂，来吧，试试看，这就是我们的心，我们的意志！"

假使那时候我能跳到半天空我该看到怎么样的一个奇景呵！无数的旗将成为一面大旗，覆在旗下的心，也只有一颗大心；这颗心，一直在经历艰辛的磨折，丢去所有不良的杂质，它是更坚实，更完美的了。在我们的心里，他是一颗遥远的灿烂的星子，不，它是一个太阳；在他们的那一面，它是一个毒癌，不是医药可以生效的，不是应用手术可以割除的，它生根地长着，不动摇，不晦暗，一直等到我们最后胜利的一天！

当着那一天到来，朋友们，我将急切地投向你们的怀中：那时我们要说些什么呢？我们是絮絮地述说着几年来的苦辛，还是用为欢乐而充满了泪的眼相互地默望呢？朋友们，时候迫切了，为了免去临时的仓皇，让我们好好想过一下吧。

一九三九年十二月九日

（选自1945年12月中华书局出版的《沉默的果实》）

哈尔滨

小巴黎

哈尔滨是被许多人称为"小巴黎"的。中国人在心目中都以为上海该算是中国最繁华的城市,可是到过了哈尔滨就会觉得这样的话未必十分可信。自然,哈尔滨没有那种美国式的摩天楼,也没有红木铺成的马路;但是,因为住了那么多有钱的人,又是那么一个重要的铁路交叉点,个人间豪华的生活达到更高快地来了,这为一切中国外国女人所喜欢。在那条最热闹的基达伊斯基大街上,窗橱里都是出奇地陈列了新到的这一类货品。这使女人们笑逐颜开,而男人们紧皱眉头。(有的男人也许不是这样的。)钱像是很容易赚进来,可是更容易花出去。当然,这里也像其余的大都市一样,包含了许多人一辈子两辈子也花不光的财产的富人;又有一爿大的铁路局,直接地间接地豢养了成千成万的人,使这个城市的繁荣永远不会衰凋下来。住在吉林和黑龙江的人希望到哈尔滨走走，正如内地的人想着到上海观光一样。就是到过多少大都市人，也能为这个都市的一切进展所惊住。尤其是到过外国的人，走在南岗马家沟道里的街上，会立刻引起对异国的追想。一切都仿佛是在外国，来往的行人也多半不是中国人。我就时常惊讶着，当我走在南岗的居住区的一路上，那样的建筑直使我想起一些俄国作家所描写的乡间建筑。间或有一两个俄国孩子从房里跑出来，更使我想到我不是在中国，轻婉的琴声，如仙乐一样地从房子里飘出来。

多少街上也都是列满了俄国商店，再高贵些的就是法国商店。在那样的街上如果一个人不会说一句中国话，不会感到什么方便；若是不会说俄文，就有处处都走不通之苦。这正是哈尔滨，被人称为"小巴黎"的一个东方都市。

街　路

我很喜欢那里以长方石铺成的街路。不像其他的都市一样，用沥青和沙石来造平滑的路，却多半是七寸长五寸方石块来铺路的。当着坐在马车里，马的蹄子打在路上，我十分喜欢谛听着那清脆而不尖锐得厌人的声音，那些路也是平坦的，可并不是像镜子一样的光滑。就是在道外，一条正阳街也是用这样的石块铺成的。

这样的路在冬天经过几月的冰冻之后。可不会就坏掉了，而在夏天，也没有为太阳照得渗出的沥青油来粘着行人的脚。走在这样的路上是爽快的。在深夜我时常喜欢一个人在街心走着，听着自己的鞋跟踏在路上的声音。这样我愈走愈高兴，能独自走着很长的一条路。

街上的车

　　跑在街上的车，我最喜欢的是一种叫做斗子车的了。那车是驾了一匹马，拖了一个斗一样的车厢，两旁两个大车轮子，上去的时候要从后面把座位掀起来。我坐到那上面，走在清静的街上，我会要驭者把鞭子给我，由我来指挥那匹马行走。但是在繁闹的街市，他就拿过去了，为着怕出危险的缘故。因为没有易于上下的地方，许多人是不愿意坐那样的车，若是出了事会有更大的危险。我却不怕，友人告诉我几次斗子车从南岗下坡滚下来出事的事情，我还常是一个人偷偷地去乘坐，因为我是最喜欢那车子的。

　　那里的电车比起上海来要好出许多许多，第一就看不见那种习于舞弊的讨厌的售票人。而车中的布置，座位的舒适和我自己所坐过的一些都市中的电车来比较，也是要居于第一位。那上面的司机人和售票人都有是初中毕业的青年人，在二十岁左右，穿着合身的制服。没有头等和三等的分别，座位上都有是铺了绿绒。乘客是必须从车的后门上来，前门下去，免去一些拥挤。到了每一个停站，售票人用中国话叫一次之后，再用俄文叫一次。他们负责地使电车在街上安顺地驶行。

　　大汽车也是多的，除开了到四乡去的之外，从道里到道外，南岗，马家沟，都有这样的车。这不是一个公司的营业，可是无数的大汽车联合起来收同一的车价，走着规定的路程，对乘客的人数有一定的限度。更便利的是那些在街上往返走着的小汽车，随时可以停下来，只要花一毛钱，就可以带到很远的地方。

　　再有的就是马车和人力车，人力车的数量是最少的。

夜之街

到晚上，哈尔滨的街是更美丽的。但是在这里我要说的街是指基达伊斯基大街和与它连着的那些条横街。

无论是夏天和冬天，近晚的时节，在办公室的和家中的人就起始到街上来。只有饮食店，药店是还开着时，其余的商店都已锁好了门，可是窗橱里却明着耀眼的灯。那些窗饰，多是由专家来布置，有着异样引人的力量。渐渐地人多起来了，从左面的行人路顺着走下去，又从右面的行人路上走回来。大家在说着话，笑着沿着这条街往返地散着步。在夏天，有拿了花束在贩卖的小贩，那些花朵照在灯光之下，像是更美丽一些。到了冬天，却是擦得发亮的红苹果，在反衬着白色的积雪。相识的人遇见了，举举帽子或是点点头，仍然不停止他们的行走。有一段路，伫立了许多行人，谛听着扩大器放出来的音乐。在工作之余，他们不用代价而取得精神上的粮食。

在一些横的街上，是较为清静一些，路灯的光把树叶的影子印在路上，衰老的俄国人，正在絮絮地说着已经没有的好日子。在那边遮在树影下的长凳上，也许坐了一对年轻人，说着年轻人的笨话，做着年轻人的笨事。在日间也许以为是丑恶的，可是美丽的夜，把美丽的衣裳披在一切的上面，什么都像是很美好的了。

太阳岛

夏日里，太阳岛是人人想去的地方。可是当我的友人说的时候，他却说可以不必去，因为过了江就有盗匪。但是我确实地知道许多俄国男人和女人是仍旧去的，每次走在江边，也看到了许多人是等候着渡船过去。于是我和另外的一个友人约着去一次。

到那边去可以乘坐公共过渡汽船,也能乘坐帆船,还可以坐着瘦小的舢舨过去。我们是租好一只舨板,要自己摇过去。从江边到太阳岛,也有几里的路程,到了岛,已经费去一小时的工夫。我们把船拴在岸旁,走上岸去。

沿着岸,麇集了许多舨板游船,沙岸上,密密地排满了人。有的坐着有的睡着,好多女人是用好看的姿式站在那里。那都是俄国人,穿着游泳衣,女人把绸带束在头上,笑着闹着,一些人在水中游着。有的人,驾了窄小的独木舟,用长桨左右地拨着。随时这独木舟会翻到水中去,驾船的人也会游泳着,把倾覆的船翻过来。又坐到里面去,继续地划着前进。

在岛的尽头有一家冷饮店,装饰成一个大船的样子,有奏乐的人在吹奏。很多穿了美丽游泳衣的女人坐在那里,喝着冷饮。她们的衣服没有一点水,也没有一点沙子,只是坐在那里瞟着来往的男人。没多少远,就有荷枪的卫兵守在那里,这是用以警备盗匪的袭击。

回去的时候,太阳是将近落下了。温煦的阳光在我们的脸上,斜映起江波上的金花闪耀着我们的眼睛。我们一下一下地向着东面划去,留在我们后面的船只能看见黑黑的影子,柔曼的歌声从水上飘到我们这里来。

道　外

写到"道外"这一节,我就要皱起眉头来。我并不是因为曾经在外国住得久(其实我是连去都没有去过,)忘了自己的祖国,无理由地厌恶着中国所有的一切。若是稍稍把情感沉下去,想到住满了中国人的道外区,立刻就有一副污秽的景象在脑中涌起来,就没有法子使我不感到厌恶。

　　只有一条正阳街是稍稍整齐些，可是盖在木板下的阴沟，就发着强烈的臭味。横街上呢，涂满了泥水的猪还在阴沟里卧着，两旁的秽土像小山一样地堆积起来。

　　沿着江边的一条路，是排满了土娼的街。苦工们有了钱，到这里来化去的。只有坐在从车站到道外的电车上，就能经过这条街，靠西的一排，都是这样矮小的房子，挂了红布窗帘。那里还有囤积黄豆的粮仓，雨下得多了，豆子存的日子久了，发了芽，渐渐地腐烂起来，冒出比什么也难闻的气味。

　　因为木料价格的低下，还有当局的疏忽，所有的建筑物都少用砖泥洋灰。所以，火灾像是每天至少总有两三起。一起也很少是一小部分，因为房屋太密了，一阵火就能烧光了一大片，使多少人没有安身的地方。但是当着这被毁后的房子再造起来，只顾目前的便宜，仍然大量地用着木材。这正是我们中国人办事的精神，这里也正是完全住了中国人的区域。

往日的梦

　　我该真心来感谢你，为你那封短短的信，醒了我一场大梦。这场梦，前前后后占了七年的时日，一直我就是沉在那里，守着那不落边际的理想活了下来。你的信，虽然只是寥寥的几个字，可是每个字的笔画都是一只犀利的矛，直直地刺入了我的胸中。这使我看清了一切的事，把什么都为我剖解开了，要我自己明白这场梦的始终。

　　我不该饶舌了，我们真的到永远分开的时候了。但是我却从来也没有想到从你的手中会有这样的字句写出来。我决不讳言自己的愚笨，由于自己的愚笨造成四年前的哀伤，但是始终留给我的是无缺的美好。我想即使我是绝世的聪明人，在三年的共处中，知道你个性的小曲折，也无法想得到有这么一天，你会写出这样的信来！

　　其实，想想看，在这三四年的中间我给过你一点小小的惊扰么？为了你的方便，我都请求你不必再和我通信。自然我知道当你写信时候的苦心。为着自己也要把共处时的一点美好景象永留，也不愿再看你那罩了虚伪袍子的情谊。默默地我活在一个遥远的角落里，每日我的心在相反的情绪里煎熬着。没有一个时候我不想到你，我希望你正得着美满的生活；可是同时却又想到有那么一天，你会悄悄地来到我的身边。这是你自己的话，我想你还能稍稍记得一点，当着那大早晨，你不是流着泪和我说过么："等着我，迟早要到你那里的。"为了这一句话，四年中每次走回自己的家门都怀着心跳想到："她也许来了，她也许在等候我。"我的痴呆恰足以使我愚笨到这一步。自然你是没有来，我也想得到你是不会来的，我还想得到你忘记了我的存在。你不是也说过么："为了忘记你，我以大量的烟酒和淫逸的音乐麻木我的神经，我做到了。"我知道你能做得到，说到忘记一个人，你有着特殊的长处。说到我吧，每次我遇到了从你所住那个城市来的人，我会胆怯地，想问又不敢张口地来问到你。我的脸红着，嗫嚅地说出我的问话；于是一切的声音就都静止了。我什么都听不见，只是等候别人的回答。听到说你是瘦了，又憔悴了，我的心就起始苦痛着。"为什么呢，为什么呢？"我把这同一的疑问千百遍地问着我自己，是生活，是疾病呢？我更会愚笨地想到这是我的罪愆。就为这一点事，几日间我更深地苦恼着自己。我时时像是看到了你消瘦下来的脸，使我的幻想都无凭藉了。我不知道会瘦成什么样子，该更显得高起一点来了吧，该更不能忍受气候的变化了吧？

我都能毫不掩饰地告诉你，离开你几年间我就是一直这样地活了下来。多少人说我不该了，更好的友人就用责备的语气来说，我都忍耐着；可是到了再也不能忍下去的时节，我就把我们曾经是如何好过来的事稍稍说一些，友人就不说话了，只是用温抚的手，拍着我的肩，告诉着我："自己慢慢地强硬一点起来吧。"

怎么样我才能强硬起来呢，我一点也不知道。在平日的生活中，一点小小的事情我也想到你的爱恶，仍然像是有你在身旁一样地凡是你所不喜欢的事都不去做，而且因为你，就更坚固了我的自尊心，时时想到我是和那样的一个人好过来的，为了这个原因我该把生活调理得更好一点。我只是生活在理想之中，我不否认，每个友人也都这样的指摘我。怎么样我才能跳到这个存在于面前的天地中，当着我的记忆里还有那么多美好的过去？

以寂寞苦痛的生活来折磨着自己，几乎自以为是一种赎罪的行为。一切的欣欢都没有我的份，伴了我终日的只是我那灰灰的屋子。"为什么不快活一点呢，你还是这样年轻？"许多人会把这样的话和我说，可是我的手就摸了自己的下颏，那上面正有才冒出来的须尖。人也许是还年轻，心是早已老了，只有那陈旧的对你的情感仍然是那样新鲜。

可是一切我都忍在心中，几年间我从来也没有到你的面前诉说。我却想你也许能想得到，过去的三年日子不是很清楚地使你知道我的性情么？我却真没有想到你的记忆就只如流水，除开刹那的影像就什么也留不住！

一个旧日的友人远远地来了，使他惊讶的是我那纯简的生活。从他那里我更知道了许多你的信息，还有许多友人好意的关怀。我的沉情就又被大大地掀动了。那一晚上整夜地遇见了你。到了早晨，友人看到我那疲惫的精神便问着，我不能隐瞒，就告诉了夜来的事。友人给我广大的同情。于是就想起来为什么要世界上时常存有缺陷呢？他更想着那个"脑后见腮的人"（请你原谅，这是友人来说到那个给你舒适生活的人），那么拙笨和那么庸俗，不见得可以给你较好的生活，就在一月离去的时候，带给你我的一封信。

说到那个人的拙笨，我却仍然是不同意的，至少在攫取女人这一面他有着绝顶的聪明。我真难相信，当着你告诉我的时节，那么一个三十岁以上的男人，为了使女人动心就把头向墙壁上撞去；而且我更惊讶他那虚伪的大量，就是和你结合之后，情愿请我为你家中常住的客人。这正就是他的聪明处。我呢，我始终就是不屑于理那个卑琐的小人。我的个性使我如此，不止是那个人，就是你以为有用的好人物，不是也时常为我加以白眼么？

想到写信了就一直在脑子里萦绕着，时常默默问了自己的是，我该如何来下笔呢？人是相离近四年了，虽然知道了生活的一点梗概，不可知的变化正不知有多少。有的时候我伏到桌上，开头的称呼也许就难住了我。该说的话像是太多了，就觉得一句话也没有法子说出来。其他的事我都停顿了，就是这样我守着深夜。睡中我也是不安静，我不知道这将是苦难的终了或是增深，几年来就好像一直不是为了自己活下来的。终于想到过去朴实的生活，坦白的相待，在友人离去的前一夜我就写去了那封信。当着我那封信放到友人的手中，自己的身子和心都微微地打着抖。我不知道它的命运将如何，我更不知道自己的命运将如何。

为了一封信，自己的心就像是在更大的焦灼中。尽着理想的可能向了不良的结果那面想去；可是在心中偶然（对于自己都像是有点偷藏的意味）也想着，真若是事情的变化如自己真心的理想呢？那就什么都该改过了，而且我，几年来的生活证明我需要人的温抚，我知道若是有你在我的身边，我就能更有力，更勇敢地活下去。

好心的友人不忍使我有过久的期待（他说过和我同住过一个月，对我更明了得多一些了），很快就有了信来。在信中写着随了另外一个友人去看你，写着遇到你了，瘦弱而憔悴。写着在墙上看到了一张照片，一男一女和一个孩子。他还告诉我孩子是美丽的，男人是痴笨的（他就用了脑后见腮的这一句话来形容）。说到你呢，他说你是若有所思的样子，他还告诉我如何当着女仆走了进去的时节，他们起始说到我的事。也许是他的过想，他觉得你像是觉得不安和Guilty的样子。于是那封信交到你的手中。他们还殷切地说着无论如何给我一封信，他们代我写下了我所住的地方。

但是由于友人的观察，知道你已经十分适合于你的生活了。当着这外来的情感触到你的心上，稍稍地动了一下，便会全然静止下来。这是不可征服的惰性在主宰着，要使你一代一代地只成为附庸于别人的动物。他更劝我把心平下去，为着自己，为着多少友人们该更努力下去。

我知道友人所看到的自有一番真实，但是几年来的梦一直抓住了我，即使有较清楚的想念也不能进入我的脑子。我想，就是能得着你的一封信，一封以诚坦的句子写出的信，也能使我那僵死的情感一半复苏起来。

我就等待着，等待着。

终于你的信就来了，那是在我为了母亲的病离开所住的地方五日后又回来的时候。在许多信件中我一下就看出你的笔迹（那一直是为人说着和我相像的，可是我却觉着有一点粗犷了）。我匆促地打开来，我就看到了你那无情的字句。我没有想到。一直也没有想到你能把那样的信写给我。我遭受再也不曾想到的打击！我的心在疼痛着，我的全身都颤抖，我的手指凉了下去。七年来的一场梦倏地成为粉碎了。我自己却也好像再也不能支持我的身子和我的心，但是我已经有了决心，从此我不再做一个"情感的傻子"而要做一个"勇敢的傻子"了。

由于你的残忍，我的心这许多天就不能沉下去。我咬着牙，要抖落一切苦恼着我的羁绊！我要自由自在地活下去！我有许多事要做。我再也不做情感的奴隶，我有着极大的信心。我知道我能这样，而且自信或早或晚总能随了自己的心愿。

我绝不会再给你信，而且在我的记忆中，我将使你完全消灭。我要好好地为我自己活下去。

是的，我要好好地活下去。还为着那些关心我的友人们。我要和孤寂的生活挑战，看看我是否真的就如此败北了？

对于你，我们是无关的日和夜。我们永不相遇，而且我决不会使你的名字再挂在我的嘴上。我明白你的好生活，我愿意那样的好生活永远随了你。

　　我再告诉你，我是十分感谢你的那封信，那使我看到了你是一个什么样的人，而且我也能从苦痛的桎梏中重生起来。……

关于我自己

我将告诉你我在忍受着一个庸俗的人的侮辱，这抓碎了我七年来的一场梦；可是这缕缕的碎片粘附在我的心上！我以极大的苦痛来承受这折磨，我不能睡，我也不能沉下心去。到今天有人还在和我说到我的健康，因为他看到了我的手时时在轻轻地抖着。

我一定要说是一个庸俗的人，我还要说是庸俗中的最庸俗的，——这几乎超越一切人的想象之上。说是有这样的一个人，也能在这世界上活着，会成为使所有的听者都觉得惊讶的。我该怎么来说呢，这个人曾经是我的理想，是我的灵魂，就是到了分别的时候，我也终日守在一旁，幻想着那么一个影像，才感动得我想着我必须正直地、忠诚地努力下去。这样子我使三四年的日子都流过去，我还从来不说一句话，不为别人幸福的生活掺进一粒细沙；终于我却得到了这样无情的侮辱，只是这一下，就把我理想中的天地弄得昏暗无光。我想，这是一个梦么？是否这张短短的纸是当着恶鬼握了她的手她才写了出来？一切的事是一个短短的梦呢，还是七年来我就是在一场大梦之中？

我都没有法子来和你说了，在我从前的描画中的这个人曾使你神往，即使是分离了我也还骄傲着我们的往事，我把我们的分离说到愚蠢的家人责任，说到社会的责任；可是那美好的印象从不会在我的记忆中稍稍淡了一些下去。你是知道我的生活的，纯然过着简单的专情的生活，为了别人的缘故，我不肯使一天的日子过得有点含糊。在那间有灰灰墙壁的房屋中我寂寂地过着我的日子，一个友人说过在这样的房屋中住不到两个月就会使人变成一个疯子，可是我已经住了近两年。每面墙壁的中间呢，就悬了一个人的肖像。别人所看到的只是一个美丽的女人的像（有的人还只注意到它的取景和光线），在我的心中，那却是栩栩如生的活人。它会伴着我度着迢迢的日月，它会当着我疲倦的时候给我温柔的微笑。——我时常能听到那笑着的声音。有一张就是一个侧影，那我还清楚地记得，留在那上面的还有一个美丽的黄昏，条条的黑影的亭的柱椽，倚坐在一根立柱之旁的就是一个飘着短发的人形。好像自从坐在那里之后就一直也不曾移动。我总还像听见一个人那么轻轻地说："你总是那样慌张，这一次怕又照坏了！"感谢天，那一次是并没有照坏，正可把美的形象留下来的也就是那悬在墙上的几张影像。

多少人时常说我不该在理想中过日子，关于这一件事，我就是守着无用的记忆使自己悲伤也使自己快乐；就是在做人的一面我也是倔强的，从不苟且的，生起气来就脸红的一个人。为那过去的事我鞭策着自己，我时常想："我该好好地活下去呵，我曾经和那样的一个人好过来的，我不能玷污她，我要努力，我不是和平常人一样的。"就这样我过了四年的日子。

我不反对别人说我愚，因为过分把信任放到人的身上使我在人生的路上受了最大的一击；可是我还守着许多空的誓语，我为着这些空的誓语在自己的脑中织着灿烂的希望。每次我遇到从那个人住着的城市中的来客，总是又胆怯又热心地问到那个人的信息。别人会告诉我说是在街上偶然遇到了，又憔悴又衰老了，于是我的心就怦怦然地跳着。我就尽着我的心力来思索，一直到客人看出我这份可笑的神情故意用大声说着话的时候我才能醒转来。这样我才记起来在我的身边有着客人，我自己也该在能力所及之内陪伴着客人谈些其他的事。

这几年来我就是一直如此，一个聪明的友人曾和我说："你永远不会忘记她的，只有使你和那样的人过着几个月的共同生活，你才会不喜欢她了，觉得她不是理想中的那样美好。"可是现在呢。我用不着那么大的生活变动，只是短短的几句话，就把我一切过去的现时和将来的理想都打得残破了。我真要挺起身来做一个汉子，我不想到别的，我只想到对这样的一个庸俗的平凡的人，只有在遇到的时候把手掌击到脸颊上，像打一个下贱的，——我要用什么字来比拟呢，好像所有的字都不足以来形容这样的一个人了。

那张短短的纸是当我从回来的时候看到的，最近一切琐细的不幸把我紧紧包住，我的身体又十分坏（就是一星期之前我发烧到四十度零二），我的母亲也是在严重地病着。我读过那几个字使整个的天地倒了一个身。我想着我的脸是变了色，我的手是冰一样的凉，我的心起始在急促地跳动。我不知道我是该坐着或是该站着，其实我已经是在我那间屋子里来往地在踱着了。有的时候我的头碰到了墙壁我才转回身来，我的心不能宁静。我痛恨着我自己，为什么会和这样的一个人相识？而且我更想到我的愚笨，七年中自己就是一个没有眼睛的人么？我想着这也许不是十分晚的。我还十分年轻，我该勇猛地活下去。我要把一切事都忘记，做一个虎生生的汉子。我该跳出一切往事的囚牢，使自己强硬起来。这一次我有绝大的信心，我知道我能如愿以偿，只是我自己需要更大的力量来忍受一切眼前的困磨。但是这番苦难再也不能打倒我了，我要使我的记忆中没有一点那个人的影子存在，我相信我自己，只是要稍长的时候。你该放心，我还要正直地活下去，努力自己的事，为自己，为关心我的友人们。

不要担心我的健康,我知道不久我就能全然平静下去。将来我一定能活得更好,相信我,你也该庆幸我,我可以算是重生了。

……

生活与猫

原谅我上次回信的草率，你要知道那时候我整个的情感是在多么大的颠仆之中。我几乎都失却了自信力，我不知道那件突发的事该给我多么大的影响。这么些天我咬着牙忍受着折磨，这一次我真的要使自己强硬起来了。虽然每晚我不能安睡，我还只是想到这不过是一时的奇象，我相信不久就会好的。

昨天夜间我好像睡着了，可是我做了一整夜的梦。在梦中我总是和那个人面对，好像我还记着我要把我的手掌印在她的脸颊上，我都忘记了是不是固执地那样做了；可是我却记得我是十分苦恼，好像是躲开她似的。我还记得一直就没有能躲开，她像是跟定了我，所以一夜我是十分苦痛地过去了。

早晨我就觉得十分疲倦，张开眼睛的时候，只是窗纸的上半有一线的太阳。在我那灰暗的房屋中，夜是显得更漫长一些；才近黄昏我的屋子就暗下来，到早晨，太阳好像是最后才照临。

再要告诉你的，在这里秋是更深地降临了。庭园中的花草大半都已枯萎，有的都为仆人拔了下来堆在那里等候着清除。可是大麻却还傲然地长着，每天不忘记把它那肥大的叶影寂寞地印在我的窗帘上。呵，这窗帘我想起来在你最近的信中还问起来什么时候调换就告诉你。你嫌它太陈旧了，说是影响了我的心情。这句话我记着，想到即使是把窗帘换了新鲜的，我的心情就能好了起来么？

我十分怕秋天，我该好好地告诉你。这给了我无限的空虚之感。伴了这个秋天来的，又是那么一件惊天动地的事。我真有点难以忍受，我独自坐在我的房中，听着大麻果实的爆裂，真像我自己的心炸碎了。我悄悄地走出去，坐在石阶上，双手拢了膝头，望着天上飘浮的白云，什么都是那么空，没有一点凭依，我就想到为什么我要生到这个世上来？在从前，我总是想到为什么一个人要自杀呢？现在我体味到了，如果我想活下去的力量稍稍小一点，我定然会用自己的手结束了自己的生命。

也许你还该为我庆幸，我并没有依你那聪明的想法，才对一个人全然断了念。十分自然地我永远不会再想到那个人，而且我十分后悔为什么把七年的日月花在这样的一个人的身上！我相信你知道我不是一个没有情感的人，如果你看了那短短的一张纸你也要为我切齿。但是我还觉得这是好的，因为这使我真的觉醒了，我不再生活在我的理想之中，为自己为友人我要好好地活了下去。

还该诚恳地告诉你的就是我的心是那么空，像永远也不能满了起来。抓碎了的大梦在我的心上留下了不可弥补的空白，我想站定了脚。可是我没有能如愿。我要你给我信。像哥哥或是弟弟一样地待我，多多写给我，告诉我该怎么做。近来我大半的时间是消耗于在自己的房中往返地踱着，有时候紧紧地抓着自己的头发，一直看到手指上缠绕着有一两根细细的黑发才甘心。我不知道为什么我会这样不宁静。时时在我心中想着的却是我的心该平静下去，我要安静地过着日子，我不该这样，不是有许多友人殷切地望着我么？

我十分希望你还是在我的身旁！我知道你定然会对我好的，你能告诉我许多话，要我如何才能安下心来。我要求友情，这一时若是没有友情我就不能相信我还能活下去。

有时候我想到去，在那里我知道有更多的友人，他们都会对我好；可是那个人不也是住在么？在这时候只要我想到我是和她呼吸着一个城市的空气我就不知道该怎么好。你知道我那粗暴的性子，真就要我什么也不顾任着自己的性么？我想得到没有一个人愿意我这样。所以我只能守在这里，像困在幽谷的一支兵，等候着感情的粮草。

再要说到那几只猫了，我不是告诉过你么，在从前我养过一只美丽的。那一只是不知从何处来了，结局却也是不知向何处去了，只是陪伴了我寂寥的岁月，到了还是无情地逃去了。但是当它在我们的身边时，我的生活是多少为它活动了。它是那么能体贴人的心意，它会钻到抽屉里，安稳地睡一觉或是守在案上睁着发光的眼睛望着一个人在灯下迅速地挥动着笔尖。但是终于是逃去了，为着什么更大的诱惑呢？没有法子想得到了。只是早就想到了迟早是该逃走的，心也就安下去了。

这三只猫呢，那一只大猫暂时是不会逃走的，因为那两只学步的乳猫，她不能舍开她的子女，所以我知道一时间她不会离开了我那空空的家。小猫长大了些起来，那只头上顶了三块浅灰的白猫，两三次几乎为友人抱走了。那都是当我不在家的时候。它的眼睛一只是蓝的，那一只却是灰的。那只小黑猫却冒出了白色的毛尖，像是在雪地里滚了一遭似的。它们已经能用横斜的步子跑着了，有时候在互弄着，有的时候会爬到我的脚下来，咬着我的鞋，好像早有预兆似的，我知道这三只猫仍然要离开我。若是你再来到这里，我就爽快地以之相赠。可是这些无情的物品能和谁永远厮守着呢？

想到住处了，你不是说过么，若是住在我这灰色的房子中，不到两个月就会疯了的；可是我想到了你说在你的屋后正是一个铁工厂，每天都有打铁的声音的事。在那情况下我的神经会乱起来，我怕一点点嘈闹的声音（你不记得有时我在深夜把时钟都藏起来），若是我住在你那里，我定然会觉得那些铁锤是打在我的心上，我的身上。我将更得不着安宁，我是一个月也不能忍受下去的。

　　这时候呢，我却忍受着无形的铁锤在我的心上敲打，这是给我适宜的磨炼，可是你该告诉我，如何我才能忍过去呢？……

写到一个孩子

我十分感谢你的信,这几年中我一直在友情的温暖中活了下来,许多人都待我好,也都希望我勇敢地做一个人。自己并不是不知道这是我一条该走的路。可是一直又缺少这力量,在某一面我不讳言我的软弱;在另一面我又过于刚强,也是友人所共知的事,我像是一杯水中的一滴油,无论如何被搅扰之后我还成为我自己,我难得和眼前这个社会混合起来。

因为过于沉在自己的理想中,生活就感觉到十分苦恼了。我是那么喜欢做梦,我自己就时时躲在自己的角落里,不是说只是我一个人守在僻静的处所,我所思想的也是在那小小的国度里。在那里面我看到美好,我感到喜悦;可是当着我真的张开眼来,一切存在于我的周遭的事物,都和我的梦有那么遥远的距离,空虚立刻就抓住了我。我一点点的满足也得不到,我苦痛着,对于现在的社会就有了说不出的憎恨。

一直到现在我还是如此,我不肯附庸于人,什么事都有我自己的形式,所谓我的形式就是那样梦影模糊。我把一个好人想成过分的好,我就记忆着，追念着，景仰着；终于是一瞬间什么都破了，完了。于是我想哭，来哭我自己的愚蠢；可是我已经发不出一点声音。我只能如寒蝉之噤默，我就默默地守着，我还来忍受着别人的哄笑，是的，有那么多人在笑着我。我知道这是对我的惩罚，我只能用尽了我的力量来忍受。我庆幸着我自己还能站了起来，抖落了一身往事的纪念，从此我将为我自己，为我的友人们好好地做一个人。

说到悲剧，我只相信我这一生就永远是一个悲剧，每一时钻进我眼里的都是那么丑恶的事物，所以我，我只能仍在我的理想中求得空虚的满足，这些理想，我清楚地知道，都是那么凌空，没有什么可以附着，即使是一阵微风也要动摇一次。我是在做着梦，一个梦又一个梦的。我想你知道我这个人，有时候我就想到我不该来到这个世界上做人。我并不甘心隐避，又为这些现实的事所苦恼；想用我自己的手，我的手又是这么弱。所以我只能忍受着折磨和颠沛，我的心永也不能达到恬静的境地。

可是我自己却永远也不愿意成为别人悲哀的种子。我是一无所有了，抱了过大的奢望的人只能垂了头离开我去，要我来拯救，最该拯救的怕就是我自己。一个装满了愤恨的人（我从来未曾看见过有那样倔强个性和那么多愤恨的人），站在我的面前，尽情地来咒骂我，用一切狠毒的字句（其实是很可以不必的，因为我们并不十分相熟）。这个人好像不想放过我，当着我想说一句话来说明的时候，立刻就掉头而行了。但是有一天，来到我的门前，那是很早的时候，因为前夜的迟睡，我是听到了门铃才急急地跳下了床，随着自己走到外面去（我那个懒惰的仆人又不知道到什么地方去了）。可是为我所看到的就只有一条灰灰的背影，我叫了一声，那个人并没有听见（也许是听见了却还强项地迈着脚步走去），我想得出愤恨正如那灰灰的影子，有力地蠕蠕地落在我的身上。但是一向亘在我心上的内疚却消灭了，因为这个人再不会为我而哀伤。

我却是喜欢孩子们的，他们有天真的无邪，他们各有一只大而亮的眼睛，他们笑起来是无休无止。他们的心是那么好，那么直爽，爱别人甚于爱自己。在孩子们的中间我记起了我的年轻，他们给我力量，当着他们的眼睛望了我的时候，我就觉得了那无言的话语，除开我再也没有一个人能听得出。我却听得出每一个字，有时候我被感动流着泪了！我听见他们这样说过："为什么变成这样沉默？使胸中的火花再爆亮一次吧！不要为孤独侵蚀你的岁月，你该好好地再来一下，就是在火花之中烧死了也比你无用地躲在一旁等候着死亡好得多呵！"

是的，让自己的热情再激发一次，就是烧死自己也是值得的。冥想中我时时记起来说这句话的孩子的面影来，他那圆圆的脸，和那一双红色的健康的双颊。他那清朗而又动人的声音……

他是早就不在我的身旁了，他在遥远的一个城市中住着，但是他那一双亮亮的眼睛在我的记忆中闪着，他给我希望，在我这一面他是闪耀着的一团光。我将告白着：我要勇敢地固执地活下去。

你该为我高兴。

十一月十一日

又说到我自己

　　在你的面前来说明或解释我自己，将是一桩最愚蠢的事。你知道你懂得我甚于我自己。从我十分年轻的时候你就认识了我，那时候你总记得我是多么一个不懂事的孩子。我没有一般野孩子的趣味，我也不喜欢读书；我只愿意被丢在我自己的角落里，任着自己去幻想。消灭了一天一天的日子，却分寸地增长了我的躯干；于是我就成人了。

　　当着还是孩子的时候，我有过多少美丽的关于成人的"白日梦"呢？我不愿意说，我也不会说。你好像在那时候就能看到一切，虽然你也是一个孩子。见面的时节，若是在微笑以外再和你说上一句半句话，那你一定就不会放过我，要来问我一声："到我们都长大成人的时候还是好朋友么？"有的时候我是很快地点了一下头，有的时候我却又默默地走开了。那也许是为了因为听到从你嘴里说出来的"成人"两个字，又引起了另外一个"白日梦"来。

　　真是到了成人的时候，一切的不幸就随之来了。最初还许是因为受着不幸的袭击愕然地惊讶着，因为这是那么生疏的一件事，经过了一番迷惘的思索，于是才想到我是成人了。我审视着我的周身，在深夜里我探求我的心。我想找出些不同来，可是我失败了；我好像寻不出什么变迁来，除开外物的改易。我迟疑着，我彷徨着；可是一件能把任何年轻人折磨至死的事件把我投入痛苦之中，我立刻就像是失去了自己的年轻，顿然觉得是与中年相近了。

这时候你看到我是多么喜欢把自己丢在幽暗的境界中，正如你们所说的一样，在过去的情感的残害中我找出一星星的欢快，纯然地我是活在青涩的过去之中。你不记得么，当着一个狂雨的夜晚，我就独自一个走在雨中，任雨水淋湿了我的衣衫，我只兀然地站在迷蒙的灯光之中，看看在那下面是不是有一个模糊的身影？有的时候我是整夜用双手拢了膝头坐在阶下，到第二天早晨抚着寒冷的露湿的两肩。一夜间我真好像还嗅到清逸的发香呢。你为我叹息，你也可怜我，费了多少口舌才把我说动了。我觉得在男女上我已经是多么老迈，可是在事业上我正是十分年轻。

听从了你的话，再加了我的自觉，我就先放开了我的眼睛。我看到远远的地方去，被我所看到的是一些更苦痛的人，他们不是辗转在个人的情感之下，生活的铁链绞碎了他们的梦，他们的一点合理的生活。可是我知道我的力量是多么微小，像这样大的工作是有待于我的将来。不只是我，也许该说是我们。我先要做的却是把我的爱分给和我相近的人们，——那些需要我的爱的不幸的人们。

在得意者的面前我常是低下了头，而在失意者的面前我伸出了我的手，虽然我的手有时候是那么没有力量。我看见一张愁苦的脸，于是我就想到我该怎么样帮他一点呢？有的时候我是贸然地说了，爽直地把自己的心吐露出来，也许所得到的回报是不安的怀疑。在人与人之间，总是有那么一条鸿沟！因此真心是不能和真心相照映的。

我并不灰心，至少我知道我所走的这条路并没有错。我不愿意在那些琐碎的事件上来花费你的和我的时间。我要告诉你的是我曾经在看视一个垂死的人，听从他的话，忍着他的申斥。其实我和这个人并不十分熟识，而且我还不大喜欢这个人。当着这个人和死亡相近了的时候，一切的友人都绝了迹，为着自己将来的打算他的女人也离开了，于是就留下我一个人。我守着他，我没有想到一点回报，因为他是就要死去了的人。在苍茫暮色中，我坐在那个为病痛折磨得辗转着的人的身边。我是想到了当着我自己将死的时候，是不是也能有一个人来守在我的身旁？自然我知道你会来的，你总还记得住当我死的时候有一件什么重要的事情你该做；假若你是先我而死了呢？我不知道了。我不再去想这些个人的事件，我以茫茫的心来伴守着这个人。

他死了，到死他还骂了我一次，——也许他不是骂我的；可是却只有我一个人听到。

有的人想用伟大的真情来感动我这么一个无用的人。我不是说过么，男女间的事，我是十分老迈了。因为不忍使别人伤心，所以我是直爽地说了出来。我能告诉着我可以待之如极好的友人，尽我一份力量来帮帮忙；可是再多的话，我就不能如命了。这并不是为了我的吝惜，实在是我已一无所有。我所得的反响却是无情的斥责，好像是不相伴至死就该如路人一样。即使我有那胆量，有那真心，我怎么能和那么只见一面两面的人就想到这么远的事？有的说来更可笑了，还许连一面也未曾看到，就像疯狂似的激出这么一股不着边际的情感！有的就起始在暗地里来放着流言诽谤我，有的就从此不见踪影了（这还是最好的举动）。有的来责备我不该有那么敏锐的神经。也许是的，我的神经有点不健全。我怕欢闹。有的时候我蜷卧在墙角下的沙发里，使夜色埋了我也不去明灯（一个友人看到我这样的情形发出十分的惊讶），但是我处置那些事我却认为自己是健全的。我以坦然的态度，来尽自己一份的力量，共度这人生的路途，难道说是我的过错么？凡是那些小于我的，我把他们看成我自己的弟弟妹妹。我爱护他们，有的时候他们或会说我过分了，因为几乎像母亲一样的那样琐细，那些孩子们有的是没有家，有的却在受着家的迫害，有的又是在那满了毒气的家中不能做一刻的停留……他们没有人照顾，没有人来关心，我会大声地和他们说："来吧，都拿我的家当做你们的家吧！"我的家，你是知道的，不是空空的会使每个人都笑起来么？但是，无论如何也总算是一个家了，我可以使他们都得着些许的温暖。我觉得满意了，因为这些孩子们因为有了我的照看就有了更高一点的兴致。可是那些一向不负责的亲人却把我的举动加以大的误解；不只是误解了，从这一面和那一面造出许多不可能的计策，强着我去做那些不可能的事。我明白这种人的心肠，只是为了我的个性，我不愿指了他的脸去斥骂。这是自私的，无用的，或是我可以说一声卑鄙的动物！但是我却起始苦恼着了。告诉我这是我的过错么？为这件事我不能使我的心静下去，我又厌恶人类了。也许这样说你又以为我是过分，我该说对于这种人我是极端地厌恶着了。我想逃开了他们，我能如愿么，当着我没有能逃开这个世界之前？你来说给我，我该怎么办？……

我的母亲

不知是往事丢下了我，或是我丢下了往事；在那一面我真的感觉到十分平静。这么多年情感的折磨，也尽够我忍受的了，使我猛然醒过来的仍是那么一个人。友人们没有那样的力量，就是自己也没有那样力量的，幻想的楼阁坍塌了，因为一切的料木都是虚拟的；所以就没有遗迹再留下来。当着你走在海滨的时节，在天空幸运地看到了一闪美丽的景物的照映（有一个古拙的名字，就是海市蜃楼），它消灭了之后，除开那青青的天，你还看得见什么？是的，我的心情恬静得如那青青的天，我该这样和你说。可是实质上，我的心是更不平静，这许多天我是忘记了自己忘记了天日地活着。你又要说我没有用，也许是的，我会这样想；可是烦恼着我的，却是我母亲的病。

那不只是烦恼着我，而且是苦痛着我的。母亲这二十年来没有过一天安适的日子，她随了父亲度过了多少困苦颠沛的时日，渐渐地疾病就随了老年一齐在她的身上降临了。我听到她一声呻吟，就如同有一把刀在我的心上划过一次，当着我听到一个庸医说到她的病将不治了，我的悲伤是和气愤紧紧地缠结起来。你知道我想什么，我想把我的手掌盖在他的脸上，我还可以拉下他的胡子来：我一定要他说他的话是没有根据。我的全身都润满了汗，我几乎倒了下去。我总想着他是说着谎话，我不能信他，可是我的心在打着抖，深沉的恐惧笼罩了我整个的人。

是的，母亲不能离开我们，我们也不能离开她。日渐衰微的家是只有父亲母亲和我们几个弟兄，我们需要相互间一点点的温暖，使日子不要再冷下去；而且她，她在劳苦中把我们养成人了，她还没有看到她的孩子们将如何像野兽一样地来和这个社会搏战。

第二个医生证明了那一个医生之无用，病虽然是沉重，还有治疗的方法。你想不到，我会变成呆子一样了。我听取那个医生的话，他的一句话可以使我高兴也可以使我忧伤，当着我从外面回来的时候，轻轻地用脚尖走着路，一声低微的叹息，将如铁掌一样地来抓住我的心，我的心一直就不会安定下来，到夜间也不得安眠。时常会突然间从梦中惊醒了，夜中像是听见母亲的呻吟，就披了衣服，轻手轻脚地走到她的窗前，谛听着。在她的窗下我往返徘徊，有的时候却是为我误听了，因为她正好像十分安稳地睡着，没有一点声息，我的心也就渐渐沉下去了，窗外正吹着震撼天地的狂风。

看到我的食量减少了或是人也稍稍瘦了一点去了，母亲也关心地问着我，她要告诉我不要为她的病忧愁；她是不会死去的，她也不愿意死去。"我该多看你们些年"，她会这样说。我几乎要忍不住了，我趁了闲空躲在自己的房中默泣，我不敢想，若是我再失去了我的母亲呢？

你也许又要说我的心境是过于狭窄，我的眼睛的视野也并不宽广；可是这些细微的情感，正牢牢地包住了我，使我无从脱身。每一眼我望到病痛使她呻吟，我就想着为什么不是我自己呢？我望着她，我想把我的这点精力，这点血肉全都交给她，只当做她未曾生过我；实质上这却一点用也没有，我只能站在一旁，看着她苦痛地在病榻上辗转，我自己只是在额角上流着凉汗。

　　有时候我几乎有一点愚痴了。我信医生的话，同时我愿意问问这个或是那个，是不是我们觉得她的情况也好起一点来？这近于欺骗我自己，我知道，我不是也有我的眼睛么？我什么都能看得清，可是我有时候不愿意张开眼去看，也不敢去想；我只愿守着空虚的幻想，以得暂刻的安慰。我忌妒别人的欢乐，我更忌妒别人的母亲的康健，这都是没有理由的，也是不该的，可是我真就是这样了。

　　随之而来的则是个人的空虚之感了。生活像是填不起来的空白，虽然还没有活到三十岁却已暮气沉沉了，你该懂得我，如同懂得你自己一样。在先是感受一切外物的不如意，浸到了内心，忍耐着，搓揉着，终于又发了出来；可是从此就不会受丝毫外物的影响了。感觉到活在这个世界上并不是一件快活的事，自己又无力来改善；这时候我就很容易想到自杀是一件极平常的事。脱逃，躲避，还有比用自己的手结束自己的生命来得更好的么？

　　我怕这凄凉的人生，我怕黄昏，我怕阴霾的天……我都不敢想象我那的"家"（为了那灰暗的颜色，一个友人说过住不到两个月，就可疯了；另一个则说，只要三天就可成为狂人）。我怎么样还能在那里住下去，虽然我已经住过两年的时光！

　　为什么我要想这许多呢？就自自然然地等着每一个日子挺然地和我面对之后又迅速地逃掉也就是了，日子成了那么一大堆，于是就又可傲然地说一句："又是一年了。"

　　我就是这样活着。医生过来说我的母亲情况是更好起一点来了，我的心也就安下去一些；我看到她真是好起一点来，我喜悦着。我想起了忘记自己的那许多日子，我也记起了友人们。我坦白地告诉你我是这样子活下来的，关心我莫若关心我的母亲。

　　初冬的夜晚，青的月光铺在地上窗上，寒冷刺着人的肌肤——等一等，她好像又在呻吟了……

谢谢天，又是我的耳朵作祟，她睡着了。……

十一月六日

纪念我的亡母

弟弟：不幸早就笼盖在我们的头上，我曾用了全力去顶撞，我想用我的手臂高高扬起，冲破了它；我也想用我的脚，把土地踏成了一个深洞，我们都沉下去。我想克服，用我们的力量，我大叫出来："命运是不公道的。"我想花掉最后一点精力，来和它争战。我也想哀恳，——是的，我愚蠢又盲目地哀恳过了。可是不能，什么都不能，我除开承受着那重压以外再也没有其他的路，我想躲避，我不敢想。我又把我的信心给了自然。我想："母亲也许会好起来。"我就不敢再多想一点："怎么才能好起来呢？"终于，一脚踏了一个大空（这你们该明白，当着我们在生长的时候，我们有过许多这样的梦，从梦中惊醒了，是要喊着母亲的），我的躯体在空中翻了无数的身，总是落下，——落下，终于跌在地上。我懵懵懂懂地伏在那里，什么都不记得，只知道我的心在刺痛，——从来也不曾有过的刺痛。张开了眼睛，我总看到我是到了一个完全陌生的地方。什么对我都生疏，没有一张相熟的脸，天地都变了样，我像孩子一样地喊着母亲，可是母亲再也不答应了。

我不能思想，我忘记了一切，又忘记不了一切。我守在母亲的身旁，母亲是静静地躺在那里。我不相信，因为都是那样不可信，我把头俯在她的头部，好像还听见她的鼻息；可是她再也不张开眼来望着我，像几天前夜中守了她的时候，和我说："是你么，你怎么还不去睡呢？"她不再和我们说话了，她再也不看我们一眼，弟弟们，你们知道么，我们没有了母亲，——我们再也没有了母亲！

我的手不足以写出我的悲哀正如同我的眼泪不能使母亲再生一样。这是无可填补的，活在这世上的每一个人都无能为力。身边原是有那么多人活着，对于我们都是那么漠然。可是看见一个人，我就会问着同一的话："你也是没有母亲了么？"他们都是那样高兴，必然是没有失去母亲，他们有暖和的家，有适宜的温存；我可是忧伤的，我们没有了母亲。当着我走回家门，忘记了母亲已经不活在我们这个世界里，我还是提轻了脚步，深怕惊醒了睡着的母亲。那时母亲若是还未曾睡呢，我定然为那从窗间投出来的灯光罩上了一半的喜悦，一半的担心；近了她的门边，听着她并没有呻吟，才真是满心高兴地脱去了外衣，她也许就来叫着我，问询着是不是我回来了。立刻我就会走到她的身边，她或许正坐在那里等候着，告诉着想着是该回来了，她露着温煦的笑，她是那么爱我们，我想象不出，我只记得从来在别人的脸上我未曾看到过像那样的笑容，我自己也就如孩子一样地伏在她的面前了。……

我们都记得，弟弟们，二十年来疾病没有使她过着三月以上安宁的日子。近年来，又为了许多不如意的事紧紧压着她的心。她是沉默的，不大多说话，情感的重负都积在自己的心上，于是她就为这些烦愁打败了。由于疾病而来的苦痛，是想也不敢想的，可是当我每次想起了母亲，只有母亲健壮时候的影子在心上闪动。这和母亲的死，有着遥远的距离，有着绝大的不可能。于是我就加倍地觉着伤心，睡梦中突然地醒来了，耳边还遗留着母亲的言笑，在黑夜之中张大了眼睛，——什么都没有，陡地想起来母亲已经是永远离开了我们，就再也不能忍流了下来的泪。为了想使自己的哀恸减少，友人们把什么样的话都和我说过来，我自己也尽力想着远大的事物，或是说到死的美丽与庄严（母亲的遗容，确是给人那样的印象），但是亘在心上的一点小心愿，却是只要有母亲活在身边，就把什么都失去也不后悔。弟弟们，我想你们也定然是这样想的；可是这小小的心愿，却是那么无从补偿。母亲就从此抛下我们了。

母亲临终的一月前，我就在母亲的身边过夜了。她厌恶灯光，又怕着黑暗，小小的声音也都使她不安。我坐在那里，几乎是屏着呼吸，她会突然地问一声，是谁在这里。我急速地应着，问着她有什么事。她没有什么事的，她告诉我，却问着我为什么还不去睡？我就骗着她，说时候并不太晚，我自己也不困乏。母亲才又说，她愿意我在她身边，为的是有我她的心才能安下去。可是当着我伴了她一天以上，她几乎是逼着我去安眠，有的时候我不能睡，就守在靠近她住室的一间，我不敢贸然地走进去，她会责备我的。我静静地坐着，想到医生们的诊断，就流下泪来；她也许醒了，说到我，我就急急地用手掌抹着脸，走近她的身边。她要问我是不是睡得很好，又吃了些什么……

她虽然一直对于什么事都清楚，在感觉上，也显出一点不济来。我时常在她的房里背了她垂泪，有一次和姐姐还几乎哭出了声，她都一点也不知道。时常她醒来了，眼睛睁得大大的，咂着嘴，也不说一句话。当我们问到是不是口渴了，她才点着头。可是她喝不到两口便不要了。她的喉咙已经不能自如地吞咽着食品和饮料。

回想母亲由疾病而忍受的苦痛，心便在抖着。她的肺管一时也不能安静，仰卧是不可能的，左侧卧和右侧卧都不能在一小时之上。她喘着，面颌下的伤口又时时疼痛，她的呻吟从未曾断过。可是她没有想到死，她怎么能丢得下她的孩子们呢？她要活，她要多看看我们，一直到最后她还忍苦地进药，她是那么殷切地想活……为守着的我们看到，却更伤心了。我们叫喊，我们哭；可是她顿然闭了眼睛，就再也不张开了。

母亲的话却一直在亲耳中响着，她时时念起远在重庆的功，她也惦记着丕和畴。父亲和姐姐没有回来的时候她也常说起。她想看看她的孩子们，那么清醒的她竟两三次地把泽误认成功了。我不敢说，也没有写信来告诉你，事实上半月的旅程她也不能延候了。

她在床上躺了三天才被装到木棺里去。我是有点愚了，因为母亲说过就是她闭了气，也还能活过来的，我就时时俯下身去谛听，好像我听到她微细的呼吸，我抚摸着她的手，——天呵，那已经是比冰还凉的了。那寒冷一直从我指尖穿过我的手臂，还冷透了我整个的身子。我的心在打着抖，我的腿软了，我跪下去……

"母亲为什么成为这样凉了？"我一面流着泪一面思想着。我想着天气也许是太凉了，室内又没有火（没有火，是由于一种习俗）。那时候我却没想到躺在那里的是无生的母亲，她将永远不再和我们活在这同一的世界里，她再不和我们共同地消磨着日子。

当着母亲被放到棺木中，我是被许看她最后的面容。那脸是十分安适的，庄严的，没有一点苦痛的样子。她的眼睛并没有全然闭紧（也许她忘不了留下的孩子们），但是一点也不可怕。那时我极力睁大了眼张望，一面抹着泪一面把头伸过去，终于那方笨重的木板盖上了，加上钉，浇了漆……

虽然我们已经都不是终日厮守着母亲身边的小孩子，可是却更深沉地，幽远地感到没有了母亲的悲哀。谁还来问着我们的寒暖，像她那样的殷殷？谁还能当着我们为不如意的事所环击，给我们温和而慈祥的劝慰？一句话，一声笑，都随了母亲沉灭了，没有一点痕迹。记忆只留下轻飘飘的影子，当我们要更真切些的，伸出手去抓，立刻就感到空了。

是的，这是空，什么也没有的空！没有什么能为我们抓住了，我们是孤零零的一群！弟弟们，记住了：我们只是孤零零的一群！

母亲走了以后，家就成为更寂寥冷清了。母亲住过的房子上了锁，没有火，也没有灯光。我们用着低语来说话，好像还怕惊醒了病着的母亲。走着路就更清晰地听到自己脚步的回音，偶然把眼望到母亲住室的窗，眼睛就湿润起来了。怕着看过去，又时常把眼转过去了。有时像是听着母亲的呼唤，急匆匆地跑过去了。近了门才突然想到母亲离开了我们。迅急收住的脚，像定在那里，仰首是没有边缘的苍苍的天，踏在脚下的是那驮了万千生物的土地，可是在那里也没有我们的母亲——那里也没有我们的母亲。

你们总还记得我们的家是什么样的一所房子，从早晨到夜晚，永远有阴影落在地上。每天像是更早就黑下来，到早晨呢，太阳是更迟懒地升起。入了夜，我们很早就睡了。疲困，忧烦，对于生活没有一点好兴致。我们爬到床上去，关了灯，可是我们并不能安然地睡着。相互地听着各人的反侧，谁也不说一句话，有时那强抑住的抽噎低低地响了，就引起这个那个的伤心。我们都不能忍了，就爽性哭出了声……

这晚上，弟弟们都睡了。我两三次地走近他们的床前去看视，他们都睡得很好，好像他们忘记了自己是没有母亲的孩子。我为他们拉着被角，看看有什么地方会钻进风去。我自己是一面流着泪一面写给你们这封信。我的眼感觉到十分疲惫了，苦涩地再也睁不开来，我的头垂下去。恍惚间我听到了一个声音说着："孩子，困了么，睡到床上去吧，着了凉又要生病。"这声音对我是那么熟习，我记得，那是母亲，我就匆急地张开眼，四下里望着，却是什么也没有。灯光照耀的屋子，显得广大而凄凉，我却是漠然地独自一个坐在这里，泪水冲淡了我画下的笔迹。我叫着母亲，我想她还没有离开我十分远，可是没有人答应。时候是很晚了，只有我的这间屋子还亮着灯。母亲生前用的小座钟在我的案头不息地摆着，我看看它，它默默地告诉我是一点半钟了。母亲在世的日子，她是不愿意我这样晚睡的，她以为这会损害我的健康。想着母亲，我该永远记着她的喜恶，我们顺从她正如她活着的时候一样，我该快一点写，至迟也不要过两点钟。

我该告诉你们，悲哀已经如海水一样地把我们淹没了，填塞了每个小小的情感的转曲处。你们都知道，用这样的话来形容没有一分的夸张。我们却该是随着海水升涨的山岛，要倔强地屹然地立在狂涛之中，坚强地显露着自己。我们都没有了温暖的母亲和温暖的家，我们该就此挺起了身子。弟弟，记住了，我们该就此挺起了身子。不怕风雨的侵蚀，不怕灾害的纷扰；母亲要我们好好地做人。母亲的脸永是在我们的面前，当我们闭起眼来，她就来到了。我们要她笑，要她永远不忧心她的孩子们，她的孩子们会正直地勇敢地活下去。……

没有什么再可以写的了。我不顾冬夜的凛寒，我又到院落中走过一次。当着母亲病的时节，每晚我都是悄悄地走近她的窗下，静听着她是否已经安静地入睡。这晚上，一时间我会忘记母亲是死去了，很自然地我又走到她的窗下。那是寂静的，没有一点音响，我望着房里面，是黑森森的。突然我的记忆大声地告诉我，我就流着泪，我起始在院落中走着，一刻也不停止我的脚步，我的眼泪滴落在地上。我知道那会立刻结成冰。我仰望在天上闪着的群星，我寻不出哪两颗像母亲的眼睛？我知道母亲的眼睛永远在望着我们，像星星在照着我们一样。我想我该走进房去，我该去睡了，我们不能要母亲总挂念着，弟弟们，我们都该好好看护自己，不该要母亲挂念我们了。……

二十五年一月二日

病

　　——没有想到我还能在这个城安然地住下来,而且还住得这么好。那些好意地担心着我不适于在这个城居住的友人也觉得十分惊讶起来了:"想不到啊,你住得这么好。"说着这样的话,一定是问过了我的身体和我的精神之后,而我却告诉着说一切都好。是的,我自己也颇讶异,一向虽然是有着健壮的外形,而身体的不良情况却是想也想不到的。前两年住在古城,更时为疾病所扰,弄得自己没有了一切的兴致。去年的年尾,你知道,由于母亲之谢世,几乎我就要一颓不振了。于是我就来到了这个城,——当着四年前我离开它的时节,我说过五年之内不会回来的。

　　过去的事早该忘怀了,个人的事不应再给我情感上大的颠簸,我知道这是你所深望的。到现在,我可以答应你,即使在街上偶然地遇见了,也能平静地过去。——可是我听说为了怕和我见面,那个人避免到街上来。但近来萦绕于心中的却是母亲的面影。我有无数的追悔,会发着呆痴的想念,要听母亲的一句话和一声叹息,这怎么能呢,我一记起母亲永远静静地躺在那里，我的心就止不住颤抖了。

　　就是因为这样想着，一夜没有能睡好，当着晨光浮上了窗口的时候，头就开始觉得沉重。身子在烧着，手心也是烫烫的，嘴是灼渴着。下了床，从保暖瓶里倒出水来，贪婪地灌了下去，可是心中的火像仍是燃烧着，我的脚起始觉得无力。我仍睡到床上去，我是陷在似睡非睡的状态中。

　　渐渐地，同住的人都活动起来了，一切的声音使我厌恶，可是我没有法子，即是和我住在一间房里的人，他虽然知道我不适了，问着我，却一点不知道对于一个病着的人该怎么做。我想起了你，那一年病在山上，你是怎么样看护我呀？孩子一样的曾也知道放轻了脚步，在暗暗的角落里守我终夜（那是去年，我发着四十度以上的高热）。可是在这里，我受着折磨，没有人可告诉我，我几乎想跳起来，用余力来打那些恣意喧笑着的人。可是那时候连一只手像是都不能举起来，我只能忍受着一切，独自躺在那里。

　　一天都是在半睡半醒中过去，那一天又是一个炎热的天。汗水浸满了我，梦中以为自己是浮在水上。我忍着，什么都忍着，我想克服一切来折磨我的，可是正自睡着了，为突然的人声惊醒，愤怒也自难遏止下去。我还记得医生的话：你不该暴躁，愤怒是对你最不好的——发烧也不好，那更要影响你不良的心脏。记得七八年前的一天，突然为发烧所扰，就昏沉沉地睡在母亲的床上，过了一天，到晚好了，张开眼睛，就望到母亲含泪的一双眼，说："你真，真把我吓坏了！"这情景在梦中重现了，待张开眼睛，想到了，泪就满了眼眶。

　　日间盼着夜，不能成眠的时刻又盼着天明。总以为期望中是好的。但是置身其中了，也许还不如过去那样。好容易盼到了早晨，真是觉得轻快一点了，就站了起来，一个踉跄，几乎跌下去。我抓住椅背，发着花的眼睛渐渐明亮些了，软的下腿也好像能支持得住自己的身体。低低地叫着："我真是好了啊，我真是好了啊！"这时候我才仔细看了一下夜中为了切生果而割破了的手指，伤口早已按住了，一点深紫的血迹残留在那里。我记起来那时候我是焦渴，没有灯火，也没有一个人，就强自把放在床边的刀和生果拿到左右的手中，只是一下就割破了手指。我却没有顾得许多，忍着疼痛我吃下了那生果，因为我的心是在燃烧着啊！

撑了病着的身躯，我走到友人的家中，那已经是下午的时候。友人夫妻还没有回来，自己就先睡到了床上。当着微醒的时候，觉出有人轻轻地揩试着额上的汗，张开眼睛来就看到他。他问我是不是疲乏了，可是当着我告诉他病了的时节，他像十分讶异的样子。

"为什么不早告诉我啊？什么时候病起来的？"

"昨天病的，今天已经好了！"

"好了？这不像。"

一面说一面拿了温度表放在我的嘴里，这时候友人的妻也回来了。

"怎么，病了么？总是你自己不小心。"

她说着也走到我的近前，她把温度表拿了出去，审视到较高的热度，就要我请一个医生来诊治，一面因为对于医生的厌恶，一面不愿意给别人加上麻烦，就说着自己就要回去了，今天已经开始好起来。

"我们怎么能要你回去呢！"

他们几乎是同口说出来，用着张大了的眼睛逼视着我；我却小了，小得只像一个孩子，那一句话敲动了我的心，在那里面我得到关切与温柔，我不能回答，可是我被感动得流下泪来了。

是的，我哭过了，为什么我不呢？你知道我，我们曾经面对着流过泪的。我愿意记忆是一方坚石，平的，光的，在那上面再也寻不出一点逝迹。那样我就能安定些，也快乐些，可是我那不再存在的家，永远离开我们的母亲，还有我那一点点可悲伤的过去，这里那里都把破碎的残片投向我的身上，你来说，我该怎么样呢？

我听从过你的话，张大了眼睛，一步就跨进了社会。我得到些什么呢？我看过些什么呢？在大大小小的角落里都隐着阴狠的脸，你知道我的性情，当着我想抓出它来，想来击碎它，黑暗中却有另外一只手打在我的身上，有时候我几乎被打翻了。是的，这就是我们的社会，也许你会说我偏激，你说说看，我们的社会是什么一个样子？

夜深了，我不想再写下去，絮絮地写了这些不快的话语给你有什么好呢？这时候窗外飘着雨，有的飞到窗里来，望到外面去，巷子里已经积着泥水。在这个城市中，我才得到了一点安静，看看放在桌上的表，是午夜后的两点钟了。

我再该告诉你：我的身体还好，我还能活下去……

猫

猫好像在活过来的时日中占了很大的一部，虽然现在一只也不再在我的身边厮扰。

当着我才进了中学，就得着了那第一只。那是从一个友人的家中抱来，很费了一番手才送到家中。她是一只黄色的，像虎一样的斑纹，只是生性却十分驯良。那时候她才生下两个月，也像其他的小猫一样欢喜跳闹，却总是被别的欺负的时候居多。友人送我的时候就这样说：

"你不是欢喜猫么，就抱去这只吧。你看她是多么可怜的样子，怕长不大就会死了。"

我都不能想那时候我是多么高兴，当我坐在车上，装在布袋中的她就放在我的腿上。呵，她是一个活着的小动物，时时会在我的腿上蠕动的。我轻轻地拍着她，她不叫也不闹，只静静地卧在那里，像一个十分懂事的东西。我还记得那是夏天，她的皮毛使我在冒着汗，我也忍耐着。到了家，我放她出来。新的天地吓得她更不敢动，她躲在墙角或是椅后那边哀哀地鸣叫。她不吃食物也不饮水，为了那份样子，几乎我又送她回去。可是过了两天或是三天，一切就都很好了。家中人都喜欢她，除开一个残忍成性的婆子。我的姐姐更爱她，每餐都是由她来照顾。

到了长成的时节，她就成为更沉默更温和的了。她从来也不曾抓伤过人，也不到厨房里偷一片鱼。她欢喜蹲在窗台上，眯着眼睛，像哲学家一样地沉思着。那时候阳光正照了她，她还要安详地用前爪在脸上抹一次又一次的。家中人会说：

"链哥儿抱来的猫，也是那样老实呵！"

到后她的子孙们却是有各样的性格。一大半送了亲友，留在家中的也看得出贤与不肖。有的竟和母亲争斗，正像一个浪子或是泼女。

她自己活得很长远，几次以为是不能再活下去了，她还能勉强地活过来，终于一只耳朵不知道为什么枯萎下去。她的脚步更迟钝了，有时鸣叫的声音都微弱得不可闻了。

她活了十几年，当着祖母故去的时候，已经入殓，还停在家中；她就躺在棺木的下面死去。想着是在夜间死去的，因为早晨发觉的时候她已经僵硬了。

住到城的时节，我和友人B君共住了一个院子。那个城是古老而沉静的，到处都是树，清寂幽闲。因为是两个单身男子，我们的住处也正像那个城。秋天是如此，春天也是如此。墙壁粉了灰色，每到了下午便显得十分黯淡。可是不知道从哪里却跳来了一只猫，她是在我们一天晚间回来的时候发现的。我们开了灯，她正端坐在沙发的上面，看到光亮和人，一下就不知道溜到哪里去了。我们同时都为她那美丽的毛色打动了，她的身上有着各样的颜色，她的身上包满了茸茸的长绒。我们找寻着，在书架的下面找到了。她用惊疑的眼睛望着我们，我们即刻吩咐仆人，为她弄好了肝和饭，我们故意不去看她，她就悄悄地就食去了。

从此在我们的家中，她也算是一个。养了两个多月，在一天的清早，不知逃到哪里去了。她仍是从风门的窗格里钻出去（因为她，我们一直没有完整的纸糊在上面），到午饭时不见回来。我们想着下半天，想着晚饭的时候；可是她一直就不曾回来。

那时候，虽然少了一只小小的猫，住的地方就显得阔大寂寥起来了。当着她在我们这里的时候，那些冷清的角落，都为她跑着跳着填满了；为我们遗忘了的纸物，都由她有趣地抓了出来。一时她会跑上座灯的架上，一时她又跳上了书橱。可是她把花盆架上的一盆迎春拉到地上，碎了花盆的事也有过。记得自己真就以为她是一个有性灵的生物，申斥她，轻轻地打着她；她也就畏缩地躲在一旁，像是充分地明白了自己的过错似的。

平时最使她感觉到兴趣的事，怕就是钻进抽屉中的小睡。只要是拉开了，她就安详地走进去，于是就故意又为她关上了。过些时再拉开来，她也许还未曾醒呢！有的时候是醒了，静静地卧着，看到外面的天地，就站起来，拱着背缓缓地伸着懒腰。她会跳上了桌子，如果是晚间，她就分去了桌灯给我的光，往返地踱着，她的影子晃来晃去的，却充满了我那狭小的天地，使我也有着热闹的感觉。突然她会为一件小小的物件吸引住了，以前爪轻轻地拨着，惊奇地注视着被转动的物件，就退回了身子，伏在那里，还是一小步一小步地退缩着——终于是猛地向前一蹿，那物件落在地上，她也随着跳下去。

我们有时候也用绒绳来逗引，看着她轻巧而窈窕地跳着。时常想到的就是"摘花赌身轻"的句子。

她的逃失呢，好像是早就想到了的。不是因为从窗里望着外面，看到其他的猫从墙头跳上跳下，她就起始也跑到外面去么？原是不知何所来，就该是不知何所去。只是顿然少去了那么一只跑着跳着的生物，所住的地方就感到更大的空洞了。想着这样的情绪也许并不是持久的，过些天或者就可以忘情了。只是当着春天的风吹着门窗的纸，就自然地把眼睛望着她日常出入的那个窗格，还以为她又从外面钻了回来。

"走了也好，终不过是不足恃的小人呵！"

这样地想了，我们的心就像是十分安然而愉快了。

过了四个月，B君走了，那个家就留给我一个人。如果一直是冷清下来，对于那样的日子我也许能习惯了；却是日愈空寂的房子，无法使我安心地守下去。但是我也只有忍耐之一途。既不能在众人的处所中感兴趣，除开面壁枯坐还有其他的方法么？

一天，偶然地在市集中售卖猫狗的那一部，遇到一个老妇人和一个四五岁的女孩。她问我要不要买一只猫。我就停下来，预备看一下再说。她放下在手中的竹篮，解开盖在上面的一张布，就看到一只生了黄黑斑的白猫，正自躺在那里，在她的身下看到了两只才生下不久的小猫。一只是黑的，毛的尖梢却是雪白；那一只是白的，头部生了灰灰的斑。她和我说因为要离开这里，就不得不卖了。她和我要了极合理的价钱，我答应了，付过钱，就径自去买一个竹筐来，当着我把猫放到我的筐子里，那个孩子就大声哭起来。她舍不得她的宝贝。她丢下老妇人塞到她手中的钱。那个老妇人虽是爱着孩子，却好像钱对她真有一点用，就一面哄着一面催促着我快些离开。

叫了一辆车，放上竹筐，我就回去了。留在后面的是那个孩子的哭声。

诚然如那个老妇人所说，她们是到了天堂。最初几天那两只小猫还没有张开眼，从早到晚只是咪咪地叫着。我用烂饭和牛乳喂她们，到张开了眼的时候，我才又看到那个长了灰色斑的两个眼睛是不同的：一个是黄色，一个是蓝色。

大小三只猫，也尽够我自己忙的了（不止我自己，还有那个仆人）。大的一只时常要跑出去，小的就不断地叫着。她们时常在我的脚边缠绕，一不小心就被踏上一脚或是踢翻个身。她们横着身子跑，因为把米粒黏到脚上，跑着的时候就答答地响着，像生了铁蹄。她们欢喜坐在门限上望着外面，见到后院的那条狗走过，她们就哧哧地叫着，毛都竖起来，急速地跳进房里。

为了她们，每次晚间回来都不敢提起脚步来走，只是溜着，开了灯，就看到她们偎依着在椅上酣睡。

渐渐地她们能爬到我的身上来了，还爬到我的肩头，她们就像到了险境，鸣叫着，一直要我用手把她们再捧下来。

这两只猫仔，引起了许多友人的怜爱，一个过路友人离开了这个城还在信中殷殷地问到。她说过要有那么一天，把这两只猫拿走的。但是为了病着的母亲的寂寥，我就把她带到了。

我先把她们的母亲送给了别人，我忘记了她们离开母亲会成为多么可怜的小动物。她们叫着，不给一刻的宁静，就是食物也不大能引着她们安静下去。她们东找找西找找，然后就失望地朝了我。好像告诉我她们是失去了母亲，也要我告诉她们：母亲到了哪里？两天都是这样，我都想再把那只大猫要回来了。后来友人告诉我说是那个母亲也叫了几天，终于上了房，不知到哪里去了。

因为要搭乘火车的，我就在行前的一日把她们装到竹篮里。她们就叫，吵得我一夜也不能睡，我想着这将是一桩麻烦的事，依照路章是不能携带猫或狗的。

早晨，我放出她们喂，吃得饱饱的（那时候她们已经消灭了失去母亲的悲哀），又装进竹篮里，她们就不再叫了。一直由我把她们安然地带回我的母亲的身边。

母亲的病在那时已经是很重了，可是她还是勉强地和我说笑。她爱那两只猫，她们也是立刻跳到她的身前。我十分怕看和母亲相见相别时的泪眼，这一次有这两个小东西岔开了母亲的伤心。

不久，她们就成为一种累赘了。当着母亲安睡的时候，她们也许咪咪地叫起来。当着母亲为病痛所苦的时候，她们也许要爬到她的身上。在这情形之下，我只能把她们交付了仆人，由仆人带到他自己的房中去豢养。

母亲的病使我忘记了一切的事，母亲故去了很久我才问着仆人那两只猫是否还活下来。

仆人告诉我她们还活着的，因为一时的疏忽，她们的后腿冻跛了。可是渐渐地好起来，也长大了，只是不大像从前那样洁净。

我只是应着，并没有要他把她们拿给我，因为被母亲生前所钟爱，她们已经成为我自己悲哀的种子了。

二十五年三月三日

弟　弟

　　为了和弟弟面相的相肖，多少人都生着可笑的误会，就是有一点熟的人，有的时候也分不清了。但是我深切地知道，弟弟比我是忠厚的，温和的，而且他还有着惊人的大量。

　　他将远行了，许多友人都十分难舍开他，他的心中也正为许多事所苦：家，母亲，更小的弟弟们，还有，还有那么一个他所恋过的女人。

　　对于这个女人他忍受着灵魂的鞭挞与身体的折磨，那个女人背情的行为为许多人所看到，也切齿着；可是他从来不去抱怨，即使友人说着什么的时候他也加以制止。

　　"为什么要说别人的不好呢"，他会这样说，"该抱怨的也许正是我自己。使我伤心的是当我追念起美好的过往，却不是她对我那些无情的举动。"

　　"她是天真的，无辜的……"

　　他仍然会喃喃地说着，也许把头微微仰了起来。可是在他的眼睛里，怕早已闪着泪的晕光。

我还记得，当着一切的阴影才投射了下来，他和我说的是："爱她罢，像爱我们自己的妹妹。她走错了一条路，她需要力量。你不能卑视她，一直她是一个好孩子。我们该用广大的爱情来感动她，不要使她灰心，我们该这样做。"

但是一切事都走到了绝路，弟弟不只失去了太阳，也失去了星和月，不忘记和我说的，仍是这样的一句话："尊敬她，她原是一个好孩子。"

在行前，他的感情却又大大地被掀覆了。日间他是忙碌的，夜间他又不眠地反侧着，这样子过一天，两天，三天……

终于我忍不住了，便向他问着：

"又是为了些什么事呢？"

"没有什么，没有什么。"

当他说着的时候，他的眼睛却背叛了他，是那样不安地闪着。说是为了留恋这相熟的城和相熟的人，好像也不该这样严重吧？我就又问着：

"有什么就说出来吧，我知道你的心里有事的。"

他没有即刻给我回答，他在动着绞缠着的手指，于是缓缓地和我说：

"我是想，要不要去看她一次呢？"

"为什么，想起来，不是说走得远远的，就可以把一切事都忘却，重新做起一个人来么？"

"我想，不知道此行几年才能回来，更想到将来还有没有相见的机缘。"

他的头低了下去，他是又被旧情所打动了。

"相见不也是只增烦恼么？"

"我知道，我知道……"

他只重复地说了这两句便停止了，我想得到他该说下去什么样的话，他要说："可是我不能制止我的情感，我和她呼吸着这同一城市的空气，我的心每刻都在跳。"

"你该强硬一点起来了"，我这样说，可是我明白像这样的话有多么微弱的力量。他就接着说：

"至少我该去看看她的父母，他们对我都是那么好！我走这么远的路，我怎么该不辞而别呢。"

"不要关心那些吧，他们永远会对你好的。"

"我知道，他们永远是对我好的！"

他低下了头，于是我尽力搜寻着被女人说为狡狯的所在，我感到失望，他的脸恰巧显出他那坦直的个性。

"为了你自己，该把这些事忘记了，不要就生活在过去的日子中，张开眼，望望前面，那里有你的路。"

"是的，我的路，遥远的路，无尽的路……"他几乎像梦呓一样地说着了，他就抬起头来，睁大了眼睛，好像在找寻着他自己的"路"；可是室中原是为黑暗吞噬了，一支小小的烛光，只照清我的和他的脸。

他却极目地望着，望着，到了疲困的时候才又倒在床上睡了起来。

在千万重山水之外他停足了，友人们都在想着这个长途跋涉对他该是有益的。多看些大山大水，人生的范围宽广了，也就可以使他对过去的事忘怀。为什么一定要使这一点儿女私情牵肠挂肚呢，不是该有些更重大一些的事等待他去完成么？

信是迢迢地寄来了，写着这样的话：

"……人是走到更远更远的地方了，可是迈一步，心就更沉重一分。这使我警惕地知道了：'抓着我的心的还是那么一个人呵！'我知道我不该这样没有力量，我不该辜负友人们的愿望；只是这无法卸掉的情感的重负，真还是那么吃力地压着我。为什么我一定要说着谎，说我自己能真的永远忘掉她,不使她的影子再在我的心上显露呢?一切都像是天定,无法逃避;那个无形的大手在拨弄着我,仍然使我不能安静。我以繁杂的工作苦着自己,有的时候我一个人在山野中奔跑,想使身子和心都达到了死一般的疲倦的状态;当我回到我所住的地方,急急地上了床,关了灯,我的心立刻就又清醒了,闪在眼前的又是那么一张脸,那两只又黑又大的眼睛!像我还听见她的笑,那么清朗的。我想起了你说过的话:'为什么我们没有这样的一个妹妹呢?'是的,哥,我现在这样地想着了,我真的只愿意她是我的一个妹妹。我爱她,像一个哥哥一样,要她自由自在地去追寻理想的生活。只要她是快乐的,我愿意她去爱任何一个人。她是一个天真的孩子,我不该存一点自私的心,也许我要哀伤,我只悄悄地流一次泪,要西风再把它吹干了。

　　我会快活的,只要她是真的快活。我这样答应着了,哥,哥,我的心也许能安下去……"

亡　者

　　虽然是才踏上了中年的边沿，也深深地感觉到旧日的相识者成为古人了已经是过多。在这个岁月中想活下去自然是不容易的事，可是像我这样只有窄小的友群的人在两三个月中便以警惕来听受三四个友人的死信，不得不使我叹息着，有的时候也许想到：我的时候也就要到来了吧！

　　有的是那么热烈地想活下去的，却为天力或是人力强制地把他们的生命削短了。不要说到他生前有多么倔强的个性，也只能把尸骸埋在小小的坟墓之中，要血、肉和骨骼渐渐地化成了土壤。就是活下去呢，不也只能渐渐地走向庸碌之途，成为无用的被讪笑的家伙么？

　　在一个友人的来信中，我知道了又一个友人的死信。我真想不到，因为死去的人一直是和强健相连的。在大学的时候，他是一个出色的运动员，他的身材不高，可是两肩很宽，有着黑褐色的皮肤。他正像一匹小牛，可是他的性情却是出奇的温和。当着他说起话来的时节，他总是慢慢的，好像把每一个说出来的字都权衡过轻重。他说话的时候又不大多，总是守着无言的沉默。他像是永远用眼睛望望别人，然后再失望地看看自己，像有多少难言的隐秘藏在他的心中。

恰巧一个学期我和他住了同房（此后我就永远避免这样的巧遇了），到了就寝的时候，灯才熄灭，他就突然惊叫起来。我很惊讶，急着从床上跳起来，可是另外一个同房的却笑着告诉我说并没有什么意外发生，这不过是他照旧在梦中说着话而已。

"就像这样子说话么？"

"这还是轻的呢，等等看，到再睡沉了点的时候再听。"

他就一直在喊叫，有的时候像是在笑着，又像是哭着，好像他的情感在极度的兴奋之中。他像是和许多人说着繁复的事件，那些人都在压制他，于是他就不得不喊叫，他自己要从高压中冲出去。

我自己不能睡，另外一个人却睡熟了（后来他告诉我因为他已经习惯了）。可是当他的喊叫才一停住，他就敏捷地跳下床来，到外面去了一次。到他回来的时候我就问：

"方才你睡着了没有？"

"唔，唔"，他好像是还没有完全清醒似的，边说边跨上床去，"你还没有睡么？"

我不必再问他也知道了他是睡过一觉来的。他却接着像十分抱歉似的说："你一定没有睡好，我太吵了，唉，没有法子，我也知道，只要我一睡着就那样，这可怎么办！"

住了半年的同房，他就一直是这样。渐渐地我也习惯了，可是仍然盼望有时候他会回到家中去，那样我就更睡得好一点。

"为什么你平时不大说话呢？"

有时候我这样问他。

"有什么可说的呢？"

他很快就回答我了，可是他的声音仍然是那么低郁，他叹息着，然后是无可奈何地笑着：

"你想我平时若是多说一点话，夜里也许能安静一点吧？"

"那倒不一定"，我倒有点不安了，我不愿损害别人的一点隐情，我也不该使人伤心，"我不过随便说说就是了"。

"有一天我想我会好了的，日间夜里我都不说话，我还再也不张开眼睛……"

"那是什么意思呵？"

"就说到我死了的时候！"

来信上我还知道他遗下妻，一儿，一女。未亡人的日子该如何去过呢，我有一点怕想，可是我又时常想着了，我还想着他是真的安静下去了，但是当着弥留的时候，看到妻儿的号啕，他是怎么样断了他的气呢？

友人的信中并没有详细地写给我，我却好像十分清楚地知道。

雨　夜

　　圆圆的红的光和绿的光向我的身上扑来，待倾斜着躯体躲避时，才陡地想到行为的可笑，因为是正安适地倚坐在车上层的近窗座位上。

　　在飞着细雨的天，街路是显得更清静了。摇曳着的灯光下，叶子露着温柔的绿色，好像那碧翠将随着雨滴从叶尖流了下去，平坦的路上，洒满了油一样的雨水，潺潺的流水声，使人想到了大雨一定是落过了。

　　夏天里，风雨像是最无常的了。和友人夫妻们共用了晚餐，正自想走出来，方才的大雨就起始落着。先是佣人说，友人的妻就说她也听见了，当我露着一点不相信推开帘帏外的窗门，嘈杂的雨声，就充满了屋子。我一面说着：真没有想到，下了这么大的雨，一面就把窗赶紧关上了。

　　"还有什么别的事么？"

　　"没有，没有，怕有人在等着我。"

　　这样地说着，不过了解自己的岑寂而已。谁会来等我呢，除开我那空空的四壁，和一些使我厌了的陈设。

　　"既然没有约定，等等也不妨事的，这么大的雨，怎么能走呢？"

为了是不过于固执,我就答应了下来,几年来,到什么地方也未曾安下心来,原不会把那勉强地可以称为"家"的所在介于心中。只是想到了占去别人更多的时间,心就更加不安起来。但是在这样骤雨之中,自己也不敢就遽然走出去。

"怕是大雨,不会停下来,总要冒一场雨的。"

"不会是那样,——"友人很有把握似的笑着,"夏天的天气像人生,变幻无常的,这一阵虽是下着这么大的雨,等一下也许完全停了,或是飞起细雨来。"

为了要观玩雨声,他拉开窗帘,再开了灯。我们都面对着窗望了,玻璃窗上看不出雨点的痕迹,只是无数不可分的雨脚射了来,随着就迅速地淌下去,就着路灯的光,看见一片像烟雾的雨气,在那中间,包了一团微黄的光晕。

"雨夜总是美丽的。"

友人悠然地说,像是这景物又引起他青年时节的诗人梦。

"也许是不幸的。"

我似回答似不回答地说。

"先生,为什么呢,为什么你要这样说呢?"

这是一个女人的声音,我想到了那位年轻的太太,定是美丽地皱着她的眉头,怀了一点烦恼地等着我的回答。我早就看见了她那修得尖尖、染着红色的指甲,还有红的唇和红的颊;我就断定了不该把我所想到的使她知道,我就说:

"把我留在这里,不是一件不幸么?"

于是她笑起来了,她的笑声是那么清亮,好像我能看见那两排白亮的牙齿。可是我后悔了,我问着自己为什么要到这里来?过往的情谊不应再凭记了,我该和他们离开。

正巧在这时候,急雨停止了,细细的雨丝在空中飞着,我就说我想回去了,怕的是过一阵又要有大雨下来。

友人开了灯，留着我，说是即使再下大雨也无妨，我可以睡在他们家里；倚在他臂中的女人也那样说着，可是我坚持着自己的意见，就径自取了帽子和上衣。

"那么就请有空的时候到这边来坐吧。"

"好，好，将来我会来的。"

一面应着一面却逃出了他们的家，横飞的细雨抚摸着我的脸颊，我的心才觉得难有的清凉。

"我再也不能到他们那里去，我们中间的距离太远了。"

这样地自己想着，高大的车摇摇晃晃地来了。我走上去，向着上层，那里没有一个人，我就独自傍了车窗坐着。

一路上没有一个人上来，尽是自己忍受着车的颠动，心又像是不安起来了。

我所要走的又是一条很长很长的路……

过了居住区，便是烦闹的市街了，可是在雨中，失去了原性，也浸在寂静之中。每天要有多少只脚踏着的边路，只是安然地躺在那里，屋顶上流下来的水冲过光滑的街而流向地沟，窗橱仍是辉煌地明了灯，或是红的，绿的，紫的霓虹光，昂然站立着的女型像是也无力地垂下了头，披在肩上的纱和缎要从那上面溜下来似的。

"我厌烦了，我要到外面走走去，哪怕是落雨的天。"

它们好像这样叫着，可是它们只是兀然站在那里，不能移动一点。

路上的车少得使人疑惑了，谁能相信这是最繁闹的街路呢？谁能相信这地价一方尺就值万呢？而且这路，是用上好的红木铺起来的。只是有无数的蛇晃动着，在路的中心爬泳着，抬起头来，就看到空漠地亮在那里的广告了。是的，这个城市是只相信大言和虚伪的，说真话和给人真心看的是稀有的傻子。这样的人该走回他所自来的地方。

走着那座桥，一条美丽的河在下面过去了。那美丽是没有法子写得出的，要一个人的我突然像是痴呆了似的说着：

"你看，这河多美。——"

我立刻就意识到在这上面我没有相识的人，即是不相识的人，也没有一个。

看到夜间美丽的河水，就想到了日间所看到水面上的污秽和成日成夜地小工淌流着的汗水，是的，河水也许要有一点腥咸的味了。

到了我所要到的停站，我走下来，顺着边路走去。教堂前的散音器又激昂地说着上帝的万能和上帝的仁慈，忠心的上帝的奴仆，正自守在街的这一面和那一面。

当着我走过去的时节，冒了雨，一个人的手碰了碰我的手臂，接着就说：

"请到里面听讲吧，信上帝是有福的。"

信上帝不只是有福的，而且是有利的，从那散音器中正在疾呼着：

"……上帝能使你富，使你离开贫穷，你们要信上帝，才能得到上帝的恩赐。……"

可是我却连头也不抬一下，急匆匆地走着自己的路，不久我就折入了一条较阴暗的巷子。

雨水使这条巷子的石子路中积着泥浆，在暗淡的灯光下，看到蜷曲着身子，偎在路的两边的尽是一些没有家的人。他们好像还能安然地睡眠，虽然雨水打在他们的身上脸上。

我的心在颤抖，好像地上的污泥涂到那上面，我的心中想着：

"如果我也是他们中的一个，没有能遮风避雨憩宿的地方，风雨霜雪的日子，要躺在这里度着每一个夜，我，我该有些什么样的感想呢？"

过了这条巷，我的住处也在望了。为了不惊动二楼的友人，我轻悄悄地爬上三楼，我那寂寞的屋子正自寂寞地在那里等着我。

我该休息了，我就躺到床上，因为近窗的缘故，床罩为雨水湿了，从尚未关起来的窗口还有细雨飞到我的脸上、手臂上和我的身上。

献给母亲

妈，今天去看过了您，我们一共是五个。除开了远在的畴和在的功没有能回来，您的孩子们都去了。丕是才从赶回来的，其实他在奉天已经知道了您永远离开了我们；可是他在信中说：总不信那是真实的事。这是真的，妈妈，我们到现在也还想着那不是一件真事。我们是被欺骗了——许是被这隐隐的伟大的命运骗过了。这是一个翻天覆地的大骗局，就把您的孩子们都丢到悲哀之中了。我们时常想到您并没有离开我们，我们听到您的声音，我们也看到您的容颜；可是当我们贪婪地张大了眼睛去看望和更沉下心去谛听就什么都没有了，没有一点音响（那也许是沉沉的午夜），留在眼前的是一片黑。对了，妈，是一片黑，没有了妈妈，什么都是黑的。

一年的卧病，尽给您无限的苦痛了；这样想，您的永息也许不全然是不幸福的。可是我们从来都不曾那样想，我们就忘记了您是病过的。我们只记着您那不断为大灾小病侵扰而还能走出走进的躯体和那清瘦的面容，吩咐着这些，关照着那些。您总是为那些细碎的事情操劳，既丢不下又放不下，心里还总是想着每一个孩子。我们只觉得您是生生地被"掠夺去了"——当中存在着遥远的不可能的距离。可是我们叫您，没有回应，我们想再看一下您的脸听一声您的语音都不可能，就陡地忆起，母亲真的是永远离开我们了。

丕是清早到的，午前便同了我们去看您。自从您离开我们，我们都有一点愚昧，我们不忍使您就常眠到坟墓中去，我们使您有一间自己住的房子。当着我们把您的棺木放到那间房里的时候，我们又想到"妈是不是会怕呢？"把您安置在那么一个陌生的地方，我们都放不下心。我们想着一向您是怕黄昏怕黑夜的，而且那个地方离家又是那么远。为了孩子们，生前您不是连一步也不肯离开么？从前每天是由我们守了您，在病中是更甚。我总记得有一天您在半夜中要我睡到您的身边，第二天您才告诉我梦中一个老妇人拉着您走，您说是哪里也不要去，只要跟孩子睡在一处。可是，您却仍然孤零零地躺在那里，我们没有一个能来陪您。

丕是更伤心哭得站不起身，因为他没有看您最后的一眼。我们也都哭，尽情地使泪流出来，再不像和璇姊伴着您病的时节，尽力忍着哀恸，虽然是泪流满了脸，也不使您知道我们在啜泣。您没有想到会永远离开我们；每次看到您忍苦喝下药，我们就更感觉到心的刺痛。可是当着您叫着我们，我们只有抹干了眼睛才急匆匆地来到您的身边，今天我们却使泪尽量地流，大声地哭号，但愿我们的声音能惊动了您，使您再睁开眼看一看您孤单的孩子们。

时时我们俯在棺木上谛听，妄想着或许您能活转来。我们都离不开您！我们要妈妈！我们把一些鲜花洒在您的四周，我们忘记了您是喜欢什么样的花了。因为心中总有着您，就怕想起来您的喜恶。我们也嫉妒那些有生和无生的物件，它们分过您不少的感情。看着您常用的一面镜子，就气恨地想着它是太幸福了，因为在那上面每天总一两次地投映着您的影像。

璇的生活是安适的，泽和她的感情十分好。他们的生活也安排得妥妥当当。年岁顶小的天，个性原是谨慎周密，很知道看管自己。从肺病的侵害中逃出来了的伦身体也渐渐好起来！丕离开了家，一年多的时候，也使他成为安详沉着了。才踏进社会的功，对于做人这一面也有了显著的进步，仍然还保留着他那份热心。畴是勤劳的孩子，他一向住在远处，总能不使人惦记。我呢，自知是不能比得起妈的，从此却要尽自己的一点力来照顾弟弟们，这样您就可以稍稍放下一点心。

我自己原是过得惯这冷清的日子，只是住在这个院落中，在这样的心情下，我不知道是不是还能好好地生活下去。大而寂然的庭院，伴着我们几个没有妈妈的孩子们，看看这里，看看那里都是空。我们怕看一眼您那住室，连一缕微弱的灯光也没有了。惊奇在心中一天不知道要跳起几回，有时就踮起脚走近您的窗前，谛听您是否已经熟睡了（当着您病的时节就每天是这样做的）。从前我是听不到音响就把心安下去，现在却是因为那无边的沉静突然就使我记起来总是离开了我们。我的眼泪急切地流出，又怕为父亲见了伤心，就一个人跑着跳着，东想西想，要使泪不再流下来。多半我只是失败的，我只能去到不为人所见的地方，痛痛快快地哭一场。

妈，您告诉我们一声，您什么时候再回来呢？多么长的时日也无妨，我们都能等待的。我们好好地看守您的住室，还有您的什么，到那时候我们都等着您的夸奖说：亏你们，这么多年也没改一点样。不论是多少年后，我们都能像孩子一样地在您面前承欢；虽然那时候我想有的已经成为孩子的父亲。

功有电报来了，追悔他的远行。在您病重的时候，在信中他就说到心的不安宁，问询着您的病状。您离开了我们。我们也没有急速通知他，为了他一个人居住在迢迢万里之外。到第四天才由父亲给他一封信，我都不敢想象他是如何来展读那封信的。这是多么不可能的事——可是却清楚地横亘在我们的面前。

　　还有什么可说的呢，妈，这都是运命。看到您最后的面像，那么恬静安适，想象着您的心没有什么太大的牵念。能平静地死去自然也是幸福，但是对于您的孩子们，那却是永世不能再补的忧伤。我们想着您，记着您，不会使您家受一点辱没，在我们的心上您将是永生的了。

十二月二十八日

冷　落

　　每当想起了亡母，独自陷于悲伤的时节，几株高大槐树的影子就在记忆中摇曳起来。为我再记起来的就是阴影下的门墙，还有那近一两年来也被树影遮盖的那大半个院落。虽然我还年轻，我看着它的兴盛，我看着它的衰败，——最近却听说是已经易主，则兴盛与衰败都无从臆测了。

　　怎么样会造起那么大的房子，自己也像是十分茫然的，只是一家人随了父亲东奔西驰，有那么一次，停留在那里，年老的祖母便叨唠着自己的老年，说是实在无力奔波，难道说快死的年岁也还没有一个安身之所么？那时候父亲在事业上也有着小小的成功，便答应着起建房屋。于是我们就都有叫做家的一所房屋了。

　　房子的格式与构造，都是既拙笨又不实用，还是孩子们的我们呵，过了三天的新鲜，就厌恶起来了。我们时时觉得那房子孕育着可怕的鬼气，缘于人口过少，整个的前院都空着，又加了铅铁的窗格，在不曾注意的时候，会有惊人的声音发出来。其实是风，也许是过于干燥，木料什么的才发生爆裂；可是自从因为兵灾砌上了前门，仆人都住到后面去。在晚间我们就没有一个人敢住到那里或是到那里去，无知的仆人们，凭空地说着怎么样看见一个人了，或是有许多影子在墙上晃动；其结果是使我们更惧怕了。

父亲是一个无神论者，我们也不敢把话说给他，有一次曾要我在夜间到前院去寻些什么，怀着惴惴之心硬着头皮去了，把物件取回来时身上已经是一层冷汗，此后还发了几日寒热，睡到床上。母亲便说冲着了什么，烧香焚纸，祷告了一阵。

母亲是什么都相信，说是有了狐仙什么的，便特意由木匠造了一座精致的小楼，放在墙角。每天还要两次三次地上香敬茶。只是因为没有人居住，院子为麻雀，蛇，蝎，壁虎之类所占据却是事实。间或也有黄鼠狼出现，而到了夏日的晚间，一面啾啾叫着一面飞着的蝙蝠却也不在少数，到了秋天，落叶满地，这里那里更有了许多小小的鸣虫。

在从前，父亲的事还如意，家中的人还不少的时候，每年总还有一两次大清除的机会。那要用许多临时工人，把麻雀的幼雏和蛋丢得满地都是，入晚还要听一夜失去了巢的麻雀们的哀鸣，手法好的工人，还能提着一条蛇，蛇被倒垂着，那点凶猛之气全无，由着人把它丢到外面，用铁铲截断了头和身躯。

但是近几年什么都不同了，祖母先故去了，姐姐也被遣嫁到远方，父亲的事业一天天地凋落下来，平日常来走走的友人们也就渐渐地绝迹了。二弟到远方去谋生，四弟随了在外的父亲身边读书。五弟渡海负笈，留在家中的只有母亲，三弟，六弟，还有一个阴恶的伯母。我自己住在相近的另一个城中，只有每月才回到家中一次。

母亲是多病的，而伯母，又因为在二十九岁便死了丈夫，成为一个乖僻阴险的女人。当我回家去，不曾去信告知，由仆人开了门，就会一个人也遇不到，一直到了母亲的房中。若是我的脚步轻悄，则母亲的假寐还未被惊醒，她只是一个人睡在那里脸朝着里面。她也许没有想到睡就躺在那里，担心会受了凉，我要把一张被轻轻地盖在她的身上，而她在这时候定然惊醒了，含了一点惊异地看着我：

"呵，呵，你回来了。"

"是的，妈妈，您没有睡着？"

"睡什么，只有我一个人在家，闷得没有事做。"

我再看见的就是那一双转着眼泪的眼，为了岔过去她的悲伤，我就笑着闹着检点我带给她的物品，还故意像孩子一样地偎在她身边，也叫着吵着，引逗起她的兴致来。

可是既高大又空敞的房屋，响着增重凄凉意味的回音。我的心中就在想着：

"这不成呵，总得想点法子出来。"

这样想着的不只是我一个人，父亲，弟弟们，和嫁了的姊姊也时时这样想。见着了的时节我们也要正经地说起来，能以施行的方法从来也没有过，只是一天又是一天，给了母亲无数冷清寂寞的日子。

那个伯母，为人奸狡可憎，虽是衣食都要我们的供给，却又像休戚无关，一年的日子倒有一半是住在别人家，两个弟弟又都入学，早晨去了，晚间才得回来，自己时时就想到抛开一切的事来陪伴她。我知道她是那么喜欢我，那么需要我，我总记得若是她知道我要回来便守候至深宵的慈情，而每次我离开她，她又是那样依依不舍。时际母亲死去将及一载，每每想起来那时的情景，在不知不觉中热泪就滚下来。一直我没有毅然那样做，回思时的悔恨，是无法可以形容出来的了！

由于母亲精力的不济，家事的管理显然是芜杂无章。终年锁着的前院的厅堂不必说了，就是后院的房屋里，多也积着灰尘。玻璃的门窗生着晕污，好像已经失去了透明性，而祖母的房屋，自从她故去后就没有整理过，在墙角的僻阴处，夏天有暗绿的苔藓，冬日有和了灰泥的积雪，当着秋天来了，落叶在那里由绿色变成黄色，像小丘一样地堆积起来。阵风吹着，悉悉嗦嗦的响声振着人的心，要人想到："我还是活着么？"

家里原用了些男女仆人，女仆是时时易换，一个男仆也老了，除开每日蛰伏在门房听着叩门就没有其他的用处，只是因为尚诚实可信，又有着多年的感情，就留了下来。吩咐着扫一次院落也不成，他那迎风流泪的眼，什么都看不见的。

我时时想着把房子卖了，或是租给别人，把母亲迎到我身边，由我每天好好来奉养。多年的辛苦使她有瘦弱的身形，而她又有不良的肺和胃，她该有些安顺的日子，不是么，那冷落与寂静将使她更快地衰老下去。谁能不感到生之乏味呢，当着夜晚，暗黑锁住了整个的院落，少笑语，少人声，只有一两个窗门映着淡淡的灯光。

这冷落，终于压倒了我的母亲，她永远地离开了她的孩子们。没有了母亲，我就迅速地逃开了，所以当父亲来信说到要把那所房子出手问到我的意见，我就即速回答：

"……不要它了吧，不要那冷落了吧！它不只使我恐慌厌恶，还成为了我们的悲哀的种子，为什么我们还留着它来给我们一切的不幸呢？……"

二十五年十月十四日

火

对于火的喜爱几乎也成为自己的癖好，虽然时常为父母警诫着，说那是最无情的之一呵，会把什么都毁掉的。但是每次看到了那跳动着红红的火焰，还有那圆圆的火晕，好像那点温暖舐着我的心，就不自主地忘记了一切别人告诉我的它的可怕了。

记得幼小的时节，常常喜欢把纸捻浸了油来点燃，把灯烛都熄灭，只是看着自己手中的火亮。那总是在没有人的时候，若是有别人在我的面前，定然会看到在闪闪火亮的后面有一张多么充满喜悦的脸呵！可是一个闯入者走了进来，是会惊倒我的，便向地下一掷，急急地用脚踏灭了。也许有斥责的声音在黑暗中起来，我听得出那是父亲或是母亲，要不就是其他的人说着要去告诉我的父母的话。

真就有一次，惹出过一场灾害来，那还有小我两岁的弟弟。我们又是在一间房里点起一些柴草来，点着了，又扑灭它，然后再点起来。我们怕它，我们又爱它，看它燃起来，我们就高兴起来，随后就怀着一点恐惧来扑灭它，到它熄止了的时候，心上就又浮起了一层快乐。渐渐地胆子大起来了，每次要更费力才扑灭它。终于，我们是再也不能扑灭它了，它还燃着了这空屋里堆积着的书纸，弟弟吓得慌了，我的心却没有什么扰动。我领了他的手走出来，同时那扑上窗纸的火焰也为仆人看见了。惊慌的叫喊，引出了其余的仆人们，还有我的父亲；这时牵在我手中的弟弟哭出来了。我就站在那里望着，看着父亲和仆人们手忙脚乱地把水泼上去，连屋顶也不曾烧穿就熄止了，我还好像有点遗憾似的呆呆注视。私衷里原是漾着快活的，火熄了，心中像突然失去些什么，一直到父亲的铁一样的手掌打到身上，才因为疼痛哭了出来。一面哭着一面应着，这一次母亲也不来说情，也不给我抚慰，一任我哭得疲乏了独自悄悄地睡到床上。

在这一点，我对他们确是违拗的，因为我对于火的喜爱一直也不曾减少。即是才被责打后的几天，也要偷偷地跑到厨中，带了女佣来烧火煮饭。那也是颇费了一番唇舌，因为她们怕被申斥，总是好好劝我离开。我记得我像是用着哀求的调子和她们商量，还说是决不说出来也决不会惹出祸来。终于得到她们的应允，我就坐到灶口的小凳上，听着嘶嘶的木柴上水气蒸发的声音，望着灶中渐渐大起来的火，我的手也正把木柴放进去。有的时候我还要故意使它熄止，看它冒着烟，然后又插入红烬中，使火苗重复伸了起来。为了一阵自己的高兴，我会把柴架空，使火大大地燃烧，那么女佣一定会抢过来，抽出几根柴，浸到水中，还要叨唠着说这一下就要把饭烧焦了。于是她们又用哀求的调子请我走开了。

"你饶了我们吧，太太说起来我们可吃不住。"

看了那一次大火，自己心中早就高兴了，就是她们不来说，也想到离开了。

"这总不是好习性呵，——"

记得父亲私下里曾和母亲说过，还很严重似的。

"——是学来的还是生来的呢？那一回幸而没有成灾，再晚一点，怕就来不及了！想法子改正一下才好。"

"他只是爱火，平时他又是那么静，他又总不快活。"

父亲于是就感叹似的结束了：

"古怪的孩子呵，一个和一个都不同！"

这是说到我和我的弟弟们。

当着孩子的我被投到陌生的孩子群中，我已经是十三岁了。我沉默，欢喜独自消磨自己的时间，被所有的人都目为乖僻的家伙。只是到了假日露营，许多人都住到帐篷里，才引起我的兴致。我早就焦灼地盼望着太阳沉到地下去，我们把用剩的柴草捡在一起，大家团团地坐了，由一个人把火点起来。原野中不辨一物的黑夜为火的光亮漾开了，我们和着流水声，虫声和风的声音歌唱，我们笑，把林中的鸟也惊动了。我更是热心地望着那堆火，还有那一些黑暗中为火亮照着红煦煦的小圆脸，每张脸上的乌黑的眸子也闪映着火的光亮。我那时候变成多话的了，我们把存在手中的燃料投下去，还有的人把山芋也丢到火的里面，看着火势小一些下去了，我们会不顾路的高低远近去寻找更多的柴草，我们愿意看它燃烧，它使我们忘记了夜，忘记了黑暗，也还忘记了孩子与孩子之间的一点怨恨。我们都很好，我们只愿意它永远烧下去，永远能使我们快活下去。

终于还是要熄止了，只留下了青烟和红烬。别的人用树枝拨寻着投进去的山芋，我则不胜哀伤似的独自躲到一旁，他们的笑语声都成空洞的了。我自己就钻进了帐篷。我睡下去，青草和泥土的气息强烈地为我嗅到，远地的更柝和犬吠声又传到我的耳中，我像预感到什么似的怕起来了。

即是那一点小小的欢快也不能永有的，因为岁月不曾忘记我，把我从幼年带到成人，我走了一个城又是一个城，永远我只是一个陌生人，我对别人是陌生的，别人对我也是陌生的，只有火，对我还是那么亲切熟稔。

记得有一次，只是在一个友人的家中我消磨了大半夜，那就是因为我自如地坐在壁炉的前面，我像是呆了，望着友人把树枝投进去，看着火烧得旺起来，烤热了我的脸我的心，带走了我的疲劳和寂寞。作为主人的友人夫妇也尽自默默地坐在一旁，他们曾为了我孤苦的日子说了不知多少话，都没有说动我，他们不忍惊走了我的一点向往，也许是看出来从这里面我得到了些快乐。到我为一声小小的爆裂震动了，把头转向友人，他才说：

"你很喜欢壁炉吧？"

"不，不，我是爱火的。"

"从前我在欧洲北部的时候，天气多雨多雾，就是在夏天里，他们也要生起壁炉来的，——"

"那为什么呢？"

"——只是为使人快活一点。"

"对了，火就是能使我快活一点的。"

我说完了，便又把头移向着炉火，我忘记了时间，忘记了身边的友人，只是为那一点快活在胸中荡漾着，好像早已想到，若是失去了，就绝也不能寻回来的。可是一声钟，敲醒了我，看看友人们，都已偎在椅子里睡着了，便蹑手蹑脚地站起来，取了大衣，涂写了一张告别的纸条，放在桌上，就轻轻地拉开门，又轻轻地关上，街上已人静路寂，夜寒如水，但是想起了熊熊的烧着的火，就觉得温暖宜人，踏着大步子走着了。

是的，我爱火，我爱火的燃烧。三年前还住在家中，邻右的屋宇失慎了，我们都跑出去望着，有人担心着火的延烧，有人发着同情的叹息；我可是大声地笑着，为什么不笑呢，火已经抓住了梁柱，器具，疯狂般地吼着，在一场火之后，有形的将成为无形的了，什么都要换个样子，旧的早已厌了，为什么不来些新的呢？一个像是比我还世故的弟弟拉着我的衣襟低低说：

"哥哥,不要这样笑,别人多难受呢!"

我还是笑着,他又说:

"——一场火就毁了别人的家,不要再笑吧。"

他像是哀恳似的说,我就停住了,告诉他:

"要烧得大,要烧得大,把什么都烧掉……"

可是当我说话的时节,那边的火已经小下来了,我像是十分懊丧似的,嗒然地走回去。

此后我的家冷落了,一个人独居在旧城的一个小小院落里,灰暗的心情与灰暗的遭遇,把我投向更深的幽寂中。我成为更沉默的了,只有每当夜晚的时候,自己把酒倾在圆铁盒里,用火柴点燃了,放在面前的桌上,熄了灯火,凝望着这荧荧的绿的火焰,心才感到一点鼓舞和温煦。随着火的跳动,我的眼睛也在闪着,像是为了过于疲乏,才蒙上了一层清泪。

突然一个黑的影子闪进来了,随手开了灯用责备的语气向我说:

"你这是做什么?"

强烈的光刺着我,我闭了一下眼才回答他:

"我看看火,你不知道我爱火么?"

"好,我领你去,如果你真是爱火的话。"

他领了我的手,我就随他跋涉。我越过山渡过水,在疲困的时候,我从也不曾休息。我只是问他:"火在哪里呢?"他不回答我,只是把脚步更紧了。

"我将献身在火的怀抱中……"

我自许着,可是我还望不到火的影子;可是我却知道了,在不知名的地方,有冲天的火在燃烧,我将用尽了我的力量,淌着最后的一滴汗,奔向那里。

因为我,我原是爱火的……

雪

"……还是腊月天，桃花却已开了，乍看到那一丛丛深红浅红，还以为是另一种冬日的花树，待走近了，果真是伴着春天的艳桃。其实燠热的天时也告诉我那真的是春天了，溪水涨着，河边的垂柳柔软地挂着，被暖风吹得打皱的水面，——可是人们还正在忙碌着过旧历的新年呢！

"汗淌下来了，早临的季候使人们有点失措，中午的时分，太阳高高地挂着，简直有初夏的那份炙热，'唉唉，真是到了夏天可怎么办呵！'像这样想着的怕不只我一个人。

"一切都不必忧虑，陡地起了一夜寒风，把我们住的那座小楼好像丢到海里一般，门窗开了，四壁和屋顶都簌簌地响着，整个的楼都在抖着。惊惶地起来，不知怎么样才好，星月早被乌云兜盖住了，四周也没有一点火光。我们真像孤独的航船，遇到恶劣的气候，知道危险包着我们，可是我们无能为力。林间的宿鸟惊鸣，山中的野物慌奔，凄惨的啼叫增重我们的恐惧，可是我们只得坐在那里，先还警戒地张望着，过后倦意压到身上来,便又自然而然地倒在床上,任凭那风声雨声,化成了梦中的滔天白浪:仿佛到了极寒冷的极圈,波浪都是凝固透明的,当着它们相碰的时节,使清脆地响着,散了满目的灿烂冰花……

"原来天已亮了,一阵风又吹开床头的窗,不曾盖严密的棉被里溜进去一股寒风,天是真的冷起来了,我仓卒地关好门窗,又钻进温暖的被里,懵懵懂懂地过了一刻,再张开眼,使我更留恋地不肯起身了,可是我要起来,猛地一下我就跳入了冰凉的大气里,冷确是冷的,可是我并不为它吓倒。

"'这才像冬天,'我的心里总是这么想着,于是那冷落了许久的小泥炉,又烧起熊熊的红炭,我不想出去,为我厌烦的是那无休无止的冷雨。顺着风势,斜吹横打,就是张了伞也要弄得遍身湿淋淋的,在遥远的北方,雨和冬天原是有着极遥远的距离。

"可是什么落在我的屋瓦上细碎地响着呢?什么像是轻飘飘地落在大地上发出微细的声音呢?我放下给你写信的笔,站起身来,推开迎面的窗——呀,一片白色已经罩上对溪的屋脊上了,在我的视野里那白色的片絮兀自纷乱地坠着,那不是迷濛宇宙的雾,那不是凋零万物的霜,那是雪,是雪!——"

我简直高兴地叫出来了,我不再伏案疾书,我站起来,深深地吸着那清冷的空气,顿时感觉到非常畅快。我贪婪地望着它,它从那灰濛濛的天空一直落到地面沾水的地方立刻溶解了,高处却增厚了白色。它对我是熟谙的,可是我们已经阔别了几年,谁知道是哪一点因缘我们会在这温暖的南方相逢。我妄想掬一把,伸出我的手去,可是立刻它就不存在了,只是点点的水,沁入肌肤。于是我大踏步地走出去了,让它自由自在地堆积在我的发上和肩上吧,我恨不得要雪片飞入我的心胸,使它溶去或是净化我那被忧烦与愤懑所腐蚀的心。让我回到往昔的日子里吧,人们那么和善相爱地活着,一面抵挡着作乱的魔鬼,一面反抗那云雾间的大神。

突地我想起来了，我不能徘徊终日，我该在泥雪中跋涉我的旅程。于是我加了一件寒衣，真的走在路上了。路可是泥泞的，它已经失去了平日的光滑，细石和黄泥搅在一起，它吸住我每一步向前的脚，笨重的衣履又压住我的身子，才自走了短短的一节，额间的汗就涔涔地渗出来了。我也感觉到一点疲惫，我不得不停下脚步喘一口气，拭去要淌下来的汗水。我抬头一望，戴雪的高山好像慈和地热望着我，飘飞的雪花在引着我，不可见的路在我的眼前展开了，我怎么应该停下来呢？纵然路是艰苦的，我也要向前。于是我紧了紧鞋，脱下一件外衣放在肩头，我又努力走向前去了。

那封写给友人的信，是当我走到山城的那一个夜晚继续写下去的：

"……我很困倦了，可是我也很高兴，毕竟我还是到了我要到的地方。雪送了我一程，泥泞滑了我一路，可是我并没有跌倒，也不觉得灰颓。当我走在城中的石板路上，我的心都笑起来了。我的鞋上全是泥，我的裤脚也沾污了，也许那些城里人会笑着我这个赶路客，可是他们不知道我走过这样的一段路。今天我停歇下来了，明天自有明天的旅途等待我。我不惧怕，我想我能如愿，我相信我自己，我想你也相信我的……"我就这样结束了写给友人的短简，我的心全被愉快充满了。当我放下笔，又推开窗，积雪的冷辉照亮了天地，不断地飘着的雪把黑夜也冲淡了。我是那么高兴，竟自呆了般地凝望着无声地落下的雪花——不，它是有声的，可是它不会惊醒任何一个睡着的生物。

一九四二年冬

医　生

　　对于那些选择了高贵的从业，以救人为己任的医生们该有什么话可以说呢？他们活在这个世界上，说是能医疗人的病痛，奉公守法，注重道德，更被尊为有仁慈心肠的。这不是过誉，大部分人都是那么殷切地想活下来，只有他们，在能力所及（当然还得有满意的酬报）能为人解脱疾病。他们能使那些因为没有法子活下去而自杀的人再生；他们也能以社会道德为理由，严厉拒绝那些实在无法再养活孩子们的贫苦夫妻们的请求堕胎。但是当着一个人，充满了活下去的力量，却缺少活下去的物质条件，又为疾病打倒了，恳求着那些人的慈悲，所得到的将是什么呢？

　　由于母亲的病，我见到了不少神圣的医生们。记得一个是被尊为第一流中的佼佼者，经过友人的介绍，我才在电话中被请到他的医寓去。一进门，便看到了一张生着角的神农氏像（我该提一声，这个医生是去过英国的，至今还悬着羊皮的毕业证书）。一个管理事务的人立刻迎了我，和我立谈些时。他有一点埋怨我的住所为什么不是在租界里而在偏僻的，又对于我的家没有自用汽车觉得有点遗憾！我那时候是焦急的，因为母亲的呻吟好像时时都在耳中响着（母亲已经故去了，唯愿她灵魂安宁）。终于告诉我幸而有先生介绍，大夫已经答应去了。

随着我就被让进等候的前厅里。那是一间没有窗子的房屋，只由未曾关闭的门和通到手术室的甬道中透进来光亮。地板涂了蜡，十分滑，在空的座位上已经守候了五个或六个先来的人，我就被让在一个建漆的圆凳上坐下了。

我的心是焦灼的，我不能安然坐在那里，我看见也在等候着的母与子，我的心就更被搅乱。我知道我母亲的病，我只盼医生能立刻随了我去，诊断之后和我说一声：病虽是沉重到了极点了，还能有一点法子好想。

一扇关闭着的门开了，走出一个不大高的身形来，所有守候者的眼睛都殷切地望着他，随着他的脚步在移动；可是他却是毫不动情地挺着身子，歪着头，嘴唇还嘘外国小调。他完全是在他自己的王国中活着，好像没有一个人在他的面前存在，所有等候的人是来乞求他的恩惠，他忘记了他自己是靠别人的豢养的。

等到这些病人都依次看过了，才由那个管理者和我说医生预备随着我去了。我看看钟，已经是十二点半（我该说出来我是十点半钟就来到）。但是那时候，只要知道他是就要随我去，我的心就万分欢喜。他冷冷地和我点一下头，我们一齐走进守在门外的一部汽车（这部车是我早就租来等在门口的）。

到了我的家，诊察没有一刻钟就毕事了。我的母亲用切望的眼睛看着他，我们也殷殷地等着他的话，总算他还是仁慈的，在另外的一间屋子里，他告诉我母亲的病已经没有治法了。这是我早就知道的事，可是更一次地听到，就又冒了一次冷汗。我的手指微微抖着，我请求他，是不是还有最后的方法，他摇着头，为了使病人安心起见，他开了一个药方。我就和他说到母亲是维系着这个家的唯一的人,我们六个弟兄,需要我们的母亲.我们的父亲远远在。

"你的父亲在么?"

他突然间像是颇感兴趣地说。

"是的,他在那边住过二十年。"

"那好极了,那好极了,你也去过么?"

"我去过,我们从小都是在那边长大的。"

"那我请问你一句,在那边行医是不是一件有利的事情?——"他怕我听不懂,就又说:"是不是可以多赚一点钱?"

——什么?我几乎叫起来了,他不是给我们同情,也不是对于将死的病人存着怜悯之心,当着我的心完全为母亲将为死亡攫取的恐怖所抓住的时候,他那么郑重地和我说到钱。他要钱,要鬼抓去了他,把他的躯体塞满了钱吧!

我忍住了我的愤怒,却给了他冷峻的回答:

"不可能,那边有许多设备好的医院,而且,而且,——"我故意把声音提高了一些:"他们的价钱也讨得合理。"

这是真实的事,像他那一次出诊,所得正可以抵一个小职员整月的收入。就是随了他的一个仆人,也还公然要讨些小账。他却是一个医生,我想他该改行业了,他的家资已经可以使他成为一个高利贷者。

他也许想得出我是故意有一点讽刺他,他看了我一眼,我就又把他送回去。从此我不再到他那里去。在他的行业中,自然他是一个能干有为的人,他的医理也许是精湛的;可是我早就自许着,若是有一天为病所打倒,我将静候死亡的幽幽的手,我不会要这样的功利者来搅扰我的安宁。

再要说到一个是长了花白胡子的,他是全从书里得来的学理。在前年他治死了自己的儿子,他很伤心,怀了救世救人的心,他又关在家中读了一年书。可是他成为唯一的把话都在我母亲面前叫出来的人。他叫：

"这病我没有法子治，什么都坏了！——"

"先生请到外面谈吧。"

"为什么不早去请我？这都养成病了，我不胡治，我不能治！"

他摇着头，他的胡子飘着，我几乎想跳过去拉下他的胡子来。若不是怕吓了母亲我什么都能干出来，我只担心母亲，母亲是那么爱我，我也那么爱母亲。

因为一个外科医生的施行手术我几乎把他打下床来。他是一个笨蛋，只会说大话，看到母亲苦痛的脸我只想把我的手掌盖上他的脸。他是一个不学无术的人，只凭了一点点经验也享着盛名。在这个浮嚣的城市中，也只能生出这样被信赖的人物。他的药料是相同的，可往复地换着名字。有一次只把平常的白油留下了忘记该和在里面的药粉。他的疏忽使他不能算是一个人，可是他却是一个治人的医生。

是的，我该再重复着，若是我为病打倒了，我就等待着死亡。要这些医生们和鬼去纠缠吧！

难

　　水是从街路上的细窄的孔缝中冒了上来，一向是未曾被人留意的，这时候如泉口一样地涌上了水。而且街的堤已经破了，一百多个在那上面工作的人已经和泥土似的被冲得不见了，破堤的水流如狂奔的兽群一样地冲进了街。没有一点阻拦，吞食了每一粒干燥的沙土。上水流下来的门板，杂物，人和畜类的尸身，也滚到街道上来了。腐败的气味，在空中流荡着。

　　人都惊恐了，显出更失措的情态。堆在门前的沙袋，石块，显然都要无济于事了；但是每个人都不知道该在哪一面着手才好。孩子们开始哭号了，有的却又十分高兴地挽起裤脚在水中踏着；有许多人就像是忘记了他自己也有家的，只是呆呆地望着过来过去的人，忽然想起了这样站立不是一回事，转身就跑了起来。

　　街上是乱了，挤满了人和车辆。每个人都把裤子提得高高的，想着不使水沾湿了衣裳。

　　水是渐渐地增涨着，盖满了这个城市的每一条街，每一径小路。阴沟中的积污被浮起来了，水是爬上了边路，爬上了房屋的石阶，灌入了每一间房子。

有的人想以自己最后的努力来抵御水的侵入，想从这广大的灾难中幸免，尽了心力来堵塞门和窗。也许得了暂时的成功，可是在堵角的砖缝中却有水流直射了进来。这里那里，到了失去最后护庇的能力。同时水也从防御物的上面流了进来，水流像是骄傲地说着："我将征服每个角落。"

街上的行人都用了竹木的竿子来试探着路，脚是随了竿尖才踏下去，马车还能载着人和物，可是水已经没了马的腹部，坐车的人和车夫的脚和腿都浸在水中。马像是十分艰苦地跋涉着，频频地扬起了头。行车恐怕也是到了最后的限度了。

我们是早就被送到高地去，为了惦记着尚留在家中的父亲，哥哥和我又回来了。我们也是和别人一样地水中走着，没有车辆再愿意到那边去，因为已经是不可能了。船只多半是私有的，插了红字徽旗的船板上正坐着欢笑的男女去游玩，数着念珠的善士一手拉了艳装的女弟子。

我和哥哥的手牵着，一步步地向前走。水是渐渐地深了，迈着脚步的时节感觉着更费力了。走在十字街口的时候，一股凶猛的水流正自西而东地冲过来。

踏在脚下的是软的沙泥，我们没有法子立定脚，我们只能更紧地拉了手，急速退了回来。我们犹豫着，不知道该怎样才好，终于我们是逆了水流偏着西面走过去，当着那水流把我们冲到东面的时候，我们已经走过了这条横街了。

终于被我们遇到了一条船，我们以较大的价钱租定了，我们爬上去（我们实在是已经筋疲力尽了，而且水更深起来，如果不遇到那条船，我就不敢想象我们的命运！），突然响了一声枪。

"这是为什么呢？"我的心里想着，可是我并没有对谁发问，只是相互地望了望，就默默地坐着。

当着我们到了街口的时候，在一家食品店的窗台上正坐了一个人。一眼我就看到他是一个贫苦的人（我还可以说他是一个乞丐）。他有长长的头发，满脸泥垢，下身只披了一件破烂的麻袋片。食品店的玻璃窗是被打破了，他正用一只手拿了一块饼在啃着，可是另外的一只手在抚摸着腿。——腿是支着，有鲜红的血流出来。可是为往来船只激起的水波一次一次地为他冲淡了血迹，他的脸是苦痛的，却又十分贪婪地吃着东西。他的苦痛是为了饥饿或是创伤呢，还是都为了呢？水卷去了一切，可是一个饥饿的人是要受着严重的惩罪才得吞咽着渴望的食物。

许多船只都从那里过来过去，却没有一只拢到那个人的身边或是有一个人同情地问他一声。那些慈善的救生船更没有注意到他，水是在涨着；可是他好像什么都不记得，他只是攫取着里面的食品恣意地吃着。一只载了架着枪支的警察的岗船停在那里，好像已经做过了所应做的事，也只能惊讶地守在那里望着了。

我们的船过去了，我转回身去，遥遥地望着那个渐小的人物，我仍然看得出他还是贪婪地把食物送到嘴中的形影。

两小时之后我们又回来了，水是更高了，淹没了那整个的窗口。我看不见那个坐在窗台上的人，我还可以想得到不会有人拯救他的，许多死人的身子像皮鼓一样地在水面上飘着。

红　烛

　　为了装点这凄清的除夕，友人从市集上买来一对红烛。划一根火柴，便点燃了，它的光亮立刻就劈开了黑暗，还抓破了沉在角落上阴暗的网。

　　在跳跃的火焰中，我们互望着那照映得红红的脸，只是由于这光亮呵，心才感到温暖了。

　　可是户外赤裸着的大野，忍受着近日来的寒冷，忍受那无情的冻雨，也忍受地上滚着的风，还忍受着黑夜的重压，它沉默着，没有一点音响，像那个神话中受难的巨人。

　　红烛仍在燃着，它的光愈来愈大了，它独自忍着那煎熬的苦痛，使自身遇到灭亡的劫数，却把光亮照着人间。我们用幸福的眼互望着，虽然我们不像孩子那样在光亮中自由地跳跃，可是我们的心是那么欢愉。它使我们忘记了寒冷，也忘记了风雨，还忘记了黑夜；它只把我们领到和平的境界中，想着孩子的时代，那天真无邪的日子，用朴质的心来爱别人，也用那纯真的心来憎恨。用孩子的心来织造理想的世界，为什么有虎狼一般的牙子呢？为什么有那一双血红的眼睛呢？为什么有鲜血和死亡呢？为什么有压迫和剥削呢？大人们难说不能相爱着活下去么？

可是突然，不知道是哪里的一阵风，吹熄了那一对燃着的红烛。被这不幸的意外所袭击，记忆中的孩子的梦消失了，我和朋友都噤然无声，只是紧紧地握着手。黑暗又填满了这间屋子。那风还不断地吹进来，斜吹的寒雨仿佛也有一点两点落在我的脸上和手上。凄惶的心情盖住我，我还是凝视着那余烬的微光，终于它也无声地沉在黑暗中了。

我们还是静静地坐着，眼前只是一片黑，怎么样还能想得到那一对辉煌的红烛呢？怎么样还能想得到那温煦的火亮呢？什么都没有了，一切都消失了，我们只是静静地坐着。

于是我又想到原来我们是住在荒凉的大野呵，望出去重叠着的是近山和远山，那幽暗的深谷像藏着莫测的诡秘，那狰狞的树林也是无日无夜地窥伺着我们这里，日间少行人，夜里也难得有一个火亮的，我们原来是把自己丢在这个寂寞所在，而今我们又被无情的寒风丢在黑暗之中。

我们还只是坚强地坐着，耐心地等待着，难说这黑夜真是无尽的么？不是再没有雨丝吹进来了么？不是瓦上檐间的淅沥的雨的低语已经停止了么？风是更大了，林树在呼号着，可是它正可以吹散那一天乌云，等着夜蚀尽了，一个火红的太阳不是就要出来么？"是，太阳总要出来的，黑夜还是要消失的！"我暗自叫着，于是不再惋惜那一对熄了的红烛，只是怀了满胸热望，等待着将出的太阳。

一九四一年冬

悼萧红

对于死，
这战争的年代，
我是不常悲哀或感动的；
但如你那青春的夭折
我欲要向苍天怨诉了！

满红：《哀萧红》

如果能把悲哀留在人间，也还算是活在人的心上（就是极少的人也算数的）。可是有的人也曾在这世上忙碌了三十年，至终，死了，连生前以为是最亲近的人也未必记得，把活着的记忆完全擦拭得干净了，那才是人间的大悲哀！

我记得萧红从香港是这样写来的："谢谢你的关切，我，我没有什么大病，就是身体衰弱，贫血，走在路上有时会晕倒。这都不算什么，只要我的生活能好一些，这些小病就不算事了。……"

可是就我所知道的她的生活就一直也没有好过，想起她来我的面前就浮起那张失去血色的，高颧骨的无欢的脸，而且我还记得几次她和我相对的时节，说到一点过去和未来，她的大眼睛里就蕴满了泪，一转一转地，几乎就要滴落出来了。

有一个时节她和那个叫做D的人同住在一间小房子里，窗口都用纸糊住了，那个叫做D的人，全是艺术家的风度，拖着长头发，入晚便睡，早晨十二点钟起床，吃过饭，还要睡一大觉。在炎阳下跑东跑西的是她，在那不平的山城中走上走下拜访朋友的也是她，烧饭做衣裳是她，早晨因为他没有起来，拖着饿肚子等候的也是她。还有一次，他把一个四川泼剌的女用人打了一拳，惹出是非来，去调解接洽的也是她。我记得那时她曾气忿地跑到楼上来说：

"你看，他惹了祸要我来收拾，自己关起门躲起来了，怎么办呢？不依不饶的在大街上闹，这可怎么办呢？……"

又要到镇公所回话，又要到医院验伤，结果是赔些钱了事，可是这些又琐碎又麻烦的事都是她一个人奔走，D一直把门关得紧紧的，正如同她所说的那样"好像打人的是我不是他！"

可是他自有他的事情，我极少到他们的房里去，去的时候总看到他蜷缩在床上睡着。萧红也许在看书，或是写些什么。有一次我记得我走进去她才放下笔，为了不惊醒那个睡着的人，我低低地问她：

"你在写什么文章？"

她一面脸微红地把原稿纸掩上，一面也低低地回答我：

"我在写回忆鲁迅先生的文章。"

这轻微的声音却引起那个睡着的人的好奇，一面揉着眼睛一咕噜爬起来，一面略带一点轻蔑的语气说：

"你又写这样的文章，我看看，我看看……"

他果真看了一点，便又鄙夷地笑起来：

"这也值得写，这有什么好写？……"

他不顾别人难堪，便发出那奸狡的笑来，萧红的脸就更红了，带了一点气愤的说：

"你管我做什么，你写得好你去写你的，我也害不着你的事，你何必这样笑呢？"

他并没有再说什么，可是他的笑没有停止。我也觉得不平，便默默地走了。后来那篇文章我读到了，是嫌琐碎些，可是他不该说，尤其在另一个人的面前。而且也不是那写什么花絮之类的人所配说的。

当她和D同居的时候，在人生的路上，怕已经走得很疲乏了，她需要休息，需要一点安宁的生活，没有想到她会遇见这样一个自私的人。他自视甚高，抹却一切人的存在，虽在文章中也还显得有茫昧的理想，可是完全过着为自己打算的生活。而萧红从他那里所得到的呢，是精神上的折磨。他看不起她，他好像更把女子看成男子的附庸。她怎么能安宁呢，怎么能使疾病脱离她的身体呢？而从前那个叫做S的人，是不断地给她身体上的折磨，像那些没有知识的人一样，要捶打妻子的。

有一次我记得，大家都看到萧红眼睛的青肿，她就掩饰地说：

"我自己不加小心，昨天跌伤了！"

"什么跌伤的，别不要脸了！"这时坐在她一旁的S就得意地说："我昨天喝了酒，借点酒气我就打她一拳，就把她的眼睛打青了！"

他说着还挥着他那紧握的拳头做势，我们都不说话，觉得这耻辱该由我们男子分担的。幸好他并没有说出："女人原要打的，不打怎么可以呀"的话来，只是她的眼睛里立刻就蕴满盈盈的泪水了。

在我所知道的她的生涯中，就这样填满了苦痛。如今她把苦痛留在人间，自己悄悄地走了，应该这苦痛更多地留在那两个男人的身上。可是他们，谁能为她真心而哭呢？我想更深地记得她的还该是那些在生活上和她有相当距离的人。

所以她的死,引起满红的眼泪,满红自己也想不到,不久他也和她走上一条路,把悲哀留给我们这些生存的人。我们并不只做无谓的哀伤,因为我们也了解生命不必吝惜,但是生命的虚掷是可惜。他们的宝贵的青春的生命,却是默默地虚掷了。

(选自1953年9月平明出版社出版的《靳以短篇散文小说集》)

到佛子岭去

一听说我们也是到佛子岭去,那小招待员就瞪起圆虎虎的眼睛。一口气不迭地说:"嘿,我们这里到佛子岭去的人可多着呢!从华东来的,从北京来的,全国各地来的,还有过沙漠爬雪山从新疆西藏来的!苏联老大哥和专家们,国际友人不断地来,资本主义国家的人民代表也来过不少。你看,五一劳动节以后,到北京观礼的代表又要来不少!他们都是参观中国第一个连拱坝,这么大的连拱坝,世界上才有三四个嘞!将来梅山水库也是连拱坝,还得从我们这里走,到了六安才转路……"

他说得那么熟悉起劲,好像在说他自己家里的珍宝一样,他的小脸上洋溢着骄傲与光荣。我们还没有来得及问他,他又一个劲地说下去:

"你看,那就是才从佛子岭带回来的……"他指着花架上的一盆兰花,那兰花有七八支箭,每支箭上都有十几朵花,这我才找到一进门就闻到的馥郁的幽香的来源。"……这还不算稀奇呢,还有四季香的兰花,一年四季都开花。苏联《真理报》的记者才来,他说佛子岭开着五颜六色的花,真是一个大花园!这还是小事,水库修好了,让水听人的话,不会再为害了,还把电一直送到合肥来。水库也变成一个游览区,到那时候,去的人还要多呢!"

听他说到这里,我忍不住抢问他一声:

"小同志,那么明天我们的车票买得到么?"

"同志,你们放心,我们是一切为佛子岭水库服务!旅客多了就加车,没有问题!"

他说得那么肯定,那么有把握,倒显得我们的顾虑是有些多余的了。事实也说明这一点,我们的票子晚上就送到了,第二天清早我们就坐上了到佛子岭去的公路车。蒙蒙的细雨,盖住了尘土,汽车是愉快而迅速地向前飞奔。

当汽车在第一个站停下来的时候,坐在最后边的一个乘客大声地说:

"司机同志,我们都是到佛子岭去的,沿途用不着停了。"

司机转过头来微笑着,轻轻地说:"我们是在办手续。"

这时我看到我的身边坐着的是一个三十岁左右的农村妇女,抱着一个不满周岁吃奶的孩子,身前偎依着一个四五岁的小女孩。这个女人很健壮,粗胳膊粗腿,一张红润的大脸上生着一对大眼睛,态度很安详,好像坐在自己的屋里一样。孩子闭着眼睛吮吸着奶汁,他的小脚轻轻地蹬在我的腿上。她把孩子的腿拢过去,对我含着歉意的微笑。

"不要紧——你是从皖北来的吧?""不是,我们是从湖南来的。"

听说是从湖南来的,我吃了一惊,心里想着她已经走过三省的土地了。我不由得带点惊讶的口气说:

"湖南来，走了好远的路咯！"

"都还好，只走了七天——"她仍然是平静的回答着，"从湖南到汉口，搭船到了芜湖，又从芜湖坐火车到了合肥，今天又坐上了公路车。"

她平心静气地说着，好像是从村前走到村后，一点也不像千里的路途已经在她的脚下跨过去了。

"你也是到佛子岭去？"

"可不是，孩子的爸爸今年春节就写信来，要我们来，他说：'来看看吧，我们就要胜利完工了，再过几个月我们又要到别的地方去。'可是那时候田里的活还没有搞好，屋里又没有人手，天气又冷，带着两个孩子上路总归有些不方便，就一直拖到这阵。本来我们不想来了，可是想起他的信里说得那么热闹，那么好，我想还是来看看吧。嘿，春天都快完了，快赶上夏天了！"

"他知道你们来么？"

她笑了笑，"这回他不知道，——可是我也快走拢了。"

"他做什么工作？"

"他是起重工人，他的名字叫刘顺起。"

这阵不提防坐在前排的一个瘦瘦的工人，扭转头来，好像遇到自己的亲人那么高兴，大声地说：

"你就是刘顺起屋里的人，怪不得我看着有点面熟呢，老刘早把你的相片给我们看过了。我们是同组的，我叫杨成金，才回家去看了一下。哎呀，刘大嫂，那阵他等你可等得心焦！当时你不来了，就把屋子让给才结婚的小姚，你们这阵又来了！——怎么搞的，这个孩子没有座，坐到我这里来吧。"

杨成金把站着的孩子拉过去，抱在自己的膝头上坐着。

"去吧，去吧，到杨叔叔那里去吧。——"她平静地盼咐那个微微有一点忸怩的孩子，接着又静静地说："那怕是没有地方住了吧？"

"不怕，不怕，总有你们住的地方。真的没有，两三天包给你起一座小房子。到了工地上，还不是和自己的家里一样嘛！"

"杨同志，当心点，这孩子坐车坐船还有点不惯，怕有点晕车。"

"不要紧，我给她糖吃，她就忘记坐车了。看看外边的景致，多好看啊！到了我们佛子岭，还要好看。单那座连拱坝，就一辈子看不够！佛子岭的春天，真是再漂亮也没有了！"

正说着，汽车驶下一个小山坡，孩子哇的一声吐了。

"你看，你这孩子，不会忍住点，吐了别人一身，快过来吧！"

"不要紧，不要紧，才坐车子，这个汽油味道闻不惯。大人有的也吃不住。"

杨成金一面掏出手帕来为孩子抹嘴，一面解说。司机助手把一个水壶送过来，这可使坐在角落上的老太太着急了！

"别喝水，喝水还要吐，我这里有晕车的药，吃点就会好的。"

说话的老太太总有七八十岁了，穿一身蓝，还包了一块蓝头布，满脸的皱纹好像刻出来的。她从怀里掏出一个小纸包，由乘客的手上一个一个传过来。

"不要紧，吐出来倒舒服些，这阵还用不着吃药，你老人家收起来吧。"

"给她吃吧，这是俺孙媳妇给俺的，她说：'奶奶，从咱山东到佛子岭，又要坐火车又要坐汽车，怕晕，我找点晕车药，是咱村劳模到北京开会时候带来的。'俺揣在怀里，走了几天路也没有用过，怕用不上了。孩子吐，吃下去管保顶事。"

"谢谢老奶奶吧，这一路都是大家帮忙，不然的话，拖着两个孩子上路，也真有点淘神。"

"可不是，俺一出了家门，倒真的当了老太太，处处搀俺扶俺，在火车上，同志不要俺走上走下，把东西买来俺送到嘴边。毛主席真是领导的好，人人都变好了。坐上汽车，一位部队同志还把前座让给俺，怕俺坐在后边颠得慌。说真的，俺活了八十一，劳动了七十多年，受了一辈子的苦，俺还硬朗着呢！"

她高兴地笑了，她那铺满皱纹的脸就显得短些，皱纹更深了些。

"真不容易，就是咱劳动人民才有这身子股儿。你老人家到佛子岭去看谁啊！"

"俺去看俺的孙子，他爸爸让国民党杀了那年，他就革了命。前年他到了佛子岭，在水利师当干部。他打信捎钱，要他媳妇带孩子来看看的，说他就要学习去啦，他媳妇也是个党员，村里事忙，来不成，俺就说俺来吧。邻舍的人都说这么大年纪了，又没出过远门，怕呛不住；俺说，怕什么，鬼子敌人咱都不怕，这阵有什么怕的？俺也要开开老眼，看看'社会'，外边还不和家里一样。没想到，外边比家里还强！"

"老奶奶，你老人家姓啥？"

"俺姓李，俺孙子是李贵样，——"

"原来是我们教导员的奶奶！"

坐在最后边的战士听到了，很兴奋，生怕她看不到，就在他的座位上勉强站起来。论年岁，论辈分，她都该是他的祖奶奶了。

"李教导员就是我们区队的，我是张金明，他是我的老上级，你老人家有事尽管让我干吧。"

"噢，原来就是你！"她擦了擦眼睛望望说，"就是你把好座位让给俺的，倒让你坐到后边去了。"

"那不算事，不要说是教导员的老奶奶，就是老百姓的老大爷老大娘，我们也该让的。"

正在这时候，杨成全手里抱着的孩子又吐了，他的手帕已经不中用，他就用手揩抹，一个挂着大学校徽的乘客，递过去两张报纸。

"谢谢你，不要紧，前边就要停车吃饭，休息一下就会好。"

他对这条路很熟悉，果然不久汽车就在官亭停住了。

大家一个一个地下去，坐在后边的战士，跑到前边来，把老太太也搀下去了。

"这小伙子，真结实，就像俺贵祥年青的时候一样，还没有娶媳妇吧？"

"没有，"他还有点不好意思地回答着，"我们还谈不到这个问题。老奶奶，你要吃什么，我给你去办。"

"我不吃什么，我还带有干粮呢，都是俺那孙媳妇给备好的，弄点稀的喝就成啦。"

当我走下车的时候，车里已经没有人了。我捡了一个茅棚边的长凳坐下，摆摊的人为我送来一碗鸡汤，一盘咸鹅两个馍。我想起一个资本主义国家的代表到佛子岭来，看到一路都有鸡吃，还以为特意为了欢迎他们才杀这许多鸡的，他想不到我们广大的土地是这么丰富，什么都生长得又多又好。

那个戴大学校徽的人，正坐在我身边，我看清了，是四川大学的。这着实使我又吃一惊。

"噢。你们是从四川来约！"

"就是，我们是从成都来的，还有一位同志是陕西咸阳西北工学院的，我们都称得上是'远客'！"他很健谈，跟着他就说出来他姓李，那个姓赵，他们都是"先头部队"，学校里的同学和教授跟着就要来，一共有三百多人。

"——我们都是水利系的，到佛子岭来实习，这是再好也没有的实际大学了！毛泽东时代的青年真幸福！说老实话，过去我们的理论与实际脱节，还不是反动派搞的。他们不干，也不让我们干；只好闷在教室里读死书，闹得读完了书，就只有书本一套，连个小零件也认不得！出了学校什么都做不起。今天人民政府什么都想到了，跑上几千里路到这技术性最高的连拱坝实习。将来毕了业，立刻就可以参加社会主义建设。"

正在这时候，又来了一辆中型卡车，走下来十几个人，都挂着医学院的校徽，恰巧有的坐到我们这里，谈过两句，知道他们是上海的医务工作者，做好预防和医疗的工作。

"你看，政府对于工地的工人是多么关心，派这么多人来！"

摆摊的汉子却接了腔：

"这阵人还来的少多了，因为工程差不多就要完了，一两年前，成天不断地跑大卡车：运工人，运机器，运材料……我们这里可热闹哩！东西赶不上卖，同志们来了有时连座位也找不到！——同志们，你们该上车了，车站在吹哨子。"

我们付了钱，又上了车。这时，天放晴了，阳光把山野、树林、房舍照得发亮，雪白的鹭鸶一只脚独立在水田中央，傲岸地偏扬着头东望一眼西望一眼，等到我们的汽车一发动，它一惊就飞上了天。

车窗外的景物，不断地从眼角溜过去，我由于饭后的慵懒和赶早得疲乏，汽车的声音渐渐小下去，物景也逐渐模糊，终于什么都看不见也听不见了。可是司机同志兀自保持着高度的清醒，稳妥地掌握着驾驶盘，把我们迅速而安全地载向佛子岭去。

一直过了霍山，大家又都紧张起来。来过的人，知道没有好远就到了；没有来过的人，以为就要到了。有的人甚至心急地自语着：

"怎么还望不到佛子岭呢？"

一个来过的人答腔着：

"不要急呵，不是山挡住了么！要说心急，我们该比你们更急，离开了佛子岭就想回来，一天望不见连拱坝，就好像要害病似的，这个味道，简直说不上来！"

"那你将来就在佛子岭安家好了。"

"在这里安家？祖国到处都是家。再有几个月，工程完了，我们要转到别的地方去。治好了淮河以后，我们还要参加修黄河，让那条老龙也乖乖地为人民服务。——不管怎么说，眼前佛子岭总是一个好地方。"

这时，另外有人指点着窗外的山坡，大声地说：

"你看，你看，那红的是杜鹃，紫的是藤萝，黄的——黄的叫什么，我说不上来，和杜鹃一个样，就是花朵大些，不好放在鼻子上嗅，说是有毒的，就叫它黄杜鹃吧！白的是野蔷薇白绣球，兰花一眼可看不见，只闻得出它的香气。这些花，我们佛子岭都有。顶出名的是春兰秋桂，到了秋天，遍山遍野多的是桂花呢。那香味呵，——真是又香又甜！"

汽车三转五转，闯进了一个小小的市街，西边是一派新茅草房，还没有走尽，汽车就停了。我看了看，原来是梁家滩。看到我们迟疑的样子，一位同志就说：

"佛子岭离这里还有三公里，汽车原来到打鱼冲，就是连拱坝的脚下，现在只开到此地为止了。"

"那我们怎么走呢？"

"只有大路一条，大家都走这一条路，不会错的。"

我们下了车，松松身腿，背起简单的行装。那个杨成金，吆喝，叫来了几个在街上买东西的同队工人，不但背上了母子们的行李，把四五岁的女孩子背到身上，连她手里的孩子也抱过去了。那个八十多岁的老太太，由那个军工搀扶着，慢慢地行走。他的身上背的行李像一座小山，手里还拎了一个花包袱。

我们初来的人，无形中就跟定了杨成金和他的同伴们，杨成金好像回到了老家，他显得像孩子过节般的高兴，不断地指手划脚地说着。才走出市街，他就指着面前的一条河说：

"这就是淠河，你们看，这阵它的水又清又浅，发起水来可吓死人，——"他又指点着河边停着的狭长的、两端翘起的黑竹筏和我们说："不要看这些竹筏，当初公路没有建起，我们的机器和器材就是它拉上来的。现在到梅山去，他们还要拉一部分器材。"

"现在大水也不怕，我们的坝把它挡住了。你看那边不是两座桥，一座浮桥过人，一座木桥过斗车，水大了，浮桥就拉开，木桥可没不了。我们的沙石要从这里运上去，一刻也断不得——"

正说着，身后有汽车的声音响，我们侧身一让，看到原来是那些医务工作者的包车过去了。

"你们看，那下边的许多妇女，就是搞沙石的，都是些工人眷属，她们是我们的沙石队，也是参加连拱坝工作。刘大嫂，你安了家，孩子有人带，也可以来，看你的身体是一个好劳动。"

刘大嫂笑笑，低低地说："我怕住不长呢。"

"住不长？到了我们佛子岭的人都舍不得走，就是走了也还是要转回来的。要走，大家一道走。再说，老刘也不会放你走。你看，这边是小学，那边是医院……"

杨成金不但随时介绍情况，还不断地和相识的人打招呼，忘不了说一声："这是咱们队的刘大嫂，刘顺起屋里的人。"

转过一个山头，他兴奋地说：

"瞧，那就是咱们的连拱坝，你们看，多么气派！几天不见，又高了好多哩！你看那上面飘着小红旗，就是说已经提前到了顶。——小朱，咱们的拱到顶没有？"

他把话头转问他的同伴,二十岁不到的小朱,开玩笑似的说:

"你真老糊涂了,才走不到五六天,就到顶,照你这样想法,老早就完工了!"

"你这个小家伙,一点也摸不透别人的心,——"他转过来又向我们说:"同志们,你们到指挥部去,朝直走。只有一条大路,那里有招待所,我们要从这里下坡过河了。我们住在河东。到这里来,咱们就是一家人,没有事到我们队里来玩。我们是起重队的,我们一天不在工地就在宿舍,就找我杨成金好了。"

我们望着连接着两座山的一面高坝,像许多巨人紧挽着膀子矗立着,苍鹰在那周围盘旋;那上面蠕动着细小的人形,就是他们日日夜夜不管大雨大雪把这庞大的连拱坝从河底几十公尺的花岗石上造起来的。被管住了的水闸门流出来发出的怒吼,盖不住钢铁机器的有节奏的巨响。在河的两岸,不断地上下跑着斗车,轰轰的声音,从铁轨上一直送到很远的地方。我们好像面对着一个虽然陌生而一直热望着的亲人,他们已经站在那里迎接我们,不但是今天,就是千百年后,它们也一样挺立着,挡住背后五亿立方公尺的水湖,迎接着到佛子岭来的人。

我们的心中充满了无限的惊奇、喜悦和幸福,毕竟在我们的眼前看到了万人的伟大的创造;战士、工人、农民和知识分子共同劳动的成果。我们不由自主地和所有的人,加紧了脚步,沿着傍山的大路向前走去。

大师经典

靳以精品选

小说

卖　笑

　　那高大的建筑，在南京路口像蹲伏着的一匹原始时代的野兽，面对了浮在水面秋叶似的一排排吐着浓黑色烟的军舰商船。江水的面上，漂着腐败的果皮、杂草、细碎的煤屑，和闪着彩色的油质；在一条船过来之后，水在拍拍地打着两岸，像喘着一口气似的，白色的水气从那黑管里冒出来，响着刺得破天的声音。街车汽车在光滑的柏油路上更迅速地溜着，只有那洋车夫还是照样流满了汗，上气不接下气地跑。这嘈杂好像能使一个人的神经沸腾起来，可是那建筑因为自身的庞大，就很庄严地在那里矗立。

　　这建筑是有十四层楼的，最高的是金字塔式的屋顶。在这里面有许许多多不同的组织，关于政治的，商业的；最下面的一层是有店面的Retail Stores，争奇地布置着窗架。这样高的楼的交通，除去了水门汀的楼梯之外还有两个上上下下的电梯，像垃圾箱一样地把乘客们拾进来又丢出去。

　　鲁阳从十二层楼的电梯口钻进来的时候是海关的钟敲过十二下后的

三分钟。本来他一听见敲着第一下的时候,心里动起来了。急急地整理结束还没有完毕的文件;到了十二下敲过之后他就拿了帽子走到门口,这时候才想到不该没有收拾好就跑出来。他回过头去,看到同事们都还没有立起来,他只好懒懒地回去,自言自语地把一切都弄好,才又慌慌张张朝了电梯口跑来,可是已经站满了人的电梯,也没有等他的招呼,一直开下去了。

——还是自己跑下去吧!他心里这样想着。常是等得不耐烦了,情愿使自己的腿多受一点苦。每次走在中途,就看见那电梯翩然地上去又下来,总是比他还要快些。所以,这次他不愿意争这口气了,他知道妻是怎样等他快些回来,等他回来一同吃过饭到车站去接她的父母。他决定等下一次的电梯了。

看看人又是多起来,好在他还能保持着优越地位。等到电梯又在他站的地方张开嘴来,他好像一点力量也没有用就被拥到里面去。心都像是没有着落了,那电梯一直把他们送到下层,大家才又从里面爬出来匆匆地走向街上去。中午的太阳,正直直地照着。

这时候,正是一个个怀了轻快的心绪从办公室里钻出来。为公事占了身子的人,到星期六的下午就该像才从主人手掌里飞出来的花鸽一样欣忭。觉得是该散一散心了,该痛痛快快玩一下了,若是可能就立刻把所有烦劳、不快的事都忘去也好;虽然到星期一的早晨又该自愿地,像翱翔后的鸽子因疲倦饥饿而飞回主人的手掌似的跑回使人头痛的办公室里去。

汽车,也失去了特有的速度,只有叫着,任凭那驾驶的人是如何心急和不耐烦。本来是么,那许多有职业的人,都在这一个时候涌到街上来;又都是急急地想快些回到自己的家里去。电车呢,挤得满满的,热烘烘的背互偎着,汗透了每个人的衣服。最享福的还是在街上走着的人,因为近江,身上吹着凉爽的风。可是谁也不能这样,只要想一想这样大的一个城市，从商业区到居住区该走多少时候。

炙人的阳光，路上一块块地润着黑色的流质。那是沥青，搀和着一点贱价换来劳力的汗珠。在印度巡捕的脸上，也是光油油的，熟练地指挥着往来的车马。就是在这样忙乱之中，有的汽车就在这路口的一家大饭店前停下了，下来的人，走到凉爽适宜的厅里去，拣了近街的窗前坐了，安闲地露了一点得意，舒服的笑来，嘴里嚼着 Fruit salad，安详地看着外面慌乱的情形。

才走到街上来，他就被有一点熟习的声音叫住了。

"喂，鲁阳，到哪里去？"

他停住脚回过头来，看见一个和他年岁仿佛的男子，正从一辆崭新的雪佛兰车里走出来。

这人，他一看就记起来是中学里的同学，而且也很好过一阵的均平。早就听说均平得了硕士回到中国了，现在××银行担任副经理的职务。偶然间地在路上也遇到过，因为均平总是坐在汽车里，又因为鲁阳常是设法躲避，所以一直还没有交谈过。

"啊，均平，是你呀！"他也只得打起精神来走过去和那个人握手。

"真是好久不见了！"均平露着很亲热的神气。

心里明明知道很清楚在成就上悬殊的地位，所以就存了自惭形秽的意念，处处觉到自己缺乏自然。更深一步，就是对方的友情，也以为有点骄矜的恶意了。

"你怎么会在这里停下来？"

"忽然间汽车出了毛病。"均平说着，从衣袋里掏出一方手帕来，抹着脸上的汗，"你现在哪里？"

"就是这里面的一个贸易公司。"他指着在他们旁边巍然的建筑。

"很得意吧？"

"有什么，勉强能活下去就算。"鲁阳的嘴角上浮着苦笑。"你什么时候回到中国？"

"我么？"均平用右手数着左手的指头算着，"差不多五个月了。"

和朋友说着话，他竟会把急着要回家去的这一件事忘记了。看着在身边匆忙地走过来走过去的人，他立刻又记起来。

"我想，我就要走了。"

"没有什么事，我们一路去吃一回饭好么？"

"那，——那不必了，你住在哪里？"

"××路八十七号，你呢？"

"我，你在办公时间打一三七五二的电话找我好了。"

"那末，再会！"

"再会！"

告别了后就急忙地走向电车站，正有一路的电车停在那里。他索性跑起来了，等到他跑到，那车已经开驶了。

他还随着车跑了几步，想卖票人把车门打开，可是没有一点用，卖票人肯定地摇着头。他只好悻悻地回到停站的地方。

他的心充满了不安，想着能快些回去，反倒事事都不顺利。七路、六路、二路、一路这么多时候也没有。这么多人，都停在这里，一定都是要乘一路的。啊，来了，这机会他没错过，车才停下来，他就扁了身子挤进去。

喘定了一口气，就又把均平想起来。那是多么风采焕发的一个青年，穿了入时的衣服，还有一根手杖。真是在好运中活着的人倒是应该像那样。自己呢，由中学出来，父亲就因为营业上的失败，破产之后，人也忧愤着死去了。留下他在宠爱中养起来的独子，也不得不依附了妻的家里。由妻的父亲供给着在大学毕业，还为他在上海找了一个职业，又把小小的家庭在上海安置好。受了旁人的恩惠，心中自然有一种感激；可是赐与的人常希望着在嘴角上挂了千谢万谢，尤其是她的母亲更叨叨地要他成为一个伏在他们身下的驯羊。妻本来和他是很好的，现在也有一点变样了。她每次看到那些能给妻许多钱的丈夫，就羡慕，结果是埋怨他不该没有大的进展。为这些事，他真觉得头痛了。妻的母亲又常是两星期三星期从杭州到上海来一次，总是把忧烦不快带来。妻为着显出对于自己父母的孝顺，就逼迫着他，一句使老人家不高兴的话也不能说。而且，还不许他露了哭丧的样子——这就是说要他常是笑着。天啊，这怎么受得住呢？可是真要是不受这压迫，他就能立刻孑然地成为一个单身汉子。妻的容貌不仍然使他很热烈地爱着么？而且她在他的心中永远也是可爱的。为了一场重病，她的母亲有三个月没有来上海了。因为病后，所以她的父亲也伴了来。在他这是极不情愿的一件事，可是妻的吩咐是很明晰地记在脑中。

——这是什么生活呀！他几乎叫出来。

真也是，把不情愿一定成为情愿的，是使一个人的心该怎样痛苦呢！妻在性子好的时候这样说：“有什么法子呢，亲爱的，老人的话总不好直接驳倒的。使你受了委屈我的心里也是不高兴，只要你想着是为我忍受着就好了。”说这话，也许还给他一些温柔。若是在她也不耐烦的时候，这样的话就不容情地说出来：“不能养活自己的妻子能算是一个人么？一家老的小的对你是怎样，你自己不想一想。说你这一点话就不高兴了，好，有勇气什么地方都好去！”在这时候就是他真的去自杀，她也不会去劝阻的。

车过了靶子路的时候，乘客就渐渐地少了。他走到一个空的坐位上坐下。迎面就坐了一对年轻的男女，很亲密地说话，把从公司里买回来的物件翻来覆去地看着，他深深地羡慕他们中间的柔情和像初苞的花一样的青春。同时自己也追忆着初婚时和妻的感情。现在是不容人的岁月和生活磨炼得很像上了年纪的人了，什么都觉得一点厌烦疲倦，一闭起眼来，就涌起了死板板的数目字和千张一样的提单。就是有时自己打起高兴来，碰巧妻又拖了冰冰的脸。

"你看，容，你总是这样的神气！"他仍然装成从前做惯了的脸，故意像小孩子一样地把嘴撅起来。

"什么神气？"妻把要放在箱子里的衣服一下就丢在沙发上，回过脸来，仍然没有一点笑容，两眼笔直地望着他。在等着他满意的解释。

"我是说——我是说你总像不大快活，而且，而且对我也是太冷淡了。"他也把才从朋友那里借来的《法朗士传》放下，满脸堆了笑，稍为露了一点不安。

"什么，我冷淡了你？要我怎么样才算是不冷淡了你？"不知她哪里来的怒气，一步步地在向他发泄了。

他知道当她说了如此的话，最好是不要和她争辩，等她把所有要说的话说完，气也消了，就没有什么大不了的事。他把头低下去，望着地板。果然她又接着说：

"又怎么样算快活呢？我们也都不算小了，还要做出那种腻腻的样子，不怕孩子们看见要笑死么！再说，你也是做父亲的人了。还要装了小孩子的脸，也不怕自己难为情！——"

"容，你对于孩子们想到的太多了！"他忽然忍不住插了一句说。

"什么，孩子是我一个人的么？他们不也是'爸爸，爸爸'地喊着你么？你以为是要我一个人负责么？那可就是你的妄想了。就说你，在自己所做的事业上一点也不知道进展，天天看这些文学书会有什么用！"她的气好像更大了，声音提高些，把他身边的书拿起来丢到地上。

这是谁纵任她使她这样地凶暴呢？他一点也不知道；可是自己会变

成这样懦弱,一句话也不敢说,真是想也想不到的事情了!

默默地把书拾起来,他再把手帕掏出来拂下去附着的灰尘,故意做成了没有事的样子。可是妻呢,不但气没消,反是更大了的样子,也坐到沙发上去。孩子们叫她也不应了,要不就是把一些丧气的话说出来。

"不要叫我,只当我死了!"

于是孩子们也就哭起来,女仆走上楼来,哄着孩子们到楼下去玩,楼上只剩了他们两个。

都不说一句话,可是空气并没有缓和一点下来。他就要在最适宜的时候,到她的眼前,说不少赔罪的话;同时她更有些对他的限制,要他一一答应了,她才稍为露出一点笑来,说着:"你这人真把人气死!"

听见了这样的话,事情的严重性已经没有了,他就把那本书包好,立刻要在第二天送还给朋友。

什么事情都完了,他才能跑到没有一个人听见的地方,大大地叹一口气。

车到了××路口,他又跳下来,匆匆地向××里走去。走到自己的家门,轻轻地敲了两下,女仆就把门打开。抱在女仆手臂里的露儿,迎着他叫着:"爸爸,爸爸!"

"妈妈呢?"他也装了孩子的样子问。

孩子的手举起来,意思是说在楼上,还把小嘴撅起来。

"妈妈生气了?露宝宝真乖——"

他正在用手指划着孩子的面颊,突然间妻的声音响起来了。

"回来这样晚,还不快些走上来!"她是从楼上的窗口探出半身来气冲冲地说。

他没有回答,也没有敢朝上面望,就急急地跑上楼去。

"要你早一点来,反比平日更晚了!"

"你不知道,实在是在路上遇见一个老朋友,又等好半天的电车——"他一面说着把帽子取下来，上衣也脱去。

"又把衣服和帽子放在椅子上，孩子们弄坏了，你又该穷叫！"妻忿忿地把衣帽替他挂好。妻已经把衣服穿得很齐整，好像就等他回来吃过饭到车站上去的。

"火车要两点十分才到呢。"他好像自语地说。

"你看看现在几点钟了？"妻指了悬着的壁钟。

这时候两个针正都指在一点的上面。他的心里想着，妻为焦急而生出的气忿，不是完全没有理由的了。

女仆走上来请他们到楼下去吃饭，五岁的林儿也跑上来牵了他的手，他们一齐走下去。在不十分欢快的情绪中吃过了一顿饭。

妻只吃了一浅碗饭就跑到楼上去，等到他站起来的时候，她已经洗过脸涂好脂粉走下来了。虽然是二十七岁了，装扮起来仍是很动人。稍有一点黄的脸色，已经用人力描抹得红红白白的了。就是生过两个孩子，身躯也还是很窈窕。她又特意把新做的纱衣穿上，在一些些风的吹动之下，真像一个天女了。

林儿还正在饭桌上任意地吃着，看见母亲打扮着下来了，从椅子上下来，跑到她的眼前，一下子扑到她的怀里。

"妈，你到哪里去？"用了含冤的声音说。

"这么油油的手，都弄到我身上来了！"她立刻想把身子退回去，她叫着女仆："杨妈，你快领了小少爷去洗洗脸！"

被女仆捉了手的孩子，死也不肯走地抵拒着。嘴里嚷着："我也要去。"

"林儿，不要闹！就要回来的。"他在一旁哄着。

"我也就要回来的，你们是看戏去！"林儿张开大嘴哭起来了。

"不要哭，我们去接外公外婆的，他们带来好多好吃的东西呢。"看着孩子那样伤心，他又说着。可是他的话没有一点效力，孩子仍是哭着，甚至于坐到地板上。

"好，林儿这样不听话，是要讨一顿打了。"她恨恨地指着抹了一脸泪的孩子。"不要管他！我们走吧！"

从家里出来，心中总有一种说不出不安的味道，隐隐地还听见孩子渐渐微弱的哭声。

走出里口。看看表，时候已经是一点三刻了。只有十五分钟，一点时候也不能再耽误了。

"车子若是误了班就都是你的错——"在车站前，下了洋车，走进去，她还在埋怨着。

他买好了月台票，走到等候从杭州开来的车的月台上，正响着火车进站的钟声。

他没有谈什么话，只是稍稍露出了得意的样子，朝她望了一眼。

机车喘着气，把列车缓缓地拖进站里来了；然后它高高地叫了一声，才静止下来。

他们很留意地望了火车的窗口向前面走着。在还离有三四丈的头等车窗里探出一个近五十岁男人的上半身来，向他们招着手。

"在那里了。"妻立刻加快了脚步，向着前面走。

"什么地方？"由于短视的原因，他茫茫然地问着。

"随我走好了，眼镜也不带出来！"她也不望他，尽管边说边走着。

在妻的身后走上车去，从草帽边的头发上，痒痒地流下一条汗水来。

"妈，您好了啊！"妻向了她的母亲叫着，露出笑容来。

他也向他们问好，装成了满心快活的样子。

妻的父亲仍然是那样高，那样胖；还是留了很像一位军官的胡须。她的母亲却是显然地看出比从前瘦了许多，因为外皮宽弛了，所以脸上横横竖竖地加了不少皱纹。从前,他一看见妻的母亲的脸,就觉得可怕,不快,总说是她脸上生着横肉;现在肉是没有了,可怕的样子,仍然十足地露出来。

"爸爸过夏也好,一点没有瘦,"妻说着,被赞扬的人用手摸着脱了头发光亮亮的脑袋,很高兴的神气。

"您一共有几件行李?"这是他问了。

"没有什么,天太热不大好带东西,只有五件。"她的母亲缓缓地说,就这样也听得出一点气促来。

"有五件!"他有些吃惊。

"没有什么笨重的,上面不是有两件,这桌上还堆着二件。"妻的父亲用手指点着。

上面两件是两尺长的藤篮,桌上有一件小皮箱,一个蒲包,还有一束带有污泥的鲜藕。

看见这些东西,他皱着眉头指挥了脚夫搬下去,他们也一齐走下车来。

在藤篮里也是装满了吃的东西。他真有一点发愁,他们来一次林儿大小总要吃出一回病来。

"我总想看您去,因为家里没有人照料,离不开身——"妻傍在她母亲的身边,一面走一面说着。

"唉,我真是二世为人了!"妻的母亲很伤感地说,"你近来也瘦了。"

每一次,她的母亲总要说她是瘦了。

"紫容真也会打扮,像一个十八九的姑娘似的!"她的父亲像在告诉她的母亲,然后很粗壮地笑着。

"可不是么!"妻的母亲也在附和着,带着像春风一样的笑。

被说着的妻,稍稍露一点窘,脸也微微红着,低低地说:

"妈，爸，总是取笑人！"

只有他是一个人，手里提了那小皮包，关照着捎了物件的脚夫。

"孩子们怎么没有来呢？"走到车站的门口，妻的母亲好像想起了一件大事似的朝妻问。

"在家里呢，大热的天，带出来怪麻烦的。"

"怎样，瘦了是胖了？"

"那——那倒不能说，天天看见怎么说得出。不过，却很好，没有一个生病。"

"你们真是不好，孩子也不知道关心。"本来是两个人的谈话，现在是把他也加进去了。

他故意加急了两步，到车行去叫了一部车。

到了家里，林儿仍然是怀了满腔怨愤撅起小嘴来。妻的母亲这时正在把抱在怀中的露儿的脸拼命地亲着，像是想咬下一口肉来才快意。像这样表示对于婴儿的爱，他是不大高兴的，可是他有不敢说出来，只是背了身子看着窗外的天。她的父亲这时正舒适地翻着当日报纸，坐在沙发的上面。

"妈，您不累么，先睡一下去吧！"

"可不是么，有一点累，坐坐好了，我一看见外孙就不知怎样高兴起来了。"她的母亲这样说，坐到椅子上，左手摇摇拍着胸部，"林宝宝怎样了，快带我这里来。"

这时才留意到躲在桌子后面的林儿，被注意到的孩子，反倒退缩着，不肯动一动的样子。

"去吧，外婆叫你就去吧。"他转过身子来说。

林儿像要泄尽胸中的积郁似的哇一声哭出来，扑到妻的母亲的怀里。

"宝宝，有什么话告诉我！"半命令半安慰地说着。

"妈妈不带我去接你。"林儿带哭带说着。

"真是妈妈太不对了，怎么不要孩子出去呢！"装成了替孩子出气的口吻说。"你们看，这次来林儿真的瘦了好多。"

"一天就知道胡吵，乱吃东西，哪能不瘦呢！"妻这样说。

"孩子这样小，他自己知道些什么，一定要你们好好地管啊！"妻的父亲悠闲地抬起眼来说。

"不要气了，宝宝，等一会把带的东西给你吃。"这时她的母亲低低地向着林儿说。

果然，听到了这么好的消息，林儿露了一点高兴的样子了。在这时候她说：

"林儿，大热的天，不要尽靠在外婆那里，随我去洗脸吧。"

孩子真的就乖乖地随了母亲去，把抹得满脸泥汗的脸洗干净。

能说妻的母亲对他们是不好的么？或是说她是一个没有好心肠的女人？这一点也不应该，她实在不是这样，她很爱她的女儿，也就爱他们所生的儿女们。在她的爱中，一点也没有虚伪的存在，甚至于可以说是完全纯洁的；而且好像她的爱是在过度的进展之中。因为过于爱了，所以她总希望着嫁出的女儿在夫家能享有一切精神与物质的满足，只要看到或是听到一点缺陷，她是比身受还要苦痛的。为这样的缘故，她是比任何人都更殷殷地盼着鲁阳在事业上能立刻有极大的发展，像他父亲那样的家势再在他的手中重造起来。焦急促成的气愤，为鲁阳的没有显明的进展，她是常常不客气地说了。虽然她自己有这力量，把钱什么的多多给他们一些；可是这总觉得有一点不舒服。她并不是吝惜，她像想着受施与者的难堪，和那在心中应该堆得像山一样高的谢意，该真像山一样地压着他，使他一口气也喘不过来。想想在家里自己的女儿如何是在娇养中长起来，现在呢，常常看见她要和仆人一样地做事情。在冬天的时候，女儿的手也不是冻得一条条的裂纹，渗出血来了么？为这些事她的心总是不安，因之对于在这样的生活中的女儿更该加以异常的爱护；一方面对于她认为无能力的鲁阳，更把刺耳的话说出来。

若说他呢，也不是一个懒惰、不图长进的人。把读书是看得和吃饭一样要紧，也没有养成一个偏僻者的习气。他喜欢读一切的书，而且对于里面的意旨也颇能领略。在从前，也有过读一生书的志愿，那时妻和妻的父母也频频称赞着。到后来，环境逼了他自己抓破自己的梦，走入一般人的漩涡里。他并不是把任何一件公事不能做完善的人，可是他不知道怎样使一个经理拍着他的肩，说一句夸奖的话。就是这样，他已经觉得是很勉强的了，因为有的时候他自己的情感还不能完全在自己的意志支配之下发泄。看见身旁的人笑了，他也不得不笑；可是在他的心里就有一种隐痛。在他以为很能迁就着周遭一切的人了，旁人仍然要把他看成一个不应该在现代社会中生存的人。有的时候他也忿忿地想过："算了吧，何必在这世界里整天地装哭装笑！"可是怎么样才能逃开这世界呢？他一想到在这个世界上还有他恋恋的，他就只有认定还是忍耐下去吧的方法。

因为把从杭州带来的食品一部分加到晚餐中去，所以比平日要晚了半小时才吃到嘴。大家都很高兴，妻更是异常的兴奋之中，絮絮地说着这样菜许久没有吃着、那样菜味好的话。他只是一口口把菜饭木木然地吃下去，反觉得不如平时那样有味。有时妻的父亲诚意地请他吃一点，他也以为有些讥讽的意味。虽然没有吃一滴酒，可是比吃着酒的妻的父亲的脸还要红一些。

吃过晚饭一些时，妻的母亲就去睡了。像往常一样地睡到他们的床上，他和妻的父亲到夜里就该歇到楼下客堂的帆布床上面。郁热的天气，到晚来才有一点风；可是这风是只在楼上的人才能觉到。屋顶的凉台，妻怕脚步的声音会打扰她的母亲的安睡；楼上呢，又为睡觉的人占了去，更是不许有一点声音；他们只好聚在楼下，有着如日间一样的热气。到这时候，蚊子又嗡嗡地飞出来，在人们不经意之下，它们可以饱饱地吃一口血去。

妻把露儿安置去睡了，女仆在厨房里洗碗筷，林儿是坐在他的腿上，听着外公讲梁山的故事。为了免去更多的蚊子，灯并没有明起来；可是在外公吸着雪茄烟的时候，就有一点小小的光明，在这光明之中隐约地看出了军人型的面容。坐在父亲身上的林儿，暗地里数着这光亮的次数，终于，模模糊糊地入睡了。

正在这时候，妻从楼上下来了。

"林儿睡了，怎么办呢？"

"放到楼上去吧，他的床我已经预备好了。"

在妻的回答中，好像有一点"连这样小的事情也不知道做"的含意。

他站起来，把睡着的孩子，抱在手臂上，一步步走上扶梯。到楼上，没有一星灯光，他慢慢地探着脚步走，很幸运地没有弄出一点声音来，把林儿已经安然放在小床上，把纱帐也放下来，他才像走进来一样地提了脚步出去。

可是，也许因为他不是像方才那样沉心静气，一脚把痰盂打翻。正想紧一步走出去，妻的母亲已经坐起来问着：

"是谁呀？"

"我，我，"他像是做了大不应该的事，吞吞吐吐地说着。

"鲁阳，你小心一点不好么？这么大的人，难道说连几步也走不好！"

本来是有许多话想说出来，可是想一想，还是不要争辩吧，他匆匆地又下楼去。

住了八天以后他们才又回到杭州去。像重又放回水中一条鱼，他立刻感到说不出的自如来。自从他们来，他就伴了妻的父亲睡到楼下去，夜间常是为成队的蚊子扰着了。虽然妻的父亲也和他一样忍受这苦，可是他每天是要到一定的时候走到办公室去，强自睁着疲倦的眼。到晚间呢，遇巧她的母亲兴致好，就要不知所云地谈到半夜之后，就是没有一句话说的他，也必须在那里陪伴着。他只有感到更疲乏，生活更无味。仍然是像被审判一样地被盘问着在办公室里的情形，知道他还是没有什么大的变动，就大大地叹一口气，像是对他的将来已经到了失望的地步。因为知道这是必然的事，反而不觉得什么，只把头低下去。在其他方面，妻和孩子们的衣服又有新的增加，室内的用具也有许多新的代替了旧的，看到这些，除开如一般人所有的小小欣悦之外还觉得像吞下一只针那样刺心。他为这些就要装成哑子一样地不说一句话，呆子一样地憨憨笑着，任凭人家用如何毒恶的话来宰割他的灵魂，他也不能哼一句。

他们走了之后，妻的性情也看出好一点来了，一天他说：

"容，我也不知道为什么，每次你的父亲母亲来我总觉得不像平日那样舒服，自然。"

"我也看的出来，老年人总是过于喜欢说话。"她说着走到衣橱的前面，"鲁阳，你看这件衣服好么？"她取出一件衣服来向他问。

"什么时候做的？"

"就是上次随了母亲在先施买的料子。"她很得意的样子。

"唔，唔，……"他点点头，知道再没有抱怨的地步，嘴角扯出凄然的笑来。

（选自1933年10月现代书局出版的《圣型》）

去 路

一

落日把金子般的光辉扑向了地面，温煦地抚摸着树的尖梢、草地和河流。树梢轻俏多姿地摇曳着，草地显得是更柔软了，细语般潺潺地流着的河流作为答语似的，反映着一点闪闪的光。原野是更寥廓，更广大，更寂寞了。

成群的鸟惊惶地飞了来，叫着，寻找着自己的巢，在这残弱的余光里，它们要回到它们的家，不然，它们将失去视力，迷失在陌生的地方。可是守在巢里的老的鸟和小的雏，为了引路和盼望，也在叫着，那嘈杂的声音，溶成一片了。野花安静地垂了头，等待着夜来的露水和明日朝阳。

一切的影子变成细长的了，铺在地上。狗胆怯地惊恐地吠着，——一个，两个，远远近近地都在应着。凄凉地震漾着这平和的空气的，还有那辽遥地响着的号角。那好像是天边外的声音，可是却扯动了每个人的心。

天边上烧红的云彩，显露着最后的艳丽的颜色，不顾自身地炫耀着，随着一点风的力，幻成人物花草禽兽景物的形状，那都是一瞥即逝，像是比人生还要匆促些。

树林的阴影盖过了河身，还盖上了河右岸的五座大小的坟墓。在坟墓的近傍躺着一个中年男子，他仰面卧着，把两只手平平地铺在头下。他好像已经来了些时候，因为坟前放着的采撷下来的野花，已经萎软成一堆。他的眼睛茫茫地望着，像是在想着些什么又像是没有想什么，他有一副大骨骼，一双大眼睛。他的颧骨是出奇地高，像两座小的山排在脸颊上。他的鼻子也是大的，又宽又高；长着厚唇的嘴却紧紧地闭着，好像是他尽力地管住了它，要它沉默着，一切的苦辛只留在自己的心中。

也许因为有点疲倦了，他转过身去，他的脸望着那坟墓——那里面睡着他的母亲、他的妻和他的儿女。他那平坦的脑后部，看出来他是一个失去乡土的人，——在那个地方，婴儿是习于仰睡在摇篮里的硬枕上，所以才有了那样的头骨。他的家，虽然是在千辛万苦中迁进了关，却在四年里死去了五口人。留下来的只有他，还有一个七岁孱弱的叫做虎儿的孩子。他把死去的人葬在这里。每个黄昏他来到这里，躺在这里，任时间自由地流过去；等到太阳真的沉到了地下，他才恋恋地站了起来，虽然是一个三十几岁的男人，心中也这样痴呆地想："他们老的老，小的小，又没有一个男人，我怎么能就把他们留在这里呢？"于是他的脚跟像是更难提起来，他俯下身去摸摸这个又摸摸那个，好像在向每一个道着晚安。终于他还是走了，一面说着："不要怕，我明天来看你们，有一天，我要你们躺到咱们的家乡去。"

每次当他说到这句话的时候，他的眼睛里总滚下两颗大泪珠来。他有着莫遏的愤恨,想起来的时候,他的青筋就突起来,拳头紧紧地握着,即是朝着一无所有的空中,他也要猛烈地挥动着,做成击打的样子。

他永远记住母亲临死时候的话:"怎么的我也没想到死在这儿,抛乡离井的好几千里地!我是造了哪份孽呵,要我这老骨殖归不得家?好孩子,记住了,咱们还是得回到咱们的家,一等平定了就回去,就是我死了,也得把我移回去。我得回去陪你爹,要不,要不,我的魂灵也安静不了!"

可是她坟头上的草已经青过三回了,她还只是躺在这地方。她的两个孙儿一个孙女,同时为了急性传染病躺到她的身边也有一年半了;在前五个月,她的儿媳妇又为了难产丧失了生命。

"死了好,都死了吧,不死怎么活下去呢?……"

当着他的妻也死了的时候,他就像疯狂了似的喃喃地说着。他没有了家,他拉扯着那个七岁的孩子在街上走了整整的两天。他们被房东撵出来,到夜来他们睡在别人的屋檐下,太阳还没有冒出来的时候,就要为人家驱逐着,像驱赶着没有家的狗。

"喂,喂,找个地方去凉快凉快吧,这么大的人,干什么没有一点志气,做什么也比讨饭强呵!"

他只好翻翻眼睛,什么话也不说,站起身来,把还在睡着的孩子抱在手臂中。这样,孩子被惊醒了,用他那细弱无力的声音号着,在年龄和体质上,他正是需要很多的睡眠。

他一面哄着孩子一面挨着路,他疲倦地抬起眼睛来望望前面:哪里是他要去的地方呢?

一天,突然在街上他遇见了一个男人和一个女人,那个男人重重地在他的肩上拍了一下,他停止了,迅速地搜索尽了自己的记忆也没有想起那个人是推,和在哪里曾经见过;可是那个人却豪爽地用高嗓子说着：

"你不是老杨么？你怎么不记得我了，我姓王，我的名字是——"

他想着，可是他还是什么都想不起来，他听着他说：

"——是宾之，你不记得那一年找到贵处去，我们很见了几面，意气相投，差点没拜了把子？我还见过老太太、大嫂子，那时候大嫂子才过门一年多——"

"噢，噢，——"他没有等他说完就岔了他的话头应着，"我想起来了，我们一见就投缘，我称你老弟，我家里的也称你老弟！"

"是呵，是呵——"

"我真眼拙，会记不起来了，……"

"我给你引见引见，这是你弟妹，我们才住到这儿两个多月。"

站在那个男人身边的女子，和善地笑着，她全不顾虎儿的污秽脸相，就用手轻轻地抚着他的头。

"我可来了不少日子，自从事变我就住到达里，早先我不是这样，眼下，……"

他说不下去了，一个强硬的汉子，眼睛里竟有泪水打着转。

"老太太呢，大嫂呢，她们没到关里么？"

"她们同我一路来了，可是她们都故去了，还有我的四个孩子。只剩这一个了，还不知道怎么样！"

"你住在哪儿呢？"

"我，……我，……我没有家。"

"好，好，住到我们那儿去吧，亲不亲，故乡人，这点脸总得赏给我。她能替你照顾照顾孩子，我也能给你设设法，看有没有什么机会。"

为了不愿意给别人意想外的麻烦，才待要寻找些什么理由推辞的时候，那个女人又在说了：

"就不用犹疑了，住到我们家去吧。在这个倒霉的年月，谁保得住不要别人来帮帮忙，以后我们要你帮忙的地方也多着呢。"

再看到失去了母亲的孩子对女人依依的情态，自己就再也不能说什么了，于是他的眼睛里冒着感激的光，微微地点着头了。

不知从哪里，天上忽然扯起来狰恶的黑云，十分迅速地就盖满了天，把那在地上浮游着的最后的一点光也关住了。待他知道了，站起身，大滴的雨已经急遽地下了起来。这原是一无遮蔽的旷野，只一些时，他就被打湿了；先前的一点惊惶，反不知道消失到什么地方去了，他爽性用着极安详的步子走着路。

像这样的大雨，是可以带给人一些恐怖的感觉；可是他的心却十分平静。他觉得这些都没有恐惧的必要，更艰险，更需要胆量的一条路就摆在他的面前。就是在那上面行走的时节，他也还需要相宜的镇静。

闪电急速地划开黑暗的天，雷就像从那裂罅滚向地面上来，击打在地面上的雨点，发着杂乱的声音，好像在给地以一种惩罚。

他的头发被雨冲乱了，雨水还流进眼睛里，觉得出一点涩痛。走在路上的脚，是全部浸在水中的，天是异常的黑，眼前是一片暗，当着闪电亮了起来的时节，他才看清楚了道路和方向，他就能更坚决地更有把握地迈着他的脚步。

二

像冬日里躲在河下被渔人搅昏了的鱼介一样，在那段时间中，他是十分张惶失措了。一晚的枪声炮声之后，天地就改了样，他模模糊糊地看到这里那里飘着的太阳。

"这是啥事呵，这是啥事呵？……"

年老的母亲不断地喃喃着,连珠地念着佛号;孩子们哭着,妻是跑出跑进的不知道该怎么好。

"你再哭,看鬼子抓了你去灌洋油!"

他听着那不断的哭声,心更烦乱了,就故意恫吓着。可是这事情并不是没有的,被认为"反日""反满"的分子,随时随地都被枪杀着。把煤油冷水什么的灌进人的鼻孔里或是口腔里,是更平常更普遍的事。常常还有遍体皮鞭伤痕的尸身被秘密地埋葬了,那是活活给抽死的。

除开了一点家国之念,他还时时的担心着无妄的灾害之袭来,于是他觉得,该走到另外的地方去了。可是这些话怎么说呢?尤其是对乡土有固执的感情的母亲。

是的,怎么想起来这也是一件困难的事。在这块肥沃的黑土地上,他们一代一代地活过这么许多年了,一旦就要抛下了它,抛下了家园,到陌生的、不可知的地方去,就是他,也像是舍不开。

果然母亲的话就是这样:

"走吧,走吧,哪块好你们到哪块去,我这么大年纪,我可不愿意抛乡离井地走那么远,难说鬼子真就把我活宰了?"

"不是那么说,——"

"不是那么说是怎么说?"她的愤怒更高涨了,没有等他说完就截断了他的话,"你不看看我都到什么年纪了,你安着什么心呵,你要我这把老骨头扔在外头?"

她心里很悲伤,拉着自己的衣襟擦着红润的眼睛。他却坐在一边耐心地说着,说到他从前的事和现在城里的情形,他说那边出了告示,凡是进到关里的都原薪任用,要是不走呢,有朝一天日本人调查出来,就要绑去砍头的。他还加上了一句:

"——也许把全家大小都给抓了去!"

她坐在炕头上不说话，沉默地听着，她的眼睛里像是流着永不尽的泪水，她不断地用衣襟擦着，她的鼻子里还流着清水。

到后她装起一袋烟来抽着，她的眼睛呆呆地望着些什么，可是她再也不说一句话。他悄悄地溜出去了，和妻再去商量。妻也没有什么主意，她原来就是一个优柔寡断的人。

他的心不能安宁，他也不敢走到街上去，什么一响，他的心就是一跳。饭，他也不能下咽，到夜里躺在炕上，他也不能睡着。

"干什么这么愁呢？愁坏了身子可怎么办？"

到晚来妻会这样忧心地和他说着，她也许知道说这样的话没有什么用，可是看他那翻来覆去的样子，她不得不这样劝着。

"你是妇道人家，知道什么！"

"我们好好呆在家里，会有什么祸飞上头来么？"

"那谁能说得定？你不知道前街的刘先生么？有人给特务机关写了黑信去，宪兵来查了，查见一个有遗嘱的月份牌，就把人给捉了去，一点踪影也没有。"

"呵，我真还不知道，……"

妻大大地叹了口气躲在一旁去了。

这一夜他没有能睡着。他想来想去只是这件事，有时候才闭起眼就为可怕的恶梦惊醒了，心急促地跳着；意识到身边只睡着妻和孩子，自己也还躺在炕上而不是绑在车上、四周站满异种的兵士向着刑场走去，他的心才稍稍安定下来。可是他想到那并不是全不可能的事，只要这样住下去，总有一天就会有那样的日子来临。

他抹去头上渗出来的一些汗珠，他想着无论如何自己也要离开这里。他知道危险的是他一个人，可是要他丢下老的小的，他怎么放得下心来呢？

到了窗纸有点发白的时候，他才疲倦地睡着；可是不久就为人摇醒了，还有个声音说：

"……咱们还是合计合计走吧，……我也看透了……不走也不成！"

他强自睁开眼，就看到那张满脸是皱纹的母亲的脸，还有两颗大泪珠挂在那上面。

火车上不像是装人的，只是填满一些柔软的有骨有肉的物件。车门是塞满了，车里再也没有立足的地方，他们大小五口人，就是从车窗里塞进来的。

"活着不如死了好，……活着不如死了好，……"

他的母亲不断地唠叨着。她是坐在车板上，把一个包袱垫在下面，别人的身躯挤着她，所以她的腰弯着，头再也无法抬起来。

"妈，你老别说了，谁叫是，是——'行路'呢？总得受点委屈。"

他要说出来逃难两个字的，可是一下子就咽住了，他用"行路"两个字塞在那里。

孩子们在哭号着，不止是他们的，每个孩子差不多都哭起来，只有那躲在木椅下行李杂物旁的孩子们才安静地坐在那里。哭号使每个人都更不耐烦。

好容易车动了，人们才像是松下一口气来。只是行了没有多久的时候，车就又停下来了。谁也不知道这是为了什么，惊恐的神态在每个人的脸上挂出来。

列车的前面早有两排穿黄呢制服的兵守在那里，还有几个军官和特务官员样的人物立在前面。几个当狗腿子的中国人，大声地叫着：

"下去，下去，都下去，老爷们要问个话呵。"

像猪或狗一样地他们被驱下车来，成串地站在那里，等候着立着的官员们的问讯。

可是来问的并不是那些言语不通的人，却是一个戴墨镜的中国人。他的言语中充满了不屑、自满、骄傲、高贵的意味，他像点验货物似的查看每个人。

要问到的是年岁、籍贯、从前的住处，还问要到什么地方去，为什么要离开这里，是不是不喜欢"满洲国"或是"日本人"！回答得使他们满意的又上车了，那些回答得不满意或是他们觉得有点疑问的被牵到一边去。

他是那么侥幸地说过去了，他的全身透满了汗，他走上车来还把她们安顿到座位上。

到后来，每个人都找到了一个座位，被牵在一边的有些个的脸吓变了色，有的哭着叫着，不知道自己将遇上什么样的命运。

车又开动了，他们喘了一口大气。一半的人却被留在那里，他们无望地看着行驶的火车，浓黑的烟遗下来，渐渐地掩盖他们。

来到新的城市里，他就把一家人安顿在旅社中，自己赶着到从前服务的机关里去报到。别人苛难地问着他为什么不早些出来，是不是也想在"满洲国"做点什么事。他的愤怒立刻涌起来了，他想来数说他怎么方逃出来的，可是他忍住了，他只就说明自己并没有一点那样的意思。

"那就好，……那就好，……中国人自然做中国事。"

录用是如愿了，只是因为在非常时期，薪给打了一个大大的折扣。

"……这也是没有法子，谁叫俺们的家乡丢了呢？这已经是同舟共济，有饭大家吃，……"

就是这样他也只得答应了，他再也没有路走，他想着只要能有饱饭吃也就是了。

住了下来的时候，年老的母亲却害着强烈的怀乡病。因为水土不服，她想起来后院的那口井，她记得别人说过那井水比放一把糖还甜。

她每餐都要吃高粱米，可是她又嫌那里的高粱米不中吃。她咒自己．她还咒天，她有时候流着泪：

"……你们修修好，要我回去吧，……我回到咱家去看一眼就死也情愿的呵！"

这样号着叫着，成日成夜地，不久就离开了这个世界。

"……记住了，就是我死了也得把我移回去，我不愿做孤魂野鬼，我还得回去陪你爹。……"

她是第一个被埋在河边的土地里。他们哭着，洒着泪。他痴呆地站在那里，默祷着：

"妈，你老安静地睡下去吧，总有一天我得请你老回家乡去。在那块躺着我的爸爸，有望不见边的大松树林，还有咱们家乡的好高粱。……"

就是他自己，也时时有点怀念家乡，可是他不说，他好像什么也不在意的样子，他的心中却在盘算着：什么时候能回到家乡呢？

自从来到这个城市住，几口人都显得不习惯，连那新生的孩子，都是面黄肌瘦，妻永远是疲惫的，困难地喘着气。夏天，更是他们不能受的，那炎热使他们坐不宁睡不安。

消耗着多少心血，化去多少精力，终于在一年半以前，一种流行的烈性传染病，同时带走了三个孩子的性命。那像是突然的一击，虽然平时担心着食指增多是困难的，但是这样的减少，又是任何人所不能忍受的。可怜的妻，更是伤恸地哭着，像疯狂了一样。

"——这是运数，总得要活下去呵！……"

他劝着她，要她再勇敢些到人生的路上行走；可是他的职业的酬报东折西扣地到了很难维持一家人的情况，他不得不搬到较窄小的房子去。

当他寻找着房屋的时候，每家贴了召租条子的人家都朝他关了门。

有的是一听到他的口音就说房子已经租出去了，有的是从言语中听到他的生地，就抱歉说房子不准备租了，为着有一家亲戚就要来了。这都是为什么呢？他有些茫然了。

渐渐地他知道了这个城市里的人并不喜欢他们来，因为他们失去了家乡，又多半陷入了困窘的情况中，会使有房子的人，蒙受一笔欠租的损失。

最后还是托了朋友，打了连环铺保，他们才被安顿在一间小房子里。

因为日子愈过愈不好了，所以更想念从前的生活和土地。他们有着想不通的道理，那就是土地为什么白白送了人也不想收回呢？

"只要收回就好了，——"妻时时这样想着，"那时候我就带孩子们回家，看看我们的家有什么改变没有，不比住这个鸡笼好得多了么！"

在不断的念望与殷盼中，她却没有能如愿。为了难产，孩子被收生婆割了几块从腹中取出，死了；她也因为流血过多丧失了生命。那时候他已经被裁掉了，一点事情也有，在绝对的穷困之中。

他想哭，可是已经没有眼泪。悲伤和愤怒紧紧地纠结起来。他知道若是能把她送到医院去，至少她是能活下来的。他时时自己心中念着：

"我杀了她，……我杀了她，……"

但是当他稍稍静了下来，他一步一步地想上去，他想到了谁使他得到这样悲哀的命运。他的心中就又在想了："有一天我要回去的。"

遗留下来的一个孩子，对他却成了一个麻烦的累赘。孩子时时为病扰害着，不能使他安宁，而且又成为他一切悲伤的种子。

"到底也是我们家的一条根呵！"

不过他每次看着孩子那张没有血色的小脸、细细的手臂和没有血色的嘴唇，他就想到就是一条根，也不能拖得长远了。

为了欠租,他和那个病弱的儿子被驱逐出来了。他领着他的手,走到这里又走到那里,他们再也找不到一个存身的所在。

一直到偶然间遇着的友人,他们才又能眠食在屋顶的下面。

三

大雨一直也没有停,走回友人的家,踏在地上的脚,一步就是两只湿湿的脚印。

"你才回来,我们等着你吃饭呢!"

他才走进门,那个坐在沙发里的友人王就跳起来和他说。

"你怎么会淋得这样湿,没有坐车子回来么?"

"没有,那里也没有车。"

"快到上面去换一换吧,要不,怕生病。"

为了感谢友人的好意,他露着笑容。他正要走回自己的屋子,王走上来和他说:

"你慢点回房里去,孩子才睡着,就先穿我的衣服吧。"

王就走去拿来自己的衣服,要他擦干了身子换下来。

"你的太太呢?"

"她去看着你的孩子呢,本来他今天很好,就是那几声雷把他吓着了,他哭了许久,又发起寒热来。这阵子八成也睡着了。"

"也难办,这个孩子自早就像先天不足似的。"

他摇着头,叹一口气,他的眼睛好像又起始要湿润起来,想想自己不该再这样软弱,就强自忍住了。

"不必守他吧,请你太太回来好了。"

"孩子若是睡好了,她自然会回来的"

王说着,看见他头发上还在流着雨水,就又说:

"你看，你的头发上那么多雨水，快擦干了，不然要脱头发的。"

他用手一抹，果然还留着许多雨水，他就又去取了毛巾擦着。擦过了，他点起根烟来抽。这时候，王的妻走进来了。

"这阵怎么样，谁在那里看着？"王很关心地问着。

"李妈在那里呢，睡着了，不过——"

她看见了他坐在那里，便不再说下去，转来问他到什么地方去了，什么时候回来的。他说了两句，王就吩咐着仆人开饭。

他什么都想得到，他自己天天看着孩子的样子也知道，只是他不敢想，他怕想，这几年里他的一家人只剩下了两口，不久就要只剩下他一个光棍。

当着他吃着饭的时节，他好像在吞咽着铁沙。好心的友人却在和他说：

"我正给你设法一个事，不久也许可以定当，省得一天到晚闷着。你看你的精神愈来愈不好了，实在都是闲着的病。"

他笑了笑，他觉到友人所说的只是一小部的事实，真在纷扰他的心的还不只是这点事情。他近来深深地觉得友人们虽能待他极好，可是并不能了解他。

"我以为杨先生该再讨一位太太了，"王太太也是很关心地说起来，"总得成一家人呵！像你这样的年纪，就此单身下去也不相宜，再说孩子实在也需要一个人来照料，不是么？"

"现在哪说得起来这些事呢？"

"其实是这样子，如果没有结过婚也就算了，或是没有孩子也好一点；一个做父亲的人带了一个孩子，总是很凄惨的事。"

他自己该更深刻地感到，夜中孩子突然醒了叫着妈妈的事也有过不止一次；可是回答着的只是做爸爸的粗音，和不熟练的手掌抚拍。

他没有话好说了，低垂着头，忍苦似的吃完了一碗饭，就放下了筷子。

"怎么今天吃得这么少？"

"不大饿的样子。"

"怕是雨水淋出了毛病呵！"

"该小心一点，病起来更不舒服了。"

"吃点药，出点汗，明天就好了。"

王太太立刻找出来一小瓶药片，交给他，还告诉他可以吃两片，早点睡。

他怀着感激的心情接了过来，随即走回自己的卧室。看见他走进来了，那个女仆站起来，问着他要些什么，他却摇摇头，女仆随即走出去了。

屋子异常阴暗，病着的孩子对些微的音响和光亮的感觉都十分敏锐，他提起了脚跟，轻悄悄地走近床前，瘦弱的孩子正自躺在那里睡着。孩子时时发着断续的呓语，两颊烧得红红的，嘴唇上露出了干枯的裂纹，鼻翼微微地翕动着，身子时时转动，像是极不舒服的样子。

他的眼睛涨满了泪水，他一动也不动地俯身望着，孩子突然醒来了，张大着眼睛：

"是妈妈？妈，我想你。——"

"不，虎儿，我是爸爸，你要喝点水么？"

孩子好像并没有听见他的话，仍自茫茫地说着：

"妈，别离开我了，我想你，我走了一大节路，路上没有一个人。我真怕，妈，你别离开我了，好不好？"

就完了就又闭上眼睛，轻微的鼻息听得出来，好像始终就未曾醒过来。

他把背直起来，两行清泪一直从眼角挂下两腮。

"是的，这一条根也就要断了，这一条根也就要断了！"

他不住喃喃地说着,用着只有他自己听得见的声音。他的眉头微微皱了起来,可是不久又舒开了。他想着这正是适宜的时候。

他轻轻地踱来踱去,心中在计算着,却总像是有什么牵住了他,使他不能像全然一个人的样子想做什么就去做什么。同时又像是有五双殷切的眼睛,望着他,告诉他,他们不愿意再躺在这陌生的地方,他们要躺在长白山的顶上,要纯白的雪长年地盖着他们。

他独自坐在一张靠椅上,静静地自己想着,他听得见血管的跳动,一切别的声音却像不复在他的耳朵里显出了。

雨渐渐地小下来,屋檐的流水仍自急遽地淌着,因为是相近郊外,青蛙的鸣叫代替了骤雨的声音。

时候也许是不早了,他像突然醒转来,站起看看友人的房子,灯火已经熄灭,他就在一张小小的方桌前坐了下来,铺了纸,这样写着:

你们的好意换来了我的不辞而别,这就是可以使你们想着我是一个没有良心的人,但是我该走了,我该走上我要去的路。你们盼望我能再有一个家、一点事业,自然做一个安分守己的人我该这样;可是你们没有想到,这许多时候中,我一直想着离开这里。我的母亲,我的妻,还有我的孩子们,这是我的一家人;不是他们已经一个一个地躺到土中?我不是为着我们这个国家?我们这个国家对我们没有好处,它忘了我们,丢弃我们,卑视我们,好像土地是我们自己失去的;我是为了自己的家!为了我们人民。我们的家都毁了,几乎连我自己也无声无臭地死在冻馁之中。承你们的好心使我活下来,可是,我决不甘心这样活下去。

虎儿怕是没有希望了,如果他死了,请你们把他也埋在他的祖母,母亲和兄妹们的身边。有一天我要把他们都移回家乡去，不然我就是自己已经躺在那边的土地的下面。万一他活了下来，也长成一条壮汉子，告诉他继续我的志愿，为着他自己的国家，为着人民。

　　一切感谢的话对你们都像是多余的，我只诚心地祝你们的康宁。

杨

　　写过后他就放下了笔，又走到孩子的床前，想来亲一亲孩子的脸，可是没有敢贴上，眼泪却不由主地滴在孩子的身上。

　　从锁着的抽屉里取出早已准备好的小包袱，他轻轻地走出房门。他叫起来未曾清醒的仆人为他关上了大门，就急匆匆地跨到了外面。

　　街道正为雨后的茫雾锁住了，走了三五步，他也就消失在这雨雾之中。可是在他的前面，他自己却清楚地看到一条该走的大路，他就勇敢地迈着大步跨上去。

一九三三年

（选自1955年人民文学出版社出版的《过去的脚印》）

造车的人

在回家的途中，有一节路是傍了一条河的，河岸上有几间简陋的房舍，那里面就是住了那个造车的人和他的一家。

每次经过那里的时候，坐在车上或是步行着，总要望着那里，就是在当着走近的时候望不到什么，过了那一节路也要频频回首。一直到现在，已经有了十四五年的日子了。

时日使那条河成为一条污秽的浅溪（在炎夏的日子有时候没有一滴水），使那个造车的人的胡子成为花白，他仍然是穷困的，虽然他每天都是勤苦地工作着。

最初遇到他，是在夜间，远远只望见风箱吹着的炉火一下一下地闪亮，那是美丽的夜，星星像珠子一样地洒满了天，自己还以为那是终日浮在水上的渔人们在烧一把野火呢。走近了时，便看见一个三十几岁的妇人正在把了风箱的拉手坐在那里，膝头上爬着一个五六岁的孩子；一个年岁仿佛的男人，从火中取出那车轮的铁皮在铁砧上击过一番之后急忙地钉到造好的木轮上；一个十四五岁的男孩子在扶着那木架，更年轻的一个女孩举着一盏煤油灯。他有一张瘦瘦的面颊，衬出更高的颧骨，有两撇黑大的胡子。他迅速地把铁钉都用钢锤钉好，和那个男孩子纯熟地把这车轮放到盛了水的水槽中，立刻"嗤——"响了一声，还冒了白的水气。

他像是满意了，用手摸着胡子，又把一个弧形的铁皮丢到炉里去。那妇人又起始一下一下地拉着风箱。乘了这一点的闲暇，他放下锤子，仔细地看了看自己的工作。他的眉毛更紧地皱起来，上额的纹路像吹皱的池水。然后他蹲在一旁，把脸用手掌很用力地自上而下抹了一回，这像是能解去他身体上的和灵魂上的困顿。随着他又站起了身，把已经炽热的铁皮取出来，再钉到那车轮的上面……

但是他的工作并不是这样单纯，他要把堆在门前的木材（到现在他的门前总还堆存着造车的木料），用他自己的手和他的妻儿的手，造成一辆辆存有古风的、粗笨的大车。我看见过他和他的儿子用长锯切断那圆形的木材，我也看见过他怎样把那木材在火上烘成弯弯的形状，用斧子和刨子使它成为光滑的，于是那美丽的质纹，很清晰地显了出来。在这里面他像是能找出来无上的快慰，用眼睛注视着，用手来摸着，多少好的幻想在那上面生出来。他的心中有万分的满意，脸上淌下来的一滴汗，带了一点点的泥污，落到他的面前，激碎了他的空想，他觉得疲惫了，摇摇头，站起身来，觉得十分疲惫了。

装了一袋烟，悠悠地抽着，怕只有这一刻才真的是他最舒适的时候呢。可是，工作，无论如何，为了一个原因，对他是颇重要的：他需要立刻拿起工具来，——那里有四个张大的嘴，等候他来喂呢！

我最怕看到他把大斧抡起来劈着：他那黄瘦的脸会不自然地涨红起来，沉重的斧头像是能使他整个地跌了下去；那时候他看不见头上青青的天，堆了洁白的停云的，也听不见从水上飘来的悦耳的渔歌；就是有凉爽的风吹了过来，他也是流着汗。这样的三四次之后，他只好停一停，两手握了木柄。他看看站在他身旁的孩子，皱皱眉，心中是在说："他还小呢，他抡不起这么重的钢斧。"他叹息着，惋伤着自己的苦命，又只得把一小口唾沫吐在手掌里搓弄着，再抡起那斧子来……

十几年来，没有一次我看见他安闲地坐着，喝着清茶，如他那样年纪的人常喜欢做的那样。他造了许多辆车，让许多人坐了车到远处去，可是他一直像生了根，不停地苦作着，一直脱不开贫苦，一家人都是又黄又瘦。

一天早晨，从我的家走出去，经过那河边的路，却看见他的门前没有一个人。但是我望到了地上有还未曾被风吹散的纸灰，更听见有女人哀哭的声音。我看见屋门打开了，他和他的儿子抬了一具三尺长的棺木，盖了小小的一方红布；而女人的哭声更加高了起来。他像是毫无感情地，如往日一样地皱着眉。他的脸更像一个雕刻的面型。他迟缓地向着西面行去。在他的右手，还提了一把铁铲。

到下午我回来的时候，他又在抹着汗，工作着。那个妇人坐在矮矮的凳子上，靠了墙，呆呆地不知望着些什么，膝头上不见了爬着的那个孩子。

他只是阴郁的，他的苦作占去了其他情感发泄的余裕。我很少看见他笑，——为了快乐而笑着，就是当着一辆车由他的手中完成了，他也还是平淡的，因为他早已知道还有另外的一辆车也需要他的苦作造起来。

他真正欢喜来过的日子，怕就是为他儿子娶媳妇那一天了。我诧异地看到他穿了一件新蓝布的长袍，上面还罩了一件黑的马褂；他的儿子也剃了一个崭青的光头，穿一件刺眼的竹布衫。好像这一天他没有工作，到晚间我路过那里时，还看见他恭敬地送着贺客。

却只有这么一天。

到后来我就看到一个穿了红衣的年轻女人帮同他们操作，可是同时他的女儿不见了。我想或许是因为不增加食口，他的女儿也被遣嫁到别人家去了。

有了妻的儿子显出一点慵懒来了；因为这外来的女人，一向静穆的空气也震破了。还算好的是诟谇都发生在那个妇人和那年轻的女人之间，他却仍是默默地致力于自己的工作。但是从他的脸上，就可以看出来起于他心中的苦痛了。

在其间，我却离开了我的家有五年的长时日，恍若目前的一切事，都老了下去。但是那造车的人的房舍，对我还存在着兴致，每次走过去时，就更热心地望了。仿佛那还是和从前一样，看不出什么样的变迁，夜行人仍可以远远地望见从小窗透出来的那一点黄黄的灯光。那破败的事物，也许有的人会不屑一顾，对我却是亲切的。每次经过那里的时候就看着：那是浮着三五颗柳絮的水槽，那面是横着堆在那里的木材（也许像五年以前一样，在空隙的地方，长了一枝两枝的野花呢）。还有就是几个已经造好了的车轮蒙着尘土躺在那里。他还是在那里操作着，他的背更伛偻下去，满脸都是皱纹，他的动作迟缓了，时时还要拿手来抹着那迎风流泪的眼睛。

我几次经过他那里，只看见他一个人，默默地让工作消磨着他的时日。他不说话，也没有可以和他说话的人。有时候他停了停手，稍稍直起点腰来，眼睛望着面前的那条河；那河，现在大部却是露了黄泥的河底，只有中间一条瘦瘦的小流缓缓地淌着。之后，他就又弯下身去，继续着他的工作。

每次我走过的时节自己总在想着：哪一个人和他锯断那大的木材呢？哪一个当他疲乏了的时候为他挥着斧子？哪一个帮他扶着浸到水中的车轮？

当迟暮的老年一步步地向着他走来，他好像是更无力地活下去，却又不能就站住了脚；伸在他眼前的路，已经是很短了。但是他只能迈着小小的步子，一分一分地挨行。他时时在叹着气，那声息几乎是轻微得为人所听不到的。脸上，多了一条条的皱纹。

在他前面的那条河，有时候为太阳晒得没有一滴水，还裂着不成形的龟纹。

人老了，河也干涸了！

可是，到了夏天，河里又涨了水，他还是在河边工作着。

一九三三年

（选自1955年人民文学出版社出版的《过去的脚印》）

困与疚

恶运紧紧地包住他，不幸一件一件地发生：父来死了，母亲也死了，妻又染了很重的病。终日悲伤着，烦恼着，可是在事实上一点用也没有。读书的问题是陷在绝望之中，就是这一笔医药费也很使他为难了，妻常是眼含着泪向他说：

"不要这样忧愁吧，只有看天命是如何。要是不该死，不医治也会好想来。"

妻说完了，泪是更多地流下来。真要是把一点点的钱都用尽了，将来不也是要饿死么？论年岁他是二十二，才从初级中学毕业，没有和社会接触过。像这样的资格，还能受社会的热烈欢迎么？在这样情况之下，亲友又都是拖了冰一样的脸。他不敢追想从前父亲在世，当他只有五六岁的样子，家里常常有亲友长住，笑着闹着像一家人，父亲是不会弄钱的人，也不会交结权贵，所以卸任后就渐渐地陷入了穷迫，而到自己死的时候，不得不有一点羞愧的样子。因为没有留给儿子多少钱。起初，他不大肯听从妻的话，可是医生走了之后，她就要哭着，不许他到街上去买药。一向是很深爱着的,他的心真是不忍。有时候也想到将来怎样活下去的问题,就答应了妻的请求。

想不到妻的病很快就好起来。像桃花来渲染春天一样,她那苍白的颊上,也涌起了一点点红润来,这样,他的心一半是轻松下来了。可是将来的生活,仍然在他的耳底嗡嗡地叫着,在等待他的回答。

出路在哪里呢?既没有使人钦仰的资格,又没有显贵的亲友,就凭自己的力量,每天总是垂了头回到家里来。爱妻殷殷的问询,由羞愧而引起气愤来。真是,近来的性情不知如何是如此的暴躁了,看到妻含了泪的眼,他又在追悔着,只好去劝慰,一直到她像没有事的样子。

一天,他从街上回来,手里拿了报纸。才走进来就向着妻说:

"玲,这有一个机会了!"

正在缝着衣服的妻,听了他的话,立刻把手里的布料放下,走到他的身前去。

"什么机会?你快点告诉我?"她露了迫不及待的样子。

"这不是一条新闻么,路局在招考车僮。"

"车僮是什么呢?"妻不解地问。

"那就是——"他的脸红起来,"我也不大清楚,好像是在车上……怕不是十分高贵的职业吧!"他说过把头低下去。

"只要是在道德上没有缺陷就可以。"妻把报纸拿过去,用心地看着。"你看,这不也是限定了初中毕业的资格么?"

"是呀,我也看见,不过,不过,总像很难为情的。"

"把自己的劳力来出卖,没有什么不光荣吧?"

"管他什么呢,活下去是最要紧的事。"他露了坚决的样子,略为用手指抚了一两下凌乱的头发。

经过了规定的考试,妻很关心地问长问短,在他呢,反而觉得淡然了。想着就是录取了也不过二十二元的月薪,像仆役一样地听旅客的指挥。可是心里还是有一点不安，一直到手里拿了印着录取者名单的报纸，心跳着，脸红着，仔细地在寻着自己的名字。

妻也凑过来了，问着他：

"你在看什么新闻，这样用心的样子？"

"路局发榜了，呵——呵有了，我取上了！"他过于兴奋，稍稍带了一点疯狂的样子。

妻的脸偎过来，嘴里轻轻地叫着；

"君，我的心！"

"玲玲！"他也低低地应着。

经过了报到，查询，他又缴上去一张半身小照。在第二天的下午，他取来了车站的出入证。由车务处的指派，他是在二〇二次通车的二等车上。工作要在三天后起始。

这次车要从天津开到浦口，停一天，然后再经过天津，开到辽宁。从辽宁再开回天津，他才能得着一次休息。这情形在他，以为是很难忍受了。他还没有和妻离开过一天，想起来那总该是很难过的。

可是回到家里，妻给他鼓励，自己也就能伸直了身子说一句："好，去就去！"

车是下午十点钟开出的，在五点钟的时候他就把应用的衣物放到车上去，那里，他遇见了同伴，也是二十几岁的人，脸色微黑。自己为自己介绍过，知道那个同伴是一个单身汉子。他心里颇有一点羡慕。可是想到妻子的一切，他又深自庆幸着。

"这车里就是我们两个人么？"

"不是，还有津浦路的一个人，本来是没有的，谁叫这次车要到浦口呢，就没有法子办。"同伴露了一点愤慨。

他的心里又不知道这是什么缘故了。说是多一个人，自然工作可以轻些，为什么还不高兴呢？同伴好像很直爽，也有一股热诚。

"请你喝杯茶。"同伴倒好了一杯茶送给他。

"不客气，我就要下去，晚上再见！"他说完点着头走下去。

"晚上见！"同伴还站到车门上向他招着手。

回到家里，稍为休息一下，晚饭就陈列上来了。两个人都是异常沉默，不知道说什么话是好的样子，温柔的生活，从此就被生活的铁链绞断了。牺牲了两个人共同的幸福，各自忧愁，烦闷；换来物质的满足，维持着在不快的精神中活下去。要这样地一直活下去，到老了，死了的地步。

最后是把保重的话，相互地重复吩咐着。妻故意做成能分能舍的样子，他也只得用手帕擦干了眼角的一颗泪珠，匆匆地走了。

街市仍然像是从前一样明亮，喧闹，丝毫也没有走了一个人的悲哀。他的左手提了妻特意做好的一盒点心，低了头，走上向车站去的电车。

正在行驶的车，风很强烈地吹进来，司机者高兴地用脚踏着铜铃，"当当……"地响着。

到了车站。他跳下来，向着列车走去。时候是八点钟了，只有三等车里已经有了乘客，头二等里面还是很冷清的。

"怎么，这样早就来了，再迟一会儿也可以。"同伴正躺在床上立起身来说。

"你睡着吧，打搅你真对不起。"

"不，也快要到时候了，把衣服该穿起来。"

同伴从箱里取出两件衣服来，是白色镶红边的长衫，把一件送给他。

他俩都穿好了，他看见在左方的胸前绣了车僮两个红字，一种说不出忸怩的感觉又在心里涌上来。

时候到九点钟，就有人上来了。客人，脚夫，送客的人，在狭小的甬道中挤来挤去。他像其余两个人一样地关照旅客的床位，安置箱箧，或是送去一杯清茶。人是这么多，好像中间的关系还没有确定，所感受的难堪并不如想象的那样多。

在一声尖锐笛声之后，火车渐渐地移动了。他倚了车门，看着渐小的灯火，他是没有一点目的地，也登上旅程了。

他由于同伴的指导，把卧具为旅客铺好，才走到自己的床上坐下，就听见电铃的声音。他知道是五号，把机关拨好，就走过去。

"Boy，再去冲一点开水。"一个说着奉天话的旅客这样吩咐。

这第一个字多么刺耳呵！他好像一点也不能忍耐。他想和那个旅客这样说了："客气些好么？我也是凭劳力来换钱的，我也不是在你的家里做仆人！"可是他没有敢如此说，他只好应着："是，先生。"

可巧，水没有沸起来，他不得已坐在自己的房里去等。没有几分钟那个旅客就不耐烦地叫起来：

"喂，Boy！水为什么还不拿来呀？"

"水还没有开，请您稍等一下吧。"他急忙赶过去说。

"你们都是干什么的，连开水都不预备！再说，就是没有你也来告诉我一声，省得要我来死等呵！"旅客的手扠在腰上很生气地说。

"不是——"

"什么不是，他妈的，——"旅客把袖子拉起来，像要打的样子。

这时另外的同伴就赶了来解劝，他垂了头走回去。

过一些时，一个同伴也来和他说：

"你怎么和他吵起来？"

"什么，还没有等我说话就闹。他要开水，水没有开，就为了这点事。真是，一点道理也不讲。"

"有什么法子，做了这样的事，就是奴下奴。他说东就要随了他东。人有了钱，脾气也就特别坏。像我们，只有忍耐的一条路。"

他自己心里想着,也是只有忍耐。

车开行了一小时之后,所有的事情也渐渐就绪。他是分配在第一次守夜,到夜半一点钟。他打开车窗,一丛丛的树影闪到后面去。月光把原野照得更沉寂了。他想起妻,这时一定也为离愁所扰,就是睡到床上,也不见得能睡着吧。每次月光不是洒在床前么?她想得到那月光也在照着我么?她也许哭着,把枕头也染湿了。她想不到我是在旁人都安睡了的时候,一个人守在这里吧?

他正在呆呆地坐着,忽然一个旅客,从房里伸出半个身子来,眼还没有睁开模模糊糊地问:

"德州到了没有?"

"还没有。"他站起身来应着。

"到了的时候不要忘记告诉我,我要买烧鸡。"

"好,您放心吧。"

睡意时时来使他的眼闭拢起来,车轮和铁轨摩擦的声音又是那么单调,他更觉得疲困了。可是到规定的时候,他能把衣服脱下去,睡到床上;他反而觉得清醒了。

在行驶中车身微微震荡,胸中的心像是在水上飘浮着。他的心更焦躁了,想起不能入睡,就担心着明天的工作。

失眠的时候使他想起一切过去的事,他忽然流出眼泪来了。

可是人事真是难分析的,在半年之后,他已经是很熟练了,而且像以前那样的感觉也不再存在。每次自己也颇疑惑,就是这疑惑也就一直任它存留着。每月有了百元左右的收入,生活也很安定了。

一天,车停在浦口,是预备在下午七点钟开出的。本来这次车衔接着四时半到南京的沪宁车。这样,为了从上海到北方的旅客的便利。可是到了五点半钟,仍然看不见一群旅客的踪影。他问过路警才知道因为兵车的阻碍,旅客都是从下关码头过渡,所以要等到六点钟的轮渡才能过来。他正为了穿上制服流了许多汗，听到这话，就把衣服脱去，挥着蒲扇。

果然到了六点钟敲过的时候，许多脚夫和旅客走进来了。一个青年旅客走上他这辆车上来，是二十几岁脸色微红的人。他走过去。

"您贵姓？"

"我姓陆。"

"陆先生，您的铺位是在旅行社订的吗？"

"是的。"

"那在六号，您过来好了。"他自己在前面引导着。

"您是上铺，有几件行李？"

"就是两件。"

"好，我替您安置吧。"他又向着脚夫说："你放下来。"那旅客付过了脚夫的钱，把帽子取下来。他才要稍谈几句，又看见另外的旅客，他只好又走过去。

现在他已经不像从前那样烦躁了，处置着种种的事情，处处可以看出他的经验来。他很有条理地替旅客们安放行李，把和旅客们为小费而无理争吵的脚夫推到车下去。可是天太热了，脸上的汗一直流下来，他不断地把长衫的下襟拿起来擦着。到了车开行的时候，他才有了空闲去洗洗脸。

开车的时候就是七点钟，虽说是在夏天，火红的太阳也就要没下去了。一站两站地过去，夜也就一步步地沉下来。这时他又该为旅客们到餐车跑来跑去忙着了。到九点钟他才能吃晚饭，旅客们多半是安逸地睡在床上，在闲谈，在哼着歌曲。

旅客们都好像是没有一点事，除去吃就是睡。单身的旅客又不善词令的，在旅程中是寂寞得像在一个人的世界中。既不能一点事也没有说得很动听，所以只好沉默着。有时闭起眼来想着一切过去和未来的事情；或是把脸近了车窗，望着向后飞奔的景物。

他吃过饭，就看见那青年旅客一个人在甬道中站着。好像在那里想着什么，一个手指轻轻地敲着玻璃窗。他顺步走过去。

"您是从什么地方来？"乘着旅客望着他的时候说。

"从上海来。这次客人不多吧？"

"不多，空了好几间。"

"那我麻烦你，请你替我换一间好么？"旅客带着笑和他说，"我的房里人太多了。"

"可以，可以！您住到一号去吧。那间还空着。"他也很高兴地说。

"立刻就搬过去吧。"

他随了那旅客走到六号去，把衣箱和零物一件件送到一号。事情都做完了，那旅客请他坐下。

"不，我不累。"他还拘泥着他的本职。

"不要客气，就请坐下谈谈。"那旅客很诚恳地和他说。听了这样的话，他只好坐下来了。

"您是到北京去么？"

"不，我到天津。"

"在上海住了多久？"

"三年了，我是在××大学读书。"

"呵，您是在上海读书！"他颇觉着一点凄然。

"你在这车上有几年了？"旅客取出两个苹果来，把一个送给他。

"谢谢您！"他急忙站起来接过去，"我只在车上半年。"

"怎么，待遇还好吧？"

"月薪只有二十二元，可是说起来能有一百元的收入。"

"那也是很好了，家里的人要是太多也是很难吧？"

"我的父母都不在了，家里只有我的妻。"他把头低下去。

"那一定很够用了。"

"是的，可是我们也都是考进来的。"

"那么你以前一定在学校里读过书？"

"天津××中学初中毕业。"

"为什么不读下去呢？"

"陆先生，没有钱的人，有什么法子呀！"

看着那旅客，比自己也大不了两三岁，可是别人有无限的前程，不论是在学业上或是在事业的成就上。这不同在哪里呢？他想寻出来，他仔细看着那旅客，可是什么也没有寻得出来。

"现在就是从大学毕业的人，也不见得就能有多大的用处，其实经验比学问还切用，在任何方面的努力，都可以走到成功的路上。"

说这话的时候，那旅客像是很诚恳；可是在他听起来，就好像是故意用以来敷衍他的话。他并没有从这话上得到安慰，他也不愿意使旅客看透了他而感到失望，他立起身来告辞。

"再谈一些不好么？路上没有什么事。"

"时候不早了，我想您也该安歇。"

"呵，真是，就要到十一点钟。"那旅客把怀表取出来看过说，深深打着一个呵欠。

车的速度慢下来，为了一月来的霪雨，只有半尺样子，水就要没了铁轨。微风吹起波浪来，打着路基，拍拍地颇引人想起坐在船上的滋味。因为避免意外的危险，列车也只得慢慢地推进着。过些时，车在一个小站停下来。

这里只有一个路员拿了方旗在黯淡的灯光之下。还没有受近代文明的小市镇，在夜里，油灯是那么影绰绰地照着，更容易使人追想到古代，或是死去了的事迹。他常常高兴在这样的地方走下去。在这里他记起了死去的父母,好像他们是住在这里的。

车到了济南,全程已经走过一大半了。正是黄昏的时候,一群乌鸦叫着飞过去。天气不知怎样是异常地热,汗在每一个人的脸上像水一样地淌下来。

"北方也是这样热呀!"

他听见这句话,回过头去,就看见那青年旅客,站在离他很近的地方挥着扇子。

"您不知道,这两天都到过一百度。"他接了旅客的话说。

"还是走起来好,能有点风。"

"可不是么?已经停了十几分钟,再过十几分钟就要开了。"

在他的心中,欢喜这旅客的爽快,没有一般有了财势的人,就看轻站在下一级的人的行动。说句真话还是第一次遇见这样的人。在敬仰爱慕之外,他还想说一句:"先生,您原意么,和我做一个朋友?"可是几次他也没有能说出口来。他不愿意想着那旅客一定会听过了他的话就冷笑,像猫头鹰的嘴脸;他总想着是自己没有这么大的力量。遇见这样的人,使他一点也不再感觉到职位本身的低贱。在旅客那面不过多把"谢谢"两个字说着,可是他的心就那么安适了。

车从济南开出之后,同伴就和他讨论着收小赏的事了。本来这是不需要的,就因为加上津浦路的工人,所以他们每次总是预先暗地里和旅客们就说好,把小赏的一部分给他们两个人。因为这缘故,他们每次是分配好去联络这一辆车上的客人。

"住在一号的客人你去说吧,他好像和你很好的。"同伴向他说。

"好是很好,可是——"他觉得怕难出口似的,他的眼看着窗外。

"算了吧,做这种事,讲不得什么难为情,我们也不是来交朋友!"同伴像早已看透了他的心,笑着向他说,"我们是为什么的?钱在他们的身上不大要紧,可是我们却不能少。不是么,一家人都在等着你养活呢！"那同伴颇明世故的样子向他说。

自己想想这话也不能算不对，真若是只靠了每月二十二元的月薪能有什么用呢？他终于答应着：

"就是照你的话去办吧！"他轻轻地叹了一口气。

"那我们就分头去。"同伴立起身来。

"你先去，我稍为歇一下就去"

看着同伴走了出去，他就两手捧着头，呆呆地想着。他总以为这是不大妥当，不大应该的事。在一个人拿自己当做了朋友看待，就不该再为这些小事斤斤计较；虽然在另外一方面想，也是颇有道理。可是既然答应了的事，不去做也说不下去，他懒懒地站起来，走到一号的门前。他很快地在门前闪过去，好像是到另外的地方去。他看见了那青年旅客正躺在床上，手里端了一本书。

就是这样地闪来闪去地也是好几次了，也没有能鼓起那么大的力量走进去。还是那旅客叫住他，他才很不自然地站住。

"没有什么事吧，请进来谈一谈也很好呀！"躺着的旅客说着这样的话，就坐起身来，把书放到一旁。

"没有事情，您还没有睡呵？"他的脸上强自带了笑容。

"明天七点钟一定可以到天津了吧？"

"差不多，误了一点时刻已经追过去了。"

"你的体格也很好呢！"那青年旅客忽然这样说。

"从前在学校的时候，很欢喜运动，到做了事，就没有那种自由了。可是每次歇工的时候，总还是喜欢到体育场去打篮球。"

"这样很好，强健的身体对于每个人都需要的。"

把这件事说完的时候，却又不知道说什么是好了。他很想就着这机会把那件事说出来吧，可是自己又好像把从经验上得来的如何把它委婉说出的技巧忘记，同时自己也想到实实在在是不当说出来，他把眼偷偷地望着那旅客的脸，是那么诚恳动人，他的心更坚决了，就一直任这沉默在他们中间继续下去。

在这时，他又想起了临行时妻如何告诉他设法拿一点钱来，月底是有不少账要还的。同伴又曾经那么殷殷地托付过，他不得不想法子说出来了。

"先生，我和您商量一点事。"他的声音异常低。

"什么事情，尽管请你说吧。"

"那是——那是——说到您赏给我们钱的事。"他说了这样的话，立刻觉得脸上是红涨着。

"这条路我还是第一次走，不太熟习，普通每位给多少钱呢？"青年旅客仍很自然地说。

"大概总是三元吧。我是想请您把一部分的钱给我们，暗地里不要给旁人知道，因为普通都是大家均分的。"

"这也没有什么不可以，可是这钱怎样分开呢？"

"我想您给我们一元五，再给公众一元五。"不知道是什么缘故，到这时候，他也能坦然地说出来了。

"我没有零钱，再则给公众一元五也难看。我想一元二元地分开吧，你说好不好？"

"好，好，没有什么，我谢谢您。"他说完了，就站起身来，头也不敢仰起来走出去。

他好像犯了罪一样地，呼吸也不平匀了，匆匆地走到自己的房里去。虽然是把朋友所托的事情做得完善了，可是心上的负担是更重了。他好像不能自由自在地喘一口气。立刻他就追悔不该这样做了，就是少得几个钱也没有什么关系。他想这是多么不体面的一件事，他想象着那旅客一定看不起他，甚至于比那些粗俗的人还要重些。他就为这件事烦恼着，一直到了睡在床上的时候，还是翻来覆去地睡不成。他想从床上爬起来,到那旅客的眼前说:"先生,您不要听我那话吧,我不过随便说说而已,您千万也不要记在心里。"可是那旅客真的就能把他所说的一切都忘记,像没有那回事一样么?他知道说出去的话像散出去的种子,是不容易收回来而免去发芽和滋生的。

就为这件事,一夜间烦恼着。

到了第二天早晨,虽然头是沉重的,眼也有些发黑,他还是不得不强自支持着起来。这时候旅客们又都为整理行具而忙乱着了。他又走到一号去,那青年旅客早已收拾得差不多,上衣也穿起来。

"就要到了吧?"

"是,您还有什么事要我做么?"

"没有了,这是我答应过给你的钱,你拿去吧。"那旅客把一张钞票塞在他的手中。

立刻,他觉得这话在刺着他的心,他知道他应该带了笑脸,可是他好像忘记了怎样笑。他知道脸上在烧着,通身也像是烧着了。他的手微微颤着,头低下去。他一面喃喃地说着"谢谢"两个字,一面慢慢地走了出去。

"怎么样,得手么?"同伴从间壁的房里走出来低低地向他说。

"可以,可以,……"他说着,惘然地把那张钞票送给同伴:"这是你应得的份。"

"你的呢?给了这么多!"同伴惊讶的样子。

"唔,唔,……我已经得着了。"说到这句话的时候,他才感到移去一方压在胸前的石块那样的松适。

(选自1934年2月新中国书局出版的《群鸦》)

雪　朝

　　这一夜他是从下生以来第一次被喜悦抓得紧紧的，他觉得自己是大了，大到几乎不可想象的地步。他的头是高高地伸到半天空里，云气就时时遮住他的眼睛，当着他要看些什么的时候，就不得不低下头来。不止是低下头，还要俯着身子，那样才能使他看得清。在他脚旁蠢蠢蠕动着的是一些人，比蚂蚁还要小，用那么细微的声音在说着话。为了要听他们的话，他记得他不得不把脸几乎贴了地；可是当他给着回答的时候，那些人立刻就惊散开，正像是他所吐出来的每个字音都是怕人的滚雷。

　　他的躯体大得都稍稍显出一点笨了，河流像涓涓的细水，当着他的脚踏上去的时候，那脚印就留下了一个湖沼。山岭在他的胯下存在，正如同小小的土堆，他随随便便地就可以迈过这个又迈过那个。他的手掌，伸开去就可以掩盖整个的城市，——那城市正像他一向所生活着的城市一样，有钻天楼、宽大的路和羊群一样的汽车。他抓起一辆汽车，好像拿起一粒灰尘，放在嘴前，只要一口气就可以把它吹得无影无踪。

他记起来一个叫做格里佛的人（这是他从童话上看来的），他想到自己比那个人在利利蒲德城的时候还要显得大，因为他想到那些蚂蚁一般的人群决不会把他困住。他想到自己是那个巨人阿提拉斯（这也是从童话上看来），他的肩上有着地球的重荷。他想着如果没有他，天就要压了地的。

他就笑起来，立刻他就看到渺小人群中的骚动。他没有法子停止他的笑，他是那样喜悦；可是那些人更震恐了，因为想到了不可避免的灾难的到来。他的狂笑使得山崩海啸，使得人们感到了旁贝城毁灭时的惊惶；可是他还是恣意地笑着，一直到他自己从这一个伟大的梦中醒来的时候。

他的眼前是漆黑的，呼吸也感到一点不自如。他觉出来那踡屈的腿，他就想到是不知什么时候把身子缩到被里来。渐渐地把腿伸直了，他的头就最先和外面的空气接触。是那样寒冷，使他那才从被中钻出来的秃头更敏锐地感觉到。他的头，说是秃也不尽然的，因为在后一半还有几根稀疏的长发贴在脑皮上，在正中还稍稍凸出了一点，就显得两个鬓角一直伸到脑后去。可是那光亮却使人惊讶，有的人几乎想到了可以比拟吉卜西人占卜的水晶球。他的眼睛却是细细的两缝，没有一点光采，两个眼角和眉梢一样微微地向下吊着。他的鼻子是又尖又瘦，可是鼻尖总像冻得十分红（他并不吃酒）；一个相士就抱怨过他若是鼻子能大一点，或是颜色好一点，他就不会有这样不十分好的运气。他的两腮并不肥胖（他是生就了的一张瘦脸），腮肉奇怪地有一点下垂。他的耳朵是干枯的，像在夏天太阳下晒过的叶子。

他把头整个地钻了出来，长长地吐出一口气，正自如地吸了半口，就不能忍受那寒冷的空气，只得把被又蒙了鼻尖，才补足了那半口。

他睁开了那细缝一样的眼睛，他才真的感到失望了（当着他醒来的时节，他还以为自己仍然有着梦中伟岸的身躯）。他最先知道的就是自己还是在那张狭小的床上睡觉（这张床他睡了十年以上的时间了）。他望望那火炉，看不见一点火焰的影子，就是放在上面的水壶也没有一点热气，他想到那火是早已熄了。

从窗口望出去，正看见了远远近近一些蒙了雪的屋顶（因为他们是居住二楼的人），那有着纯然同一的白色，好像失去了各个屋顶原有的个性和距离（对于这附近的每个屋顶他原是十分熟悉的，他知道哪一家的屋顶缺少了几块屋瓦，他知道哪一家的烟囱少了一块砖。他还知道哪一家清洁的主人的屋顶上存了多少污秽的什物，他也知道哪一家的瓦溜间正夹了孩子们踢上来的橡皮球……）。可是现在呢，雪掩盖了一切，显现在他眼前的只是无边的白色。

雪还是在下着，大的雪片轻飘飘地飞下来，还扑向窗上的玻璃，在檐角那里聚集着。每一片都好像是十分暇逸似的，也不斤斤于停留的所在，应用着美妙的身态，从天上降下来。有时候卷起了一阵风，雪就又像烟一般地被吹起来，对于这强暴像是无力抵抗又不能禁受似的随着风过去又颓然地落下。

在世界中的小小角落里有这样的一个城，在这个城中的小小角落里有着他看到的所在，在他的眼中就已经是那样无边无垠了，他想着，他自己呢，就是这小小的所在中活着的一个人，……

就是这样子他活过来四十九年的岁月，没有多少人知道他，也没有多少人注意他，他是那么一个可怜的小物件。他这样地活着，很容易想到就是死去了也不过是这样。没有人能稍露一点惊讶，当着听到他的死讯的时候，正如同行路人看到道旁一个死去的小生物一样，是那样不动情感地连眼睛也不眨一下就过去。

他稍稍转动了一下身子，把眼睛望着屋顶。他望着屋顶的两边相交处，是那么遥远，像是目力所不可及的样子。可是寒气使得他的头皮冰凉，他伸出手来摸一摸，真像冰似的，他想再把头缩进去，可是壁钟恰巧打了八下。

他对于自己的耳朵也有一点疑惑,他没有听清那钟声响了七下或是八下,他忽然想到也许敲了九下,他的身子立刻就出了一次冷汗。还是他把枕边的眼镜戴上,望着壁上悬的钟,证实了方才是敲过八下的。他看看那一面的一张床,早已空了,想着孩子已经入学去了。

他也不能再耽搁,每天至迟他总是这时候要起身的。可是这一天的寒冷给了他无上的威胁,他怎么能从那温暖的被中出来呢?他就自许着,再过三分钟再起身吧。

他的心顿时松下一点去,眼睛又闭起来,把被又拉到鼻尖那里。当着他想着差不多已经到了三分钟的时间,张开眼来望望钟,已经是四分了。他颇后悔地想着:"怎么我这样没有用呢,说是三分钟就到了四分钟,那么爽性到八点五分再起吧。"

如此地推延着,到他真的从床上爬起来,已经是八点钟过一刻了。

屋中的寒冷使他伸不开手脚,他的嘴时时嘘着气,还常常把手掌掩了鼻尖。他觉得鼻尖是最怕冷的(平日留意着狗的卧姿,他得到了好证明)。

在房里他往返地踱着,几次摸着水壶里的水,那水总是冰凉的,他就皱皱眉头,轻轻叹一口气。

当他起身的时候,正是女仆送孩子上学去。

突然,像一匹狮子似的吼叫起来:

"为什么这样走来走去,吵得人一点也得不到安静,不知道我昨天晚上两点钟才睡么!"

他是着实地惊了一下,停住脚,看见一个蓬松着头发的脸从一堆被里钻出来。他认识她,他们认识了这么多年,这么多年她都喜欢擦厚厚的白粉;到现在她的皮肤粗糙了,白粉擦到上面像落灰的墙壁。可是她有一条好嗓子,这许多年未曾改变,她放开声音叫起来可以治好别人的伤风。

他不能回答,只是定在那里,看见那个头又缩到被里,他才提起一只脚来,可是他不知道把这只脚落到哪里才合适。他低低地叽咕着:

"我怎么知道你睡得晚,我也没要你睡那么晚,你和我吵有什么用呢——"

突然那个睡在床上的又叫起来,因为十分气急还抖开了棉被。

"你看,你看,炉子也灭了,都是死人呵,要冻死我,把我冻死就好了,是不是?"

寒冷却不容她发这么大的气,她只好立刻又拉紧了棉被,像一只乌龟似的蹲伏在那里。

"那我也不知道呵,——"他还是低低地说给自己听,"我知道你昨天为什么不加好了煤?对了,为什么你昨天晚上不加好了煤?"

他寻到了有力的理由,他想跑到她身边,把她从被里抓出来,和她嚷,他先试着嚷一个字,像是费了很大的力气,却没有一点声音。

那个蹲伏着的身子,慢慢地平下去了,又继续她安稳的睡眠。

壁钟悠闲地打了一下。

这一下正像打在他的脑子上,他不用去看,就知道已经是八点半钟。他有点慌张起来,他拿起放在桌上的热水瓶,也是轻飘飘的,他就无可奈何地把冷水倒在杯里和盆里,匆促地洗着脸刷着牙齿。

他穿上了大衣,戴上帽子,还提了那只破旧的公事包,匆匆地走出门;忽然想起了昨晚写好的两封信,就又跑回房里,从桌子上拿起,塞到皮包里,用更快的脚步走出来。

不知哪一位好心人把门前的积雪扫去了,水门汀的边路就更显得光滑。他几乎站不住脚,他出了一身冷汗。他记得一个医生说过他应该行路小心,不能跌倒,若是跌倒就会要了他的命。

"就是死了在别人那一面也算不了什么!"他暗自想着。最大的损失，他想，只是落在自己的身上，因为世界上一切美好的事物将永远离开他。

想到了写好的两封信，就从公事包里取出来，走近门前的邮筒，都要投下去了，忽然他心中想着："会不会把里面的信纸装颠倒了呢？"这样想着，他就失去了自信，他不能决定自己一定是装得很正确，他重又把那两封信放到皮包里去，想着："还是回头打开看一下再寄吧。"

他站在门口等候，想着公司里的大汽车就会来的。雪由了风的力量，扑到他的脸上和颈子里，他立刻拉起外衣的领子，把头尽力地缩着。

他的心时时为不安所扰，他想也许那辆车早已过去了，可是他又一点也没有听到喇叭的声音。看看街边的积雪，十分平整，没有一点车轮的辙迹。他想或者因为落雪，汽车就不来了也说不定。

公司置备的汽车，是专来接送中下级员工的。许多人都有了自用车，他自己却眼看着别人的升擢，自己总是在这大汽车里钻出钻进。一辆破旧了，又换一辆新的来，他仍然是一个被接送的人。每次他都是赶忙地跑下来，总要先等在那里生怕误了时间（因为根据规定，等候每个人的时候不过两分钟）。在他候车的时候，他就看看街，看看睡在街旁的乞丐；他还记得清邮筒提取的时间，有时更不止一次地张望张望那贴在电杆上的各种条告（那些条告包含招租，寻人，寻房，寻狗，出卖重伤风，……）。他还能暇逸地鉴赏那些文字的风格与书法的好坏。一直到那汽车来了，他才慌张地踏了上去。

可是这一天的等候却使他有点不耐烦，天是这样冷，风吹到脸上像刀子；时候显然是比平常晚了，雪像是已经不是在落着，风却吹着它，使它在空中飘荡，他就想着也许是汽车已经过去了，风又吹平轧过的车轮，那么就使他像呆子一样地等在这里，……

远远却有汽车喇叭的声音响着，他抬起头来望过去，看见那匹大兽似的汽车从街的一端摇晃着身躯驶过来。那辆车在他的身边停下来，他从后面的门走上去。

车里的人想不到的稀少，除开驾驶的和一个跟车的人，再有就是公司里的一个厨子。他仍然像从前一样踏上去就拣了一个坐位坐下。

因为没有什么事情了，那个跟车的人凑在他面前。车又起始行着，那么空大的车厢，使得坐在后面的他不能得到安静。他被颠簸着，遇到不平的路，好像要把他丢到车顶外面，有时候使他坐不住，要他从坐位上溜下来。

"宋先生，您坐到前边点去就好了。"

那个跟车的人好心地和他说。

"还好，还好，"他的脸上露出一点苦笑来，可是他并没有移动的意思，"平日不是这样的，是不是？"

"不是，不是，"那个跟车人肯定地摇着他的头，"赶上下雪的天，路不好走，先生们又都个人雇车去了，人少就压不住车，您又坐得靠后一点。您看——"

这时候汽车又在一个职员住宅的门前停了，响了两三声喇叭，没有人出来，就又起始行着。

"——多半都不坐这辆车，谁都愿意多破费几个，省得捱冷受冻。"

"唔，唔，……"

他不断地出声应着，他的心中却明白知道这个人在当面揶揄他。"是的，——"他心里说，"我就不肯多破费几个，我偏要坐这辆车！"可是他却没有理由说出来。

"不过坐这辆车快点，准可以不误事。"

"今天也很难说，路太滑，不敢开得太快，怕万一出错。您看，这车子不是一面走一面摇头么？"

那他不必看也会觉得，他知道这辆车走着什么样的一条路，想着平时只要十五分钟的路程，今天至少也要二十五分钟了。

想想时间，他计算得出他又要迟到了。迟到就是懒惰，对于懒惰的处罚就是年终馈赠数额的减少。"又是钱，——."他想着，"什么都是钱，钱统治了一切！"

就是那样子被摇荡着终于也到了公司的门前。那公司有一座无比高的楼房。他走下了车，钻进那个螺旋门，也不知道是自己推了别人或是别人推了自己，他就一下子被搅到里面去了。

里面正充满了高度的气温，像夏天的热风，包住了他整个的身子。擦地板的油味，给了他腻腻的感觉，使他的脑子立刻像是有些晕眩。这么多年了，他都一点也不曾习惯，踏在脚下的地板是光滑的，他小心地提着脚，他怕万一会跌了下去。

"我是跌不得的，我是跌不得的，……"

他的心中时时想着，一直到他钻进了升降机，他的心才安下来。可是他的心又为别的意外抓住了：每次他在升降机里，他总是耽心着会在两层楼的中间生了阻碍，不能上也不能下，四面只是墙壁，那就是使他和这个人世隔绝了。

"那可该怎么办，什么都看不见，什么都不存在。……"

于是每天他都温习着这点惊心的情绪，到了他真的跨在六楼办公室的地上，他的心才真的放下了。

他走到了门前，一张小桌上放了签到簿和小座钟。钟上的两只针已将近一百八十度角，他的心战了一下。他仔细地写上自己的名字（他永远写得是一笔一画的正楷），还注明了九点十三分。

"这怎么能怪我呢，公司的车晚了，迟到的恐怕不止我一个，下着雪的天，……"

他一壁暗自想着，一壁推开了门。充满了他眼睛的却是黑压压的人群，他们都来了，还像是比平日都多一些，各自占据了自己的坐位，有事无事的都在忙碌着自己。

他又看见了，在这间大办公室的中央，正站立着那位成功的经理：他有肥胖的身躯和突出的肚子，遮在金丝眼镜后面的眼挤得很细，可是有时候却能张得极大，像两盏探照灯；他那咻咻的喘息，压静了一切人的声音；他是雄武地背着手，撅着点嘴，显得胡子是翘起来；他是顾盼生姿地站在那里，他希望所有的职员都低下头去忙着自己的事，可也不要忘记了偶然也要抬起头来望他一眼，再在心中生着钦仰的赞叹。

才走进门的他，迅速地脱下了衣帽，挂在近门的衣架上，然后像老鼠一样地起始溜着。可是他清楚地知道，要到他的坐位，是要经过经理站立的地方，他没有用稍长的时候来踌躇，随即硬了硬头皮走过去。

当他走近那个经理的身子，他的心就起始猛烈地跳着，他点过头，就仰起来，望着经理粗肥的颈子，脸上强划出笑容来。他是那么吃力小心地做着，好像他在演着戏；可是经理正望着别人，忽略了他所做的一切。他走过去，他却觉得有人尾随了他走着，那个人的身躯还那么重，每一落步，地板都抖一下。他才坐下去，就听到一个熟识的声音说：

"宋先生，——"

他随着就站起来，这简单的三个字像三声雷在他耳朵里响着，他都几乎要掩着两耳。他知道他不能那样做，他只打了一个寒战，他不知道该把眼睛望着什么，他不敢望着经理的脸，他也不能望着他，但是他记得当着别人说话的时候，是需要注意的，需要看着别人的脸。他就仰起头来，望着那张脸，作为那张脸的背景的就是那白色的屋顶。

"宋先生，今天有一点冷，——"

"还好，没有什么，——"

"路也有点难走，——"

"也不觉得，坐在车子里不觉得什么。"

他并没有回答得十分流利，虽然他有充分妥善的理由。他总是心慌，他都不敢张大了嘴，怕着跳跃的心会跳出来。他还显得有一点口吃。

那个经理并没有再说什么，他只看见他那两条细缝一样的眼睛张大了，黑眼珠灵活地在里面转动。他都想关心地说一声：

"经理，您该小心点，您的眼珠要滚到外边来，……"

他虽然没有说，经理也又把眼睛眯成细缝，还莫知所以地露了笑容，把背着的左手放到下颏上，下颏上没有他要抚摸的胡须，他就放到唇上去。

一转身，经理迈着方步走了，地板在他每落下脚的时候颤抖。他坐下来，静静地看着放在桌上的一杯茶的震纹，他就计算出来经理走到哪里，——开了经理室的门，——再走上几步，——终于坐下去。

他用手移开放在案上的文件，压在下面的吸墨纸夹的墨污都显露出来。那有红色的，蓝色的，黑色的，还有无色的汗水不知淌在那上边有多少了。别人看不出，他可看得出，也闻得出。在这样的一个坐位上耗去了他十几年的岁月。他望望坐在对面的人，又是那么一个年轻的家伙。坐在对面的人永远是年轻的家伙，总是在换着，稍过些日子就换到别的地方去了。他可是一直守在这里，像生了根，也许有那么一天，被人连根拔了下来，丢到窗外去！

他的工作是简而易举的，这么多年来都是如此。他可以不必再用他的脑子，他的脑子渐渐就长成扁平的了，没有一点皱褶。他不再能思想，他只合做一个无声无臭的小物件，永远要仰起头来看人。好像他还是一天一天地渺小下去，别人却是无止境地向了伟大生长。

他把一张纸拿过来，那上面的每个字在他的眼里都好像生了羽毛或是变了形态，等他把那一副老花眼镜戴上，才看清楚了它们。他草草地读过了一次，就翻开摘要簿，写下来年月日、发信人和信中的要义。

这就是他的工作，正如同分工制下的一座机器，他只需要照顾这点小事，当着他妥善地办完了，他就算是成功了。即使是成功了，所成就的也是平凡又平凡的事，做经理的人留他在这里都像是为了慈善的缘故。对了，除开这里谁还会要他呢，他这个可怜的动物？他的动作和脑子都显得迟钝，又缺少决断心，所以就没有了自信。他怀疑自己，也怀疑别人（可是他又不敢去怀疑别人，别人都比他好，他知道得很清楚）。他记起来昨晚写好的两封信，就从皮包里取出来。他没有丢到邮筒里去，就是因为他忽然想起来里面的信也许会装错了。

他一只手拿一封，眼睛看过来又看过去，脑子在思想着。可是这样的思想显然是没有着落，他只好用裁纸刀打开。他十分小心地做着这件事，生怕毁了信封又是一笔损失。当着他如愿地打开了一封，看到并没有错误，额上渗出的一点冷汗才消下去。他又仔细地封好，放在桌上，想着回头仆役来收信的时候，就可以由他们送出去。

坐在对面的人无心中瞟了他一眼，微笑着，他稍露一点仓皇。他想着：

"他也许以为我用了公事邮票吧，并不是呵，我是昨天在家就贴好了的呵！为什么他一定要这样想，自从经理说过节流的政策以来，我一分邮票也未曾用过。可是他为什么要看我呢？他简直是怀了侮辱我的心，这个鬼东西！——"

可是烦恼着他的却是他无法证明邮票是在家里贴好了的。他也没有法子说明，他也不能用斥骂来表白自己。坐在对面的人虽然是年轻的家伙，难保不一下子就跳到他的上面。

他就记得这个年轻的副理在早就是他的副手。副理的父亲也许要儿子得点实在的经验，所以才要他做那样的小事；可是不久他就自费到美国住了两三年，现在就成为副理了。先后只是三年间的事，别人就有了那么大的变化，他自己却只是株守在这里，一步也不曾移动。

"那么年轻轻的，能懂得什么？生意之道又不同旁的，姜也是老的辣！……"

他正自想着，仆役走过来了，站在他前面，和他说副理请他过去有事。

他低低地咳嗽两声，点着头站起来。他就向着副理室走去，走到那里站住了，用手指轻轻地敲两下门。

里面叫着的是他所不懂的英文，他知道这是允许他进去的意思，他就推开门。梳着光头发的副理正自低着头不知道忙些什么，知道他进来了，扬起头看看，就连声说着：

"请坐，请坐，……"

可是这一间房里就不见有可以坐的椅子和凳子，他也知道这不过是说说而已的事，就走到办公桌的近前，必恭必敬地站立在那里。

副理显得十分对不起的样子说：

"请原谅我，我还有一点事情，回头再谈我们的事。"

他站在那里想着，"我们的事"该是什么事呢？该不是有一次为了他爱人的父亲的古怪的癖性，看重了中国的旧学问，要他代他用正楷作了一篇民为邦本谕的那种事吧？

副理的事做完了，把笔朝桌上一丢，搓着手站起来，却坐到办公桌的角上。

"望之不似人君，……"

他在自己的心中想，可是他还是默默地站着。

"随便一点吧，我们都是老朋友了，很早我就想和宋先生谈谈，真是没有工夫。事情忙，真没有一点法子！最近经理把人事科的事情也交给我了，真是还得要宋先生随时指教呢！"

说完了，哈哈大笑一阵，露出来两排洁白的牙齿。他记得他那上排当中的一颗牙，因为长得突出一点，就化了四十块钱拔去了，才换上一颗假的。

"您说得是哪里的话，我是不学无术，……"

他又得抬起一点头来望着他，勉强地干笑了一两声，随着就觉得自己不该太放肆，立刻停止住了。

"兄弟实在因为是在外国住了些年，中国的事情不大熟悉，并不是说些客气话。譬如在外国，因为商业情形不好，什么都讲合理化。——"

"合理化？——"

他觉得一点茫然，他的眼睛恳切地望了他，希望他能给他一点适宜的解释。

"那就是，那就是要讲求效率问题。对了，这完全因为经济恐慌的缘故，——"

"效率问题？——"

他还是莫名其妙地站在那里，重复着这么一个耳生的名词。可是副理又继续问着：

"你今年有多么大？——不，不，你今年有多少岁？"

"我还小着呐，我才四十九。"

"四十九？真不像，看样子你像有六十岁。对了，六十岁，多福多寿！"

副理不知道从哪里得来了这句成语，就这么不管不顾地用在这里。

"可真没有，副理！"他恭敬地回答着。

"那也没有什么。还有，还有女子职业问题，和女子教育问题也是相辅而行的。多少女子都受了高等教育，一定也得给她们个机会来用其所学。所以，所以，……"

副理显得有点不安，他看看屋顶，又看看案头上未婚妻的照片，就接着说：

"宋先生真该休养了，这么大把年纪，这是人道的问题。我们实在不忍要宋先生这么大年纪的人还为这点小事每天奔波，那样我们不是太残忍了么？"

这一节话，使他突然明白了一切的事，他像乘了高速度的升降机下去，他的心和他的身子都追不上那速度。他觉得有一点软，可是他还强自支持着。

"经理先生说过送给宋先生三个月薪水的退职金，——不是，是休养金。现在我立刻就可以签给你。"

副理一面说着一面敏捷地从衣袋里取出支票簿，签好一张交给他。

"这个月的薪金也在这里面，那个新职员下午就来，请你帮帮她。你一定愿意做的。你看，就是这个人。"

他说着，把案头的那个女人相片给他看了一眼，他可是什么也没有看见，只是灰迷迷的一片。副理说："请你接过去吧。"他才伸出那只颤巍巍的左手来，接过那一张纸。听到了说："请你回去吧，以后还盼你常帮我的忙。"他就转过了身子，起始走着。

他的腿像是十分沉重，他的额上冒着汗，眼前只是灰濛濛的一片。他没有话说，也没有的好说了，他只是深一脚浅一脚地迈着，踏在脚下的不是地板，是棉花，是云空，他好像要沉下去，沉到无底的深渊。他没有法子再提起脚来，只能就沉下去，……

一九三四年

（选自1955年人民文学出版社出版的《过去的脚印》）

早春的寒雨

"经理……您说说……我干了五年……哪一天我不是早到晚归？……不能辞了我……公司的事又不是不好……就是，就是您给我减点薪我也得干——"

这一个月里，几乎每天他都要这样地说着，有时候向了窗口，有时候朝着有霉湿气的墙角，有时候仰起头来向着天空，有时候对着他那只有三岁的茫不知事的孩子。每次说过之后都引起心中的悔恨，自己咬着自己的嘴唇，抓着自己的头发，喃喃着：

"那时候为什么我不和他说呀？……为什么我要接过来那退职金呢？……我怎么会这样笨，……这样一点用也没有呵！"

他只记起来那时候他像给丢到冷水里，打了一点寒战，一句话也不曾说，接过来一个半月的薪金，转身就朝外走了。还是好心的同事提醒他，他才记起来把用了五年的小茶壶包好，把钥匙放下，检点着自己零碎的物件。他留恋地看了看写字台，默想着台面上不知渗了他多少汗，他像亲人似的把台面摸了一过。破了的墨水瓶，前天才告诉要换过一个，他就任它残破的留在那里，自己一个人悄悄地走回来了。

"为什么我不去哀求他们呢？……五年间不会没有一点感情吧？……我和他说减点薪他就一定会留下我了，……为什么那时候我不去说呢？——"

那时候他的嘴却未曾动一动，只是在离开那办公室的时节，把一口唾沫吐到痰盂里，随着像往常一样地，低下头去看看有没有血丝。……

他放下了抓着头发的手，摸摸咬得发痛的嘴唇，他看到了缠绕在手指上的头发和指尖上的血渍。他摇摇头，长长地叹了一口气。

衬了凌乱的长发和胡须，他的脸显得愈是苍白了。上额像是禁不起头发的重压，挤得没有了，使每个看到他的人立刻就要说："为什么不把头发掠上去呢，这样子有多么闷呀！"他那尖尖的鼻子，夏天总是冒着汗珠，冬天总是冰凉。整个的脸显然是不平匀，左面的一半有点歪斜，在眉梢那里，有块钱大的灰色的疤痕。比起右眼来，左眼是又圆又大，时常像是疲惫得睁不开。他的嘴唇显得短小了点，不整齐的牙齿就时时露到外面来；可是他时时记着把上嘴唇向下伸着，不使它们显出。

他是瘦弱的，穿了一件肥大的棉袍，像罩了一口钟。他的背有些弯了，当着每次咳嗽的时候，他的背显得更弯一些。他时常欢喜用一只手拉着或是压着另一只手的骨节，使它咯咯地响，这样他的心才像爽朗一点。

可是这几天，他的心更是一点也不能爽朗了。为了那个才只三岁的孩子发着高热。他曾抱了他走过半里路到医生那里去看，医生说是不大要紧的；可是他却记起来从前那个孩子就是得了没有什么要紧的病死了，这次那个医生却再三地说：

"病是不要紧的，也不可着了风寒，怕转成了别的病。"

"怎么，转成了别的病就要怎么样呢？"

那时他像半狂了似的惊恐着。

"也没有什么大关系，不过是治着麻烦点。"

这样他的心才稍稍安下一点来。他知道得很清楚，来到医生这里和请到家中，诊金有多么大的差别。他只在心中盘算着："下次的时候再盖得严点。"

吃下药去的孩子显得安静一些了，他能安静地睡着。也不再有那么多的呓语和哭叫。

初春的天，下着雨，只有小小的天井，楼下显得更阴暗了。随了斜飘的雨丝，是潮腻腻的寒冷，扑到人的身上，也像扑到人的心上，粘住了再也不移动。

他呆呆地坐在那里，缩着肩，两只手拢在袖筒里。一张当日的报纸放在身边，他早已把要闻，地方新闻，和广告仔仔细细看过了。其实当他买来了一张报，首先要读的就是征求广告，他留意什么地方会需要他这样的一个人手，也曾看到觉得对自己还适宜的位置，写了信去，从来就没有得着一封回信。他愤恨地咒骂着那些骗人的家伙们，可是每次报纸到了手，他还是自然而然地翻到了那一栏，看到了一则合宜的征求，就自己说："再试这一次吧。"

"我做些什么呢，我做些什么呢？"

一面心中这样想着，一面就站起身来，在房子里踱着。他数着步子，一啊二啊三啊地，一直数到近两百的数目，突然咳嗽起来。他赶忙把衣袖掩了嘴，也没有来得及，睡着的孩子已经被这声音惊醒了。

"妈……妈……"

醒了就哭起来，他什么也不顾，赶着把孩子抱起来。

"宝宝，爸爸在这儿呢。"

"不，……不，……我不要爸爸，我要妈妈！"

孩子摇着头扭着身躯，本来就不知道怎么样才抱得好，就更失措了，孩子险些从他的手臂中溜下来。

"不要哭,不要哭。妈妈就要回来了。"

尽情地哄着,孩子却爽性大声地哭起来,可是哭了一阵,就显得疲乏了。他不停地摇着,嘴里不知哼了些什么,孩子就在他手臂中睡着了。他轻轻地又把孩子放到床上,盖好了被,自己掏出手帕来擦去额上渗出来的汗珠。

窗外的雨还在滴着,像是这一世也落不完似的,他想起妻说过她就厌烦这样的雨的话,他的心中起了无限的歉疚,因为她每天还要跑到五里外的一个小学校里去教书。

看看钟,两只针都在两点那里,总还要过两个多钟头她才能回家。往常他的办公室到那里还顺路,有时他就到学校那里去接她,可是现在他只是在家里等待。有一次他特意抱了孩子去等她,当她走出来时,立刻就显得十分不安似的和他说这样远实在不必来,天又冷,孩子着了冷也不好。原想给她一点惊喜的,被她这几句话把什么兴致也打消了,就一句话也不说,默默地相伴回到家里。

"是的,也许她不愿意使人遇到她这丢丑的丈夫呵!"

独自一个人的时节,他就会这样回想着,愈是这样想,心中愈觉得为烦愁扭结住了,气急地拍着自己的胸,大口的血就吐了出来。

"这是何苦呢,这么多年了,你还这样——"

当着妻知道了,就和他说着。也觉得自赧似的辩白着并不是把事情看成那么严重,实在是自己的身体过于不好了。

缘于肺弱体质不良,各色的鱼肝油也不知道吃过多少瓶了,已经到了一闻见那气味就要呕吐的情形。爽性就不再用药品,妻说到的时候就这样问答:

"总之这是一种贵族病,没有钱也没有法子治得好,不如等到发了财再去调养,算不了什么。"

连小小的职业也失去了,怎么能想到将来的富有呢?为了没有路，就信起命运来，不只求问星卜，即是自己一个人，也时常猜着将来的运命。

他又坐下来，捡起来落在地上的报纸，在心里想着：

"若是第一版上的口，比第二版的多，我就会有好运气——"

这样想过了就起始数着，他是那么用心，不放过去一个，遇到了一个器字，他像孩子般地喜悦，因为那一个字就有四个口。数过了第一版又数第二版，结果是第二版多了十五个。

"完了，完了，这一下什么都完了！"

他嗒然地把报纸放下，心灰意懒地伸直了身子。

扭过头去望着钟，还只是两点半，卖白果粥的正拖了长长的叫卖声喊过去。楼上的人好像起床了，听得出杂沓的脚步。突然砰的一声，好像是一张木凳倒下来，睡着的孩子惊得两肩一抬，却没有醒。他的心也惊了一下，又平下去，巷里卖混沌的梆子起始不断地敲起来，许多叫卖声音都响着，要闷死人的低音，震破耳朵的高音，有的急得像从嘴里跳出来一个一个的字音，有的慢得使人不耐烦，想拉开嘴，替他快点掏出来。二楼的女人才起身就用破嗓子向着对面二楼的女人招呼，像用指甲抓着搪瓷脸盆那样的声音。这许许多多的声音，都像在他的耳边，朝着他的耳朵响。

"滚，滚，都滚开！——"他掩着耳朵叫，"为什么你们都来吵我呵！"

随着他还推开门跑到小天井里，雨落在他的头上，他又很快地退回来。他关上门，还把窗子也关上，外面的声音真就小下一点去了。

孩子睡足了醒转来，这一次没有哭，他俯身去亲着孩子的脸，孩子突然叫起来：

"痛呀，……胡子……痛呀！"

"呵呵，爸爸忘了，爸爸的错……"

他一面喃喃的数说着，一面抱起孩子来，孩子极力把身子向后仰，生怕再碰上坚刺的须尖。

"不要怕了，宝宝，爸爸不会再碰你，呵呵，你该……"

他没有说下去，轻轻地把孩子放到床上，到桌上拿起药瓶，倒在杯里，用另一只杯装了开水，又走到床前，孩子预感地摇着头叫：

"我不吃，不，苦，苦，我不要吃！"

"好孩子，听爸爸的话，吃了药，病就好了。"

"爸不好，——我不吃。"

尽心地哄着也没有一点用，他就捏了鼻子，把药用小勺灌下去。吐出了一小半，咽下一大半；可是孩子又大声地哭起来。

"爸不好，爸不好，———妈好，我告妈妈，爸不好！"

孩子一面哭着一面这样说，他想再抱起他来，他也挣扎着挺着身子不要他来碰，他只得把被替他盖好，自己坐在椅子上。

"是的，我不好，我不好……"

他自己在心里想，眉尖紧紧地皱起来。等到孩子又睡着了，他走过去用手帕擦干孩子脸上残留的眼泪。

雨还没有停，静静地听着数着，自己也沉沉地睡着了。

醒转来，看看钟，差不多正是妻该回来的时候了。短短的睡眠之后，他的精神像是好起一些来，尽情地张开两臂伸了一个懒腰。

雨仍是下着，想到妻这时候正在雨中行走，心就更觉得不安似的，一听到脚步声，就以为她来了，赶去开门，却没有人的影子。就这样两次三次地做过了，她还是没有回来，心中的不安更会重了。

"会不会有什么意外发生？"

这样想了，他的心就更静不下去，在这个大城市里，每天总有几十起意外的事，难说就不落在她的身上？也许在穿一条街，两面的车都来了，前进后退没有打算好，突然就——

正在这时候他清晰地听到敲门的声音,他去开了门,正是她走回来了。原想问一声为什么回来得晚了,可是没有说出口,只接过来她的雨伞,张开挂了起来。她用懒懒的声音问着他:

"孩子好一点了么?"

"好得多,好得多,大约再去看一次医生就不必去了。"

她走到床前,看了看睡着的孩子,轻轻吻了一下,就坐到桌前的椅子上,用手支着头,眼睛闭起来。

"怎么,不舒服么?"

他担心地问着,她摇摇头,没有说出什么来。她也是很削瘦,而且她的脸,使人一看到就觉得她是十二分疲惫的样子。过了十分钟,她才张开眼,长长地吐了一口气,向他露出莫可奈何的笑容。

"我时时都惦着孩子,惦着家,也——惦着你,……呵,房里的空气怎么这样坏?"

她说完了就站起身打开窗子,随后又坐了下来。

"这天真烦人,总是下,下,……"

还是她在那里说,他只是坐在一旁默默地听着,想着,也不知道自己在想些什么。

"没有什么信么?"

他像惊醒了似的,只摇摇头算是回答。

"为什么你不——"她才说出了半句话就吞住了,"宝宝正病着,你在家里着实好得多,不然的话,我的心更放不下了。"

他低着头,只是唔唔地应着,连眼睛也不抬一下。他的心像是被什么狠狠地咬一口,他忍不住;可是他尽力地忍下去。

"——还有你自己的身体也要好好养一下,不是么?"

妻也觉得自己说错了话,语音变成十分温和;他还是纹丝不动地坐在那里。可是他的心里想着:

"我就是这么一个没有用处的人，我就该守在家里，管管家里的大小事，照顾孩子，旁的我什么也不能做，我只是等着你把饭喂到我的嘴里……"

他觉得从鼻子那里先凉起来，渐渐地整个的脸都凉了；他看不见自己的脸色，他只觉得手指尖都微微地抖着。

妻好像看出些什么来了，突然站起身来，走到他的近前，两只手抚摸着他的脸颊，惊慌地问：

"怎么了，怎么了，你？你？……"

他不曾回答，只摇摇头，苦笑着，把她的两只手轻轻地拉开。

"有什么话为什么不说呵，你知道，这样对你的身体多么不好呵！"

"可是我说又有什么用？说出来我也不会爽快，还惹得你不高兴，我说它干什么呢？"

"为什么这样子呵，我不是你的妻么，有什么话就尽管说出来吧，好不好？"

"我可不是你的丈夫，——"他说出了这句话，长长地吁了一口气，"我只是一个没有用的家伙，我靠你吃饭，怎么还配做你的丈夫呢？"

"你说这样古怪的话做些什么呵？你太闷了，你该去散散步了……"

"等一下我是要出去的，可是我得先说完这些古怪的话，不是你要我说的么，那你一定得让我说完才是呵！——"他顿了顿，用手掌抹去鼻间和前额渗出的冷汗，就抹在长衫上，继续地说下去："其实这些古怪的话不是我说的，是你自己说的。自然你不曾说出口来，在你的心里老早就这样说了，有时候我听见你的心里说：'看这个废物呵，'或是'这个不知羞耻的家伙！'不只你的心里说，我走在街上别人也都说：

'看看这个依赖老婆吃饭的人呵！''多么可耻的人呀！'你想想，谁能忍得下去呢？所以我不出去，我总是守在家里，每次你回到家都是愁眉苦脸的，我知道你在外边是多么快乐。而且你看不起我，你骂我，——"

他说得口水多了，站起来吐到痰盂里，仍然俯下身去看了看。

"唉，都是你一个人在那里这样想，怎么会有这样的事呢？我们不比别的夫妻，我们是从患难里经过的，不要说这些话吧！"

她边说着，边走到他的身前，正待把手指插到他的发中为他梳理，他突然站起来了。

"不要骗我吧，我都知道，我又不是一个小孩子。好了，我想我要说的话差不多也说了，你不是要我去散散步么，我就听你的话，我出去走走。"

"就要吃饭了，吃过饭再出去不好么？"

"不，不，我不饿，……"

一面说着一面已经推开门出去了，妻却三步并两步地赶着送出一把雨伞来，还和他说：

"不要淋了雨，天还这么冷，……快点回来，……"

只是这两句话，像是拨软了他的心，有两颗泪珠从他的眼角滚下来，他低下头接过雨伞强自忍住了，一句什么也不说，还是朝着外边走。

巷里残破的路面，积着雨水，一不小心踏上去，不只溅湿了衣襟，还从鞋的破洞浸到脚心。是那么冷，几乎像冰一样，可是他一点也不怕，匆匆地就走到街上。

骤然间有那么多事物来到他的眼前，都使他感到一点晕眩了。他站在那里，呆了一般地，眼前只是晃来晃去大的小的黑点。他都像分不清哪一个是人，哪一个是马，哪一个是车。他们都是急匆匆地忙着，没有一个像他那样闲在。站在街旁,他自己像具有和别人迥然不同的异点。车响着,马叫着,每个人看了他都笑,然后像不屑似的转过头去,继续他们的路。

他气愤地朝地上吐了口唾沫,还是去看了看,然后就匆匆走过桥,转过一条小径,向着郊外去了。

天渐渐地暗下来,雨是一阵大些一阵小些,他背了这个城市走着,厌恶似的从也不回一下头,市声一点一点轻下去,他的心也松下一些来,伞上的雨声伴着他孤寂的漫行,当他走到近郊公园,天已经黑了。

"就到里边去吧,——"

这样想了之后,他就顺着正中的石径笔直地走进去。那条路一直引他登上了一座假山,到了最高的顶上,他停住脚,喘了一口气,转过身,城市中点点的灯火迎了他的脸。黑夜已经沉下来了,看不见那钻天的高楼,只看见高楼上星星般的火亮。

"家里想来已经吃晚饭了,——"

才这样想着,立刻就改了念头:

"为什么我要想到家?那不是我的家,我只是孤零零的一个人,孩子不要我,女人也不要我,我就是一个人,我没有家的。"

于是他拣了一块石头坐下来,雨水透湿了他的衣裤,打了一个寒战忍住了。他想来磨炼自己,看看如果真的没有了家,是不是还能活下去。他就那样茫然地望着,望着那个夜城。

到他站起身来,突然想到回去的时候,天像是已经很晚了。还是看到一列飞驰来的夜车,机车的烟囱里喷出来的火焰,在暗中劈开一条路,一长串的车,就像疯狂了似的奔着。他望着它,一直随了它奔跑,到再也看不到它的时候,他也站起身来想到回去了。

脚下的水声,应和着伞上的雨声,伴了孤寂的他回到他的家。门窗都是黑的，灯火早已熄了，已经安下些去的心，突然又为愤怒挑动起来。

"——是呵，我只是一个没有用的丈夫，还有谁来等我，谁来关心我呢？……"

一面这样想着，一面用钥匙轻轻地开门，真是没有一星火的黑暗，他仔细地摸索。

"——没有人来关心我，她用不着我了。就是我死在街上也没有人知道，没有人怜恤我，像一条没有用的老狗！……"

这样地想着，胸中怨愤急剧地起伏。好像只等一碰一摸，立刻就要爆发。他开了灯，黯黄的微光照出了房中凄惨的景象，看看钟，已经过了午夜。

"真想不到，真想不到，怎么会这样晚了？……"

他的心才又静下些去，急急地放下伞，脱去长衣，关了灯，在暗黑中他摸上了床，还没有睡下去，妻就用清楚的声音问着：

"你才回来么？"

"是的，你——你还没有睡着？"

"嗐，我怎么能睡得着呢？你到哪儿去了？"

"我没有到哪儿去，我只蹓了个弯。"

"吃晚饭了没有？"

"没有。"

"我给你留好了，在食柜里，还是吃点吧，我起来给你去弄。"

"不，我不饿，我一点也不饿。"

他把手按住正要起来的妻的身躯，她就转过身来把脸转到向着他了。随着，一只瘦弱，细柔的手伸近他的身子，他就把手紧紧地抓了。

沉默着，窗外的风声雨声更听得清了。隐隐中他听见了妻的啜泣，显得一点张惶地问着：

"你,……你,为什么呀?"

妻并没有说什么,只是把身躯更移向了他,他就觉出来她整个身子的颤抖。他也知道妻近来的身体是一天一天地瘦下去,只是妻能活下去,两个人早就该到乡下去过几个月清静的日子。可是他自己呢,也许是气候的关系吧,一下就成为那样暴躁易怒了。

"——为什么自己这样缺少人性呢?为什么自己这样残酷呢?——"他苦恼地想着,他想按按手上的骨节,可是他不忍放下她的手,他就用另一只手使力地抓着头发。"——她只是那么一个可怜的妻,她需要我的温情,可是我只会折磨她,我只是一个对妻强暴的男人?"

一阵疼痛的感觉使他松了手,他不知道该怎么样才好,他喃喃地说着:

"都是我不好!我不好,我也不知道是怎么回事,……"

"我知道你不是故意的,你一个人在家里太闷了。"

"我想,我想也许是的,这天气又不好.我的身体,——唔,唔,我的身体你是知道的,又是那么不好,这就使我的性情坏到这样,……"

"噢,我还忘记告诉你,我给你买来了药,要不怎么会回来得晚了呢?——"

"药?买给我的?——"下面几乎他要嚷出来:"你,你还有这样的好心——"可是他没有说。只是心一缩,眼睛就湿润了。

"新发明的一种鱼肝油丸。"

"怎么,鱼肝油,我受不住那气味。"

"不,这一种一点气味也没有,只像药丸一样,……"

"你怎么会知道?"

"校医王先生告诉我的,他说这种真有实效。——"

"多少钱买的?"

"没有多少钱,只要能使你的身体好起来,问到钱做什么?你的身体好了,再——"

"是的,再有个机会,那时候我们就该都好了。"

她温顺地偎到他的怀里,两个人的心中都升上了异样的欣忭。

窗外的雨兀自不曾停止。曳了凄冷尾音的叫卖声,颤抖着,巧妙地钻过了雨脚,渐渐地消失了。巷中夜行人溅着雨水的脚步,一下一下的都清晰可闻。

"我还想着明天该晴了。"妻这样说。

"我也这样想,太阳该出来了,春天——呵,春天说是早已到了。"

一九三六年春

(选自1953年9月平明出版社出版的《靳以短篇散文小说集》)

人间人

夜雨滴到天明，空中荡漾着乳白色的雾气。雨丝微斜地飞着，把庭院中的盆花和檐前的一列芭蕉浇洗得更青翠可爱了。

浅粉色的大朵玫瑰，在绿色的枝叶之中，正像婴儿的脸。微微仰起来，迎着那下降的甘露。微风轻轻地摆着它，把那美丽柔和的颜色，在空中显得更大的一团，看看这面，望望那面，好像在说："你们谁还能比得上我的娇艳？"蓝色的小朵的莫相忘花，依了自己那个美丽而诗意的名字，更炫耀着自己为少男少女所看重的那一份尊贵，轻傲地摇着头，把一点两点像泪珠一样的雨水洒到下面来。可是那泪水好像是不断的，过了不多的时候，就又有许多滴洒了下来。紫燕却是十分守本分地在长长的木槽中生长着，因为花期已过，只留下瘦长的绿叶，向着四面弯垂，显着朴质的悦目的葱绿。

四大盆荷莲各自占了较大的角落茂盛地生长着。打在荷叶上的雨点，正如同投下来的满把明珠，滚到中间，到一些时那荷叶就偏偏头，一汪水倾到盆里去了。被誉为君子的花朵，如君子的高傲一样架在一支细细的荷梗上，虽然花朵是大的，却轻飘地禁不住风的吹动。它总是摇摆着它的头，一片两片花瓣，悄悄地落在水面上。

那一列芭蕉，有着十株上下的数目，占满了七间大厅的前面。那高度几乎是可及屋瓦了，才舒展开的新叶，有着近三尺的宽度，挟了人间难有的翠绿色，在空中多姿地摇曳着。这几株芭蕉，被主人一直看成别墅庭院中的奇迹，所以他才早早从床上起来，独自一个，仍然穿了绸质的睡衣，舒适地卧在籐条的躺椅之中，微微地合了眼睛，半沉思半入睡地静在那里。

他正在谛听着那雨打芭蕉的声音，有的时候像哀怨的少女的低诉，有的时候又像万千人马的奔驰；有的时候像深夜的木鱼，有的时候又像疏落的寒柝。

他入神地躺在那里，他头上还顶着丝织的小睡帽。但是看得见里面光亮的头发，和从头顶中见笔直挑上去的一条发纹，头发是向了两边梳向后面，中间显了肉色的本皮。他的鼻梁是高高的，使他稍觉不满意的是还不能戴上一架夹鼻梁的眼镜。他的眼睛闭着，他的嘴唇却显得有点笨厚，看起来总像说话和吃饭必不能和别人一样灵敏（事实上却并非如此的）。他的下巴也太宽，甚至于有两块骨头从下颚部露出来，十分像一个在热带河流中爬行的鳄鱼的下颚，他的耳朵是干枯得有一点像口蘑，还有那么多的皱纹，又十分瘦小，像粘着的一样。

这是现任××大学文学院主任兼教授的刘文涵博士。他是从小就性近文学的，在中学和大学学的也是文学，又在美国××大学专修了三年，译了两回《红楼梦》，得过文学博士的学位。文学之外，他还旁及心理学，在大学里也担任心理学的课程。因为是暑假，所以他闲逸地携了妻子和仆人，到这××山上的别墅来过夏。

再没有哪一年的夏天会有这样好，他一直这样的意识着。他想回到城里的时候，和每一个友人都要先说这一句话，他们都这样觉到，因为雨水多，所以他们更得尽兴地玩赏一番山水云烟。这座山是一径以雨景出名的。而且今年的花又开得这样好，游人并不十分多，使他们更可以安静过着闲逸美妙的日子。

他今年有三十六岁，正该发胖一点的时候，而当他缓缓地站起来，把脚插在拖鞋里，走到廊前去看那芭蕉的时候，也就可看出他的身材正也不短。可是他上身显得长了一点，下身就自然觉得短了下去。他的肩头是一高一低，架在肩上头永远是歪着（自从他从外国回来，他就一直如此）。

他静静地站在那里，从肥大的蕉叶的空隙间还可以看见远近的山峰。云雾锁住了山的腰部，只露出如画的峰头，可是在那边，又有玉带一般的云气，蜿蜒尽致地在空中浮着，缠绕着尖削的山峰。

对这些美的景物，他永远能欣赏，也懂得如何欣赏，他的修养与天才已经造成了高深的鉴赏能力。

当他正在这么出神的时候，一个尖锐的女人的声音，猛然叫了起来。

"喂，你又一个人在这里发什么呆！"

对于这个声音，觉得熟习如同自己的手脚一般，他机械地装成了一个不自然的笑脸，回过头去，说一声"早安"，可是那个女人的声音又叫起来。

"你把头朝那边看什么呀，我又不在那边！"

他于是头转了一个半圆，又重复了他的简短的言语和表情。

"真不知道你是怎么回事，天天早晨跑到这里，不是呆站着就是死坐着，有什么趣味呢！"

这个一边埋怨着一边走着的女人，装扮得十分整齐，她年纪将近三十岁，身体稍稍胖了一点，脸蛋更是圆圆的，两腮好像是鼓着，初看似乎嘴里装着一大口气，可是等到张开嘴来说过话，却还是鼓得绷绷紧的。她的两颊是适宜地抹了悦目的杏黄，眼睛下面染了黑黑的一圈。她的头发，因为是电烫过的，一径像小水蛇一般的蜷曲，只是那两月间新生出来的一股，显得平板的铺在头上。她像正在修染指甲。每当她迈一步，就隔着一层轻纱看的出肉的跳动，同时可见全身的重量残忍地压到那圆小的二寸高的鞋跟上。

她是在二十五岁那一年成了刘太太的。那时候她才从××大学政治系毕业，由于父母的介绍，一个星期和他订了婚，下星期就结婚了。

他们的结合一直到现在也没有看出十分显然的不宜来（他们还曾有了一个四岁的男孩），倒是为同学们之所艳羡；哪个人能才毕业就不失业呢？她所嫁的男人，又不只是一个愚呆的书呆子，才从外国回来就成为月入四百元的大学教授了。

她走到廊下来，把身子安顿在另外一张藤椅里。当着她坐下去的时候，那张椅子低低地呻吟了一声。

他仍然是站在那里，她于是又悄悄地站起来，蹑手蹑脚地走到他身后，顺着他看的方向看过去。她什么都没有看见。水气把山径都遮得看不见了。突然的他觉察出身后有人，猛然回过头来，轻微地发了一声惊叫，就说：

"你为什么一定要这么来吓我？神经衰弱的人是受不住这样吓得。"

说着，他轻轻地拍拍自己的左胸部。

"我还以为你在看乡下姑娘看出神了呢！为什么不坐下来？"

说着，她就拉了他坐到他惯常坐的那张椅子里，他莫可奈何地低叹了一口气，就顺了她的手势坐了下去。

"你为什么叹气？"

她已经听到了他的叹气。立刻把两腮更鼓起来，瞪起了圆圆的眼睛问。

"我没有叹气呵。你不知道，我近来呼吸器官有点不大好，有的时候不大大的呼一口气就像要闷死似的。"

他一面说一面把衣袋里的烟斗取出来，装满了烟丝，划着火点起来抽着。这吸烟的习惯，是他离开美国转道欧洲回中国的时候在牛津大学旁听的两个星期中的两件重要纪念品之一。另一件却是一些英文读音上带的"牛津音。"

心境完全被这个女人扰乱了，他期望着抽烟可以使心沉下去。他并不是不爱这个女人，有时候他觉得十分需要她，有时候却又觉得她十分多余。

他默默地坐着，把烟轻逸地吐在空中，可是她立刻又滔滔地说起话来：

"我说你已经烦厌我了，是一点也不假。就看你早晨起来，一下子就跑到这里来出神，别人好心好意来看你，你又是一句话也不说。我真不明白你们男人的心怎么会这样——"

当她说这话的时候，他却正在全神贯注在自己的一点新奇发现里面。他正在想象中把喷吐在空中的烟比成云雾，把她的脸比成山峰。有的时候他看不见她的眼，有的时候他看不见她的鼻尖，有的时候又看不见她的两颊（那两块涂着娇艳的杏黄胭脂的底下，他明白知道是藏着不少难看的汗斑），后来他看得稍久，才觉得她美丽一点起来，也稍动人一点起来。可是他这样的呆看，马上被她觉察了，她就提高了声音问道：

"干什么你这样盯我，我是不配你理我的！"

说着就把头一偏，脸朝了墙壁。

他像才惊醒了似的急忙说道：

"青，何苦来！我哪里是故意不理你，我正计算着点事情，早晨我就跑下来，还不是怕你睡不舒贴？女人的心都太小，——"

她没有等他说完，就像受了突然一刺的野兽一样，转过脸来朝他叫道：

"我不要你说'女人女人'的。我听不惯。我告诉过你多少次，你还是这样。我们可以说你们'男人男人'么？"

"当然可以的。"

她见他回答得迅速，知道自己失策了，只得索性装得凶狠些，瞪着眼睛道：

"总是这样'女人女人'的，多么讨厌！"

"你不要我们说女人，要我们说什么呢？"

"不会说女子么？或是女孩子。"

她没等说完，自己也忍不住笑了，因为她想到了若是有人叫她女孩子的时候，那也是多么的不贴切。她还想把生气的脸放下来，可是一时像放不下，他也就乘机说道：

"算了吧，大好的日子，生那么大的气做什么？叫孩子在楼上听见了，也不大合适。"

"都是你给我气生嘛！"

她还故意努着嘴，可是在这情势下，严重的状态早就不容存在了。

"你看这景色多么好看，雨声多么好听，我们好好坐在这里享点清福不是一件很好的事么？"

这几句话好像微微打动了她，可是她又像猛然记起了一件很重要的事情，就问道：

"方才你说的正在计算一件事不是？"

"是的，我说过。"

"是什么事，你为什么不告诉我？"

"我想问你来，今天是旧历的哪一天？"

"今天是七月二十九，明天就是地藏王菩萨生日，你到底想起了什么？"

"校长太太不是八月初六的生日么？我想我们该赶回去拜寿的。可是今年送点什么好呢？"

"依我看，最好是送支票？"

"送多少，二百可以么？"

"二百，不显得太寒伧么？那怎么叫人看得过眼？至少也得送五百。"

"五百？"他用略高一点的声音叫出来，然后又接着道：

"我哪里还有五百现钱？"

"不要紧，我可以借给你，可是我们得先讲明——"

"讲明什么？"

"月利四分，三月内归还。"

"好高的利息，法律都不允许。"

他笑着。

"我不管，这是家庭间的事，你要是不承认，我就不借。我并不是贪图你的利息。"

"好，好，没有关系，在过两三天我们就得回去，实在我们也住了不少日子了。下次再来又是一个年头了！"

他喟叹着，他那诗人的气分随时都要发露。他有十分留恋似的把眼睛尽望着外面。

这时候撑了伞穿了木屐的仆人走进来，把一份邮局送来的报纸交给他。他打开来，才看了一眼，就气愤地放高声音叫道：

"又是这一套，救灾活命。哪一次不是救他们赈款老爷们的灾！我是不相信，我是一文也不想捐！"

"谁叫你每天看报纸，凭空生这份闲气！我就简直不看报，从我在学校里的时候就这样！"

她很得意地说着，可是他还在仔细地看。那个才把脚插进木屐里的仆人，缩回脚又走了进来，小心地站在一旁，像有什么话要说出来似的。

"你有事情么？"他没有抬起眼来问着。

"是，老爷，我想求求您，您看看是哪儿发了水？"

"黄河决口。"

"决口就是开口子了吧？您再看看淹了哪几县？"

"多着呢，有十几县吧，你是哪一县的？"

"我们那里是××县管。"

"××县，"他一面喃喃地述着，一面仔细在寻找那个地名，一会儿，像发现了奇迹那么高兴的叫出来，"不错，有的，淹了四五天了。你的家里没有来信么？"

"没有来信，没有人会写呀。您看看，集上也不一定有人写的。我们那黄家村淹了没有？"

"这倒不知道。报纸上不能说的那么详细，只说××县淹了四十三村，只有两个村子没有水——"

"一定是鲍家集和黑沙屯了。"

"是的，"他露了一点惊喜，"你怎么会知道？"

"我们那一方只有那两个地方高——"

说着，他惨然地低下头去，也忘了在尊贵主人面前应有的礼貌，便大声叹气起来。

"你不用难过，"他表示十分同情的说，"水头只有七八尺，不会淹到楼上的，顶多有点不方便也就是了。"

"老爷，我们那里没有楼呀！"

仆人的声音几乎要哭出来。

"怎么，连楼房都没有？"

正把猩红色的蔻丹涂在指甲上的太太这时候也颇感兴趣地插了进来。

"那也不妨事，躲在屋顶上，挨上个两三天，自然会有人来救的。"

"我们那里只有茅草房，禁不住一阵水，走得快的还能逃到十五里外的黑沙屯，要不就一定得淹死！"

他实在忍不住了，眼泪直流下来，拿手擦着，抽咽着退了出去。

"有这么严重么，真想不到！"

男主人自己问了自己，随即把报纸摊在膝头上，载着国内要闻的那一版正被他的眼睛所触到。那上面用着特号字标题的都是关于水的消息。被称为浪子的黄河的决口是不可避免的了。平稳的长江也已有过二次的不稳。宣泄水势的湖泽，好像已都失去了作用。上游的雨大，水涨了，支流的水高涨了，猛烈的大溜将冲下来。因要防止更大的灾难，于是提议了决埝放水的办法。

"平时这些管理河工的人到底干的什么！"他忿忿地叫着，猛然把手拍在膝头上。他又想起前些日子有许多管理河工的官员称病告假的事，他以为这都是不可原谅的。他脑子里立刻浮起了一幅洪水泛滥的图画。无情的水是遍地横流，填满了每一个小小的洞穴，卷去了没有逃得及的人畜，就是那些躲在树梢屋顶的，也随时都有卷入洪流的可能。他又想着，当一个人在和死亡作最后挣扎的顷刻，到底会有什么样的感觉。他突然记起年轻时候听到的一段故事（他已经忘记了是祖父或是父亲说给他的），说是有一次洪水泛滥的时候，一只逃难的船已经装载了很大的重量，突然水中伸出一只手抓住了船的一边，跟着露出水淋淋的一个头来哀叫道："救命啊！救命啊！"那只船为了一侧的重量突然加大，立即显着不平衡，看看快要覆没，于是船中一个勇敢有为的英雄抽出了佩刀，斩断了那只攀援的手，水中那个人，就一浮一沉地随波流去，一会儿消失在沉默之中，只留着船板一块殷红的鲜血。……

他想那个水中人倘使就是自己，不知该起怎样的感想。已经被水冲得昏昏沉沉，突然抓到了一件东西，张眼看时，正是一只可救自己活命的船只，却谁知船中人不但不肯相救，倒砍了自己的手指，那一时间的失望，不知该怎样想象才好！

现在在这么广大的被灾区里，像这样残忍的事情会不会有呢？默默飘流无人睬及的尸体又该有多少呢？即使侥幸从水中逃出了命，而仍须受饥寒逼迫的人有多少呢？……

当他正被这凄惨的想象所占据时，突然一只像猿猴一般爪子的手，一把将那张报纸抢了过去。那时他的视线虽然已经不在那张报纸上，可是他正朝着它在沉思，因此这一只突来的手，不免使他的平静的脑子猛的被搅动一下。

他打了一个寒噤，抬起头来，就又看到那张满是怨气的脸。

"这么半天，你就不和我说一句话！"

"唉，青，你真不知道——"

"我真不知道什么？"

"今年的灾情可真是了不得，这么多地方！"

"那么多地方总没有淹到我们，要你凭空担心做什么！"

她像有十分充足的理由，摇着头，头发扬了起来，像孩子们玩的拨浪鼓一样。

她忍住气愤，重又坐了下去，长长地叹了一口气，好像深明男子的薄幸似的开始责备起来：

"我们女人——女子，就只能受你们的玩弄，没有结婚的时候，还算好，我们比什么都高；做了你们男人的妻子，连一张报纸都不如。你们情愿把精神都放到一张纸上面，也不肯来和我们好好说几句话，是不是这样的，你说？"

"你错了，青，话不该这么说。"

"不这么说怎么说？上课的时候，你每天都是书，好像你不是娶的我，却娶的书。"

"唉，这误会有多么大！"

他皱着眉，莫可奈何地微微摇着头。

"到了暑假，早就说好痛痛快快过上两个多月。哪一天你不还是照样冷淡我？你情愿一个人呆呆坐在楼下，坐在山石上，总不肯在我身边多耽一刻。我早看透了，你厌了我，你不如说明白，省得两个人都觉得不自在。"

"你都说错了，你看我是那样的人么？我哪里有一点那样的意思。……"

"哼！"她像不屑似的在鼻子里出了一声，"你们男人哪一个不是喜新厌旧？还说呢！"

"你倒不妨告诉我一声，我的'新'是哪个？"

他故意打趣地说着，他知道不能任着这件事严重地拖下去，他站起来，走到她身边。

"那一层你也许还没有得手，不过迟早总要有的。"

"好像你比我自己都知道得清楚呢。"

"当然哪，这就是当局者迷，旁观者清呵！"

她得意地低下眼去赏玩着自己的手指，每个手指的尖端都是尖瘦的，染着红馥馥的颜色。

他不说一句话，呵呵地笑了起来，她惊讶地抬起眼睛来望着，他仍然笑个不止。她好像气极了，把圆圆的小拳头打在他的腿骨上，可是这时候他们听见了楼梯响着的声音，他们立刻就知道这是贝贝下来了。男的停止了笑，女的也减少了怒气。

他向楼梯那边跨进一步去，果然那个满了四岁的贝贝正走了下来。

他看见了他，机械地举举右手，叫了一声爸。随后，就一步一步地走着。

这个孩子是他应用最新的心理学来教养着的。衣服的大小，颜色，和一切饰品，都有着心理学上的根据。言语行动，也都依照心理学使它作最合宜的发展。可是结果却令人不得不有点惊异；那孩子倒好像比一般孩子更加迟钝，更加呆板。

他俯下身去，用脸亲这孩子的脸，然后牵着他的手，走到廊下来。

看见了母亲也是照样地举举右手，叫了一声妈。站到母亲跟前，她也亲亲脸，可是等她的嘴几乎碰到孩子的脸的时候，他就用英文严肃地说：

"你不该这样做，亲爱的。"

她没有理他，却向孩子问起照例的话来：

"贝贝，晚上睡得好么？"

孩子点点头。

"今天快活么？"

也点点头。

"喜欢妈妈么？"

仍然是点点头，像一个深知礼节的成年人一样，笔直地站在那里。

"跟我去散散步吧。"

他就牵了他的手，在廊下踱起步来。他留心数着，到了二百步就停止，这才又坐下去，把孩子放在膝头上。

"你看看外边美么？"

孩子出乎意外地摇了摇头。

"你不喜欢看么？"

孩子就点点头。

他心里怀疑起来了，这是为了什么原因呢？这样美的景色该打动一切幼年和老年人的，是不是母亲给了孩子什么坏影响才成为这样愚笨？

过了十五分钟，他又把孩子打发到楼上去，那个负着特殊训练责任的保姆，已经在门口那里等着。

"去吧，贝贝，你该找你的世界去了，等一下再来吧。"

孩子又是举举手，和他们说了两声"再见"，一步一步地走回到楼上去。

估计着孩子已上了楼，她就对他说：

"看你的心理学方法，把小孩子变成一个呆子了。"

他自己虽然也有一点怀疑，但是在她的面前是不能显出一点信仰动摇来的，就说：

"这正是要将来的发展健全，这时候不能求速。你不信，到了十岁他就是一个了不得的神童了。"

"那我倒要张开眼睛等着看！其实，也难说，这个孩子的命就不十分好。"

"什么叫做命，真没有道理。"

"我早就给他批过了一回八字，命里注定就不是一个聪明的孩子。"她说着，咽一口过多的唾液，又接着说："反正第二个孩子是由我了，你不能管。"

"那一定，我早就答应你的。"他愉快地说着，虽然第二个孩子还未见出世的预兆，他们倒早已替他定下了一条该走的道路。

"喂，你来看，"他招她站到廊前，向着远山的那一面，"你看那山头，你在看那树，像不像米芾的山水？"

云气正在恣情的翻滚，冥冥中像有一位具有匠心的神人，把那白茫茫的气这里放一堆，哪里安一垛，映衬得底下的山峰和树木更加俊俏，更加清秀。

这一时她也像被打动了,不觉失口说道:

"涵,真是美,我们真是美!"

这一整天又是时大时小地没有间断的下着雨,晚饭后,他们舒适地坐在沙发里喝浓咖啡。他们都想着世界上没有大不了的事,即使有二十丈高的洪水冲了来,也还不能沾湿他们的鞋底。仆人敲着门,送进今天晚报来,她立刻就放在一旁,还和他说不必看了,不会有什么事。可是这已经像是成为习惯了,他仍然拿过来看着。

他立刻看到了一则用三号字排着的新闻,说是这附近地带,因为山洪暴发,把东西两条铁路都冲断了,水还没有退,行车已经断了,两星期内怕不能恢复原状。

他的脸突然变色了,坐在那里的她,问知原因,也像有点失措,就说道:

"这一来我们就赶不回去了。"

他颓然地坐着,他心里清清楚楚地想起了一切事情,他知道已经有人在挖他的位置,他只有趁早去讨好校长才能保住自己的地位。他们不是都已经算好了么?可是这一下子什么都失败了。

他像放在热水里的螃蟹,无地可钻。他开始在这房里踱起步来,忽横忽直地,不知怎样才好。他甚至于开始悔恨不该到山上来。

"到银行代办处汇一笔钱去,不也误不了事么?"

她聪明地说出这个办法,像是经过一阵长时的思索。

"怎么成?邮信当然也断了。"

"不会电汇么?那也一样的。"

"要命的是这一件事并不能那么公开,就是我们亲自回去,也不能彰明昭著的干,还得你像那一次偷偷放到她的手心里去才有用呢。"

"那么,这可怎么办?"

她也觉得事情有些尴尬了。她的兄弟才从××大学毕业，这一次不也是要到这个学校来做一个助教么？本来这也要靠他的力量，如果他自己也已不能存在，别人还有什么希望呢！

唯独这一次，她才十二分对他同情，她劝他说：

"想想看，也许有妥当一点办法，不要着急呵"

"早知道昨天就该走了。都是这该死的雨，总是落，没有完，结果是把山洪也引下来了！"

"这都是天意，埋怨也没有用。或许明天水就过去，两三天路就修好，不也误不了事么？"

"怎么能够呢？这催命的雨，一直到现在还不停，哪里就会收水！"

"那可说不定，睡一觉，明天就是好太阳，时候真也不早了，还是睡去吧。"

雨声还是有韵般地打着芭蕉，可是他却皱皱眉，关了灯，伴着她一同走上楼去。

他怀着就要晴起来的希望睡到床上去，可是他不能入睡，才躺下的妻不久就睡着了，他却焦躁得没有一点睡意。听听外面，仍然是淅沥的雨声，他以为是自己耳神经的错乱，他轻轻地下了床，走近窗口，雨声就更听的清晰。

他想着为什么这样凑巧呢，刚刚算计着该回去的日子，偏遇见了这样的事，别真就应了那位博士同事的话，他今年流年不利吧？

若是真的流年不利，就怎么样的舛错都该出来了，那他的主任一定被别人挤下来，也许连一个教授也当不成。一时间，叫他这么一个文学博士去干什么呢？而且生活是一天一天地扩大了起来，怎么能再缩回去，像他从前在大学里过着苦学生时代的生活？

想到这，他的心就不由得战栗起来。他知道这些都是可能的事，都是马上就要实现的……

他不敢想下去，他怕想下去，他知道那会把他的路逼得愈来愈窄，……

他若是只有一个人，那也好办。如今他还有那个妻，说得清楚一点，那个妻肯贸然地嫁了他，正靠他的地位做吸引。还有他那个孩子，一直用心理学原理养了起来的，那又该怎么样贯彻他的训练呢？

将来的路即使没有什么可怕，眼前却是十分值得忧虑，值得着急。

清风吹动着肥大的蕉叶，这一株的也许抚到了那一株的，发出轻沙沙的声音，像是近邻相遇的寒暄。可是他对于这一切都没有兴趣了。没有景物，没有诗意，现实的危机把什么都活生生地绞断了。

"这还不是生死的问题呵！"他自己想着，于是想到那个仆人的哭泣，也并不觉十分可笑。

他莫可奈何地又躺到床上去，一时间他还是不能睡熟。可是渐渐地他忘记了自己，顿然间又觉得太阳懊人的微温。他快活地醒转来，他看见天是晴了，太阳正庄严美丽地从东方升上来。

可是当他真个醒来的时候，他知道天还没有亮，这一阵子又落着像倾倒一般的大雨。远远近近都响着急雨打山石的声音，只是一片嘈杂。狂风还助着威，松涛雄壮地响着。

他先是想到了宋徽宗的画幅，随着他就记起了一切的事，不由得失口骂了出来：

"该死的天！"

他不能再睡，只紧闭了眼睛，把两手用力地掩住了耳朵。他在等待或是希望什么呢？他或许一点也不知道。

（选自1935年11月文化生活出版社出版的《珠落集》）

珠　落

在××大学读书的时候，因为学校是在距市二十里左右的乡间，所以在星期六的下午和其他的休假日，定要坐了市乡间的长途汽车才能到市里去。同学们到那时候都穿得整整齐齐的，走到要经过十分钟步行的车站，个个人有着红胀的脸，看到车子来就把自己的身子塞到里面。因为汽车是又小又少，人人又都有急迫的心，于是就是女学生来，也得不到什么特殊的尊敬。这车就被由gasoline的燃烧而发出的力量，送到接近市内电车的终点，于是这汽车剩为一个空的躯壳，转过身去，再走着才走过的路。

现在，有说一说这近市的汽车站的必要。虽然是衔接了市内的电车，仍然要穿过铁道栅栏和一条冷静的街，才可以到那建筑在黄金上的近代城市区。这面呢，排了江北人居住的草棚，走出走进的是蓬头垢面的老少男女，是铺着不平整石块的路。在那面就有自备车在柏油路上一点也没有声音地溜来溜去。一个人若是站在这两面的中间，就很容易分别出天堂和地狱来。

就是在这停站的路旁，为了乘客们的方便和他们自己的一点点利益，有三四个很小的水果摊。有的还卖一些馍饼，这全是为车夫预备的，像我们，只能拿到用银角兑成铜元的便利。

在这里我看到了一个肥胖，大身材，有麻子的红脸说着浑厚的山东话的小商人，有时候还有一个和他年纪相仿的妇人，缠着小脚，有着几天未曾洗的脸坐在他的身旁。还常看到的却是一个四五岁的孩子，坐在他的膝上，脸色苍白白的，露出了营养不足的样子。因为常常听着他向顾客们讨着很规矩的价钱，而且是被还了够本的价钱，也就痛痛快快卖了，打动我的一点好奇心。每次若是有兑换的事，我一定走到他那里。

看他是有近四十的样子，总是在笑着。他的笑，多半是向了坐在他怀里的孩子，常时还把脸贴到孩子的脸上，那时孩子一定皱了眉，因为他是生有硬的短髭。

在一个冬天的晚间，因为是下午看一位新从外国回来的朋友，九点钟的时候，才赶到了停站。朋友也曾劝我在市内过一夜，可是我向来有离开自己的床便不能安睡的癖性，坚持着要回到校里去。真也巧，那天还吹着大风，我自己因为穿得很多，只要把头缩在大衣领的里面，就也不觉得什么。摸摸衣袋，只有六个铜元了，我只能又把一个银双角掏出来去兑。那时只有一个摊头还在那里，守着那个摊子的正是我所说的那个人。

我把银角给他，他就把包好了的一包铜元给我，像往常一样地顺手放在衣袋里。因为脚有一点冻得麻了，就来回地走着。偶然间看到在他那掩着的皮袍露了孩子的脸，在街灯之下，真是像已经死了的。可是明明我却听见他在那里哼着不知名的眠歌，一只手轻轻地拍着。

过了许久汽车还不见来，我就想着和他谈一谈话。是我先说：

"听你的口音好像是山东人呢？"

"是呀，我们是山东兖州府；你先生呢？"

"我是×城人。"

"我也听出你先生是×城的。"他抢着把这句话说出来,可是他没有忘记摇着自己的身躯。

"天真冷。"

"可不是么,这一刮风该更冷,你先生请坐。"他说着,把身躯移动一下,在他的木凳上让出一个空子来。

"我不要坐,天太冷,坐下更冷,"我回答他,"你那怀里的小孩是你的——"

"是我跟前的孩子。"说着这句话,他露出了很得意的笑,好像把冬日的寒冷也都忘了一样。

"就一个么?"

"唉,就这一个了!"

他把一个泥壶从堆了旧棉花的竹篮子里取出来,先还特意把碗洗一洗,然后才为我倒满一杯。

"我不喝,我不喝,谢谢你。"在那时候我看到那腾腾冒上的热气,心中是想着喝下去驱驱寒冷,可是不知道什么原因,却使我说着拒绝的话。

他好像也看出我的真意来了,他没有再来强我,举到自己的嘴边喝一口。

就是孩子已经在睡中,他也不时把自己的脸贴着孩子的脸,我逼真地看到父亲如何爱他的儿子。

"你先生来的真不巧,若是早来一步,就能坐上刚刚开走的车子。"

"也没有什么要紧事,怕什么呢,只要能再有车子来就好了。你一天卖多少钱?"

"嘻,小意思,夏天秋天卖点水果还好,到冬天卖点干货,一天也卖不到几个钱。"他说着还叹了一口气。"没有法子，旁的还有什么事好做？你先生到这里几年了？"

"我，有四年了，现在××大学。"

"一年是要好点子钱吧？"

"也不太多，五六百就可以。"

"五六百！"他露了惊讶的神气，"那还不算多么？"

"还有多的呢！"

"唉，你们先生才是有福气的人。"

"哪里来的福气，不都是吃了睡，睡了吃地消磨着日子么？"

"可是像我们这样的人，因为今天生意做得不多，就要在这里，孩子困了，就在这里睡，人也只能强顶着冷风，你先生会吃这样的苦么？"

听到他的一番话，一时间想不出适宜的话来回答。想着自己若是没有父兄已经造好的环境，就说生为他的儿子吧，那不也就要一天到晚在街头生长，到了我这年纪，无论如何也走不进大学的门来吧。这一定是他所说的福气两个字吧，可是这不是我自己的，是我父亲给我的么？那为什么旁人的父亲不给他们呢？我真解释不出这里面的理由，我只默默地站在那里想着。

"你的家住在哪里？"我又向他问。

"就在那面，没有多少路。"他就把手朝了那一带草棚指着。

"一共有几口人？"

"除去我们爷儿俩，还有孩子的妈妈，家乡里还有老娘，由我兄弟养活着。"

说了这么多的话，汽车已经来了，等到转过身来，他就说：

"先生请上车吧，里面总暖和一点。"

"不忙，总要停停的。"我这样说就接着问在这里做生意要多少捐，另外有什么开销的话。到车子真的要开行了，我才很客气地向他告别，走到车里面去。

后来我们就真成为朋友了。在我每次到他那里把银角换成铜元的时候，他总是在一包铜元之外加上一个铜元。这使我莫名其妙了，于是就向他问：

"怎么，多拿一个铜元是什么意思？"

"你先生不知道，那里面是少了一个"他露出了憨直的笑来。

"你这样补给我，你不是白白做这生意了么！"

"嗐，我哪能要你先生的钱，那还够朋友么！"

这倒使我有一点窘了，我不能不到他这里来兑换，可是每次他把一个铜元补给我的时候又深深增加了胸内的不安。像他那样的人，我也不敢说把这一个铜元退还给他，因为他会把我的本意误会了。

渐渐地我知道他是四十岁，在三年前因为饥荒才从家乡出来，把一点积蓄做了本钱，为的是能赚几个钱吃饭。因为生过三个儿子都没有到十岁就先后地死了，所以对这么一个六岁的孩子，才有说不出的溺爱。

"呵，这小孩已经有六岁了！"我听到他把孩子的年岁告诉我的时候，深深地露了惊讶的样子。

"可不是么，先生。这孩子下生就单薄，我请来一个算命的，他说这孩子也是来讨债的。听这话我就拿出钱来，叫他妈妈到娘娘庙去烧香许愿，将来若是我们孩子发达起来，一定把娘娘庙重修一回——"

"这能有用么？"我好奇地问着，稍稍含了一点听故事的意味。

"你先生不知道灵验可不大呢！那两天这孩子正发烧，他妈从庙里回来孩子就好了。"他说着，又把嘴在那个瘦弱的孩子脸上亲着，可巧我的手在衣袋里摸出一块糖来，我就拿给那孩子。

"快谢谢人家吧，这孩子一点也不懂礼法。"他先在教唆着，看看那孩不知如何是好的样子，又稍稍带一些申斥的口气。

至于他对于孩子将来的希望呢，他也告诉过我，最要紧的当然是盼着长成一条一刀戳不倒的汉子，那么就带了他做生意，那时候，譬如说他要出去散散心，因为有人在那里照管，就可以随了意去玩玩。若是有流氓来欺负他呢，有儿子出来把那群狗×的打个七死八活，他自己也可以在一旁拍拍掌。他告诉我这事情是有过的，可是他现在还有气力和他们对付，若是老了，就免不掉要吃亏了。他还说，盼着孩子生意做的好，开一个店，赚了钱好去回家还愿，养老。

"那你就是老太爷了。"

"哪里，哪里，——"他好像已经成为幻想中的富翁，笑着谦虚着。"到那时候我请你先生到兖州府来逛逛。在我们家里也住上他个把月。"

"好，到那时候我一定去。"好像真事一样地和他说了。

我不知怎样，每次经过那里，一有了机会，就喜欢凑到他那里闲谈一下。有的时候又很情愿把一辆汽车错过去，为的多和他谈谈。在这时，他一定会觉得惊奇地问：

"你先生怎么不坐这辆车走呢？"

"没有要紧事，谈谈也是好的。"

有一些同学，常常用了奇异的眼光来望我，因为看到我和他这样的人坐在一条木凳上，甚至于在学校中发生一种流言，用一种最浅薄的观察因之确定我是有倾向的人。旁人的话，一直我是不顾的，因为我是很知道他们是一些什么东西。就如同碰了一大群狗，它们都叫着张开嘴来咬你；可是如果抓出来一个，提了它的颈毛，它就驯服得一声也不叫，翻着眼，前腿拜着，等你把它释放。放过之后，说不定仍然要跑回它的群里去，再随着空叫几声。我不去说明也不去争辩，流言终于像青烟一样地消了。

冬天过去之后，初春的时节因为穿衣服不慎引起的伤风，没有即刻治好，就成为肺炎了。听见医生的断定，像梦到在山顶上坠下来那样打了一个寒战，不得已请了长假，回到北方去，在西山疗养院住了两个月。最可笑的是想起了平时被人称为康健的记号的两颊上的红晕，竟是肺病患者一点特有的现象。

从山上走下来，肤色成为微黑的，身体也是颇健壮了。本来想借这机会在家里读一点书，可是为了祖父之丧，我的心又沉在悲伤之中。自然祖父是最爱我的人，一旦死去了，有说不出的伤恸，可是由于我过于sentimental，就一直也不能把这悲哀淡下去，脑子里常常浮起一个祥和老人的脸来，泪也就不自禁地流下来了。为这事父亲母亲很担心，时常来劝我。就是我自己也知道这是如何不宜的事；但是又没法子来制止自己情感的发泄。还是由于时间的磨炼我渐渐地忘了，可是我半年的休假和一个暑假的时候都已过去。

我来到学校的时候，正是热得喘不出一口气的夏末。也许由于我在北方住得久了，一时间来到比较热的地方，更灵敏地感到不可耐的郁热。人也真是奇怪的动物，我记得在冬天的时候，怎么盼着夏天的日子，连"就是热死也没有这样苦"的话也说过，可是到了还不至于把人热死的时候，就在心个想着"就是冻死也没有这样苦"的话了。

到有事情要到市内的时候，在市乡间的停站留意我的旧朋友，我大大地失望了。这是因为他没有在这里，而且就是附近的地方，我也看不见他。在胸中总有小小的怅惘，归途上我尽了我的力量来思索。

——难道说就在这半年的时间，就会有什么重大的变化么？他不会成为一个有钱的人，正如同他不会成为一个只靠旁人施与而生活着的人一样。那么他到什么地方去了呢？是不是病了，或是因为病而死去了？也许这几天他不愿意做生意，可是他说过这时候是最能多卖些水果赚点钱的。……

我自己想着，又没有一点事迹来给我证明，终于也得不出一个相当的结论来。在每次走过停站的时候，我仍然很留意，看什么时候我还能看见他，就是这样，我还是一点也望不到他的影子。

因为选了社会问题的课程，在学期之中有了几次视察。看过了模范监狱，看过了地方法院，末了又去到救济院。这性质有一半是慈善的，收留了街头的乞丐，迷路的孩童，从火坑中跳出来的妓女，还有一部分是疯人院。

走到了疯人院，使我想到是走进了一个动物园里面。每一个人锁在木栏里，有的还加上笨重的铁锁。一种潮湿秽臭的气味，几乎可以把人冲得昏过去。随了我们的招待人说着一个人的病况，我看见了四十岁的女人裸了上体在大哭，招待人说她是因为丈夫死在战场上面。还有一个年轻轻的人总是在那里喃喃地，也不知在说些什么，招待人告诉我们这是由于恋爱上的刺激。在说着的时候，他露了点讥讽的笑来。

"请你们注意，这个人是为了独生儿子死了，他的神经错乱，用刀杀了他的妻，所以才到这里来。"又走到一间木栏前，招待人和我们这样说。

当我的眼睛从抄写本上抬起来，我就看到一个男人坐在地上，手里像抱有一个孩子的姿式，低低地唱了不知名的催眠歌。他的身材和他的面貌，对我都有一点熟习；甚至于他的声音，也好像是在哪里听见过。

我正在思索的时候，同来的同学已经走过去了，不知是什么缘故，我竟一步也不想移动，呆呆地站在那里。终于记起来他就是我从前在汽车停站那里所认得的朋友；可是他的头发很长，脸也瘦下许多去，因为有大的骨骼，身材还是大的。

骤然间看见了他在这样的情况下，心中不知有什么滋味。

"喂，喂，"我先叫着，看到他慢慢地把脸朝了我，"你还记得起来我么？"

他缓缓地站起来了，两只眼睛直直地望了我，走到木栏的前面。他的样子很怕人，我不得不退后一步，因为怕有什么意外的事情发生。

他两只手放在木栏的上面，脸紧紧地贴着，像看一个陌生人似的看着我。

"你听见了么，我方才问你还认得我么？"我又把话重复说过一次。

"你可怜我吧，他们把我的孩子藏起来了，把我一个人关起来，你把门替我打开，你听，我的孩子哭了呢！"他一个字一个字地说着，末了真像听得见声音似的在侧着耳朵。

我望着他那恳求的样子，心中有说不出的凄伤，他又在接着说：

"他们把我的孩子偷去了还骗我说是死了，我明明看见他们抱出去的。别人骗我，我的老婆也骗我，后来她自己也睡着了，他们又把她偷了去——"他说到这里，略为停一下，"她没有了我不怕，我的孩子呢，我舍不得呀！你修修好吧！就把我放出来，等我找到了我的孩子，再走进来也是情愿的。"

我看见他的泪也是在眼圈里闪烁着了。他说了这许多话，好像是对每一个人都可以说的，他并没有想起我和他从前是认识的。为引起他的记忆我又向他说：

"你怎么不认识我了呢？你不记得那个汽车停站么？你每次还多补一个铜子给我。你想一想，你告诉我，你的儿子是什么时候死的呢？"

我的话他仍然没有听懂，他只招着手，像是要我走近一点的意思。才顺了他的意思，稍微移动一点，突然间他右手伸出来想抓住我的衣服。因为知道怕有什么意外，事前有了准备，我就用左手架开他的手，可是他却紧紧拉住了我的手。在这时候，他另外的手正想也伸出来，可是被我的右手握住了。

"你，你抢去了我的孩子，还想抢去我么？救命呵！……"他大声地叫着，同时用着力量拉了我的手。

为这声音惊动了，夫役和同学们都赶了来。他们帮着我使他的手松了，他就像孩子一样地坐在地上，放声哭起来。

另外的人追问我如何会被他拉了，我为不忍再掀起胸中的悲伤，一句话也没有回答；可是我永久地记住了一个好心人的结局是这样的。

那样一个纯朴的人，不只以后没有在原来的地方见过，就是这世界他也没再恋恋地活下去到雪花飘飞的日子。

（选自1935年11月文化生活出版社出版的《珠落集》）

雾　晨

当着夜从地上引退了，浓雾就渐渐地沉落下来。

那是初春的早晨，什么都还是宁静的，雾填满了每个角落和每个隙缝。街道，树木，房屋，……什么都看不见了，在左右上下五尺之外，一切都没有形象。只有茫茫的白色，呆滞地停留着，锁住了活动的力量。是的，稀少的行人和车辆只能迟缓地推进着，切盼着能跨到清朗的境界中，可是显然地只有失望等在面前，迈了一步是一样，十步百步也还是一样。

汽笛的声音像是十分艰苦地钻过了空中，沉闷地叫着，时候也许是不早了。可是这一天生活好像脱了常轨，街灯都还没有熄止（那也需要走到近前仰起头来才看得见），更没有太阳的踪迹。

穿过这个城的那条河，还是静静地躺在那里。自从入了冬，河面上就结起冰来。一层雪一阵风的，冰就增厚了，冰面显得不平起来，因为增涨的缘故，会突然凸起。依了时日来说，春天已经面对着了；可是气候上显然有了莫测的变化，春日里却有着比冬天更寒冷的日子。

这使多少人都惊讶了，更是那些活过了几十年的，要搓着自己的胡子或是皱成鸡皮的手，叹息着人心的无常，天气也使人捉摸不定了。

河边路上的大车前，正停了两三辆卸下牲口的车，车上附了一层霜。马匹正在槽边嚼着干草料，好像先感觉到沉闷了，提起头来叫着。一匹正自低着头闭了眼睛的被惊醒了，用蹄子踢着地面。可是一条皮鞭不知道落在哪一匹的身上清脆地响了一下，过后在迷漫的雾气中响着怒斥的声音：

"畜生，闹什么，早晚该下汤锅了！"

声音虽隆大，可是显出来不如心的样子。马匹好像听得懂他的话，就不再叫了，把嘴伸到槽里，边吃边晃着头。

在河心，正有一个近三十岁的汉子站在船上，用铁篙打着一夜又冻起来的冰。他时时用嘴嘘着手，或是把口水吐在手掌中，用力地杵开冰块。他走一步，挂了层霜的船板上就为他留下两只脚印。河水也失去了清快的声音，只是沉郁地响着。他的手指是冻得又红又粗，皮肤上裂开了细条，深色的血渍看出来了。

他时时不曾忘记向着岸上张望，他想跟着那块跳板一直看上去；可是浓雾遮住了他的眼睛。

粗暴的个性使他不能忍耐，他恨着这无用的雾会闷住了他，它不像风一样地吹散了头发，也不像雨一样地淋湿了身子，还不像雪一样地能落在脸上和肩上，更不像冰雹打得头皮冒火。它是抓也抓不着碰也碰不到的；可是它沉凝地停留着，要一切的物件都迟缓下去，终于要定在那里。

他气愤地把一口唾沫吐在冰上，就又努力地把铁篙插了下去。

"金发，看看掌柜的回来了没有？"

从后舱里钻出来女人的声音，还夹了两声干咳。突然又有了孩子的哭声，她就又唔唔地哼着。

"什么都看不见,下大雾哩,三五尺外什么都看不清。"

"蠢货,你不会跳到岸上去看看?真是懒,昨天晚上他跟你说到哪里去来?"

"俺没听清,他没说什么,……"

"他到哪儿去了呢?"

这时候孩子又哭起来,还夹了"我要爸爸"的语音。

"好宝贝,爸就要回来了。小鬼,——"她又提起点声音来,"你还不到岸上去张张?"

他就放下了铁篙,拍拍手,走上跳板。才走了两步,就滑了他一下,几乎使他跌下去。他的身上冒出点汗来。

"喝,他妈的,真滑!……"

一直到他踏上了岸,他还是什么也看不见。除开他自己,什么人都看不见。他这边走几步,那边走几步,他只是看得清自己。忽然脚被人踹了一下,他叫起来,那个扑到他身上来的人形立刻说两句对不住的话,随着又在雾里消失了。

"这可要我怎么找,这么大的雾,什么也看不见,哼——老婆也有点好处,我金发要是丢了就不会有人问一声。"

他摸着头这样想,又懒懒地走回去。当他背过身,他什么也看不见。他只能慢慢地试着步子,迈了五寸距离的脚步,他能多看五寸远的物件。

踏上了跳板,他才敢放心地走着,又站到船板上,后舱的女人就问着:

"找到了么,金发?"

"哪有那么容易的事,那比吃馒头还省事!"

他低低地说给自己听,可是他却扬声地这样回答:

"看不见呵,一点什么也看不见。"

"你不会叫么？你叫起来他就会听得见。"

"真活该，我叫给谁听呢？就许他一个人找乐去，要别人挂心。这种人做事不管不顾的……"

他一边喃喃地叽咕着，一边也扯起了嗓子大声地叫着。可是没有答应的声音，偶然却听见微弱的回音。

他的嗓音渐渐地小下去，到后来使躺在后舱的她什么也听不见了，她还没有从被里钻出来，正在搂着发烧的孩子。那个孩子只有五岁或是六岁的样子，覆在头上不整齐的头发，显得营养不足的脸更是苍白了。他已经发了四天的烧，有的时候还要呕吐，鼻子的一部显得更是灰白。

他躺在母亲的手臂里，呻吟着，他的嘴唇可怜地抽搐，眼睛好像是很难张开来。他想到他的爸爸，他记得爸爸答应买给他的又红又好看的大苹果。

她轻轻地拍着他，她的心却像有万只针在刺着。她记得他总是说要想法子弄点钱，给孩子请个医生看看，可是从昨天出去就一直也不见他回来。

几天不曾梳理的头发像龙爪槐，每一束都有它自己的姿势，伸了出来。她的眼睛四周像是染了墨，因为睡眠不足，眼白的上面扯了红丝，鼻子尖冻得红红的，时时有清鼻水流出。

舱里十分寒冷，死沉的棉被只有重量没有温暖，想不到二月的天气，比起冬天来还要寒冷。

孩子显然是烧得发着呓语，嘴唇微微动着，吐出一个半个的字音；当他张开眼睛，他就"爸爸，爸爸"地叫着。可是这一点精力也像是不济了，因为他并没有能时常张开眼睛。他把小手伸出来抓着，抓到她的奶头，就猛然地一下，虽然没有多大力量，那疼痛也钻到心中。在平时她也许就拍他一掌，可是现在她只有忍耐，她知道这个孩子不久就会永远离开她。

为着使自己的心不全然灰下去，她就想着也许吃下从病起就惦念着的苹果，再请个医生来看看，许能好起来也说不定，他从昨天出去就不见回来，难说他能像好年月的夏天里醉得像一堆烂泥似的卧在路边了么？

凿冰的声音洞洞地响着，这好像打在她的心上，她就又叫起来：

"金发，还没有完么？"

"完？这么冷的天一个时辰就能冻一层。"

"你别站到船板上不好么，从跳板上下到冰上去，那样声音就会小点。"

金发听从她的话跳了下去，可是她又叫着：

"掌柜的还没有回来么？"

"没有呢，——"

她还想盼咐一句，可是所能做的都已做过了，她只得闭了嘴，眼眶里却装满了泪。

自从去年封河，停在这里，有四个多月的时光了。本来想着正月底二月初就能开河行船，没提防天气着实的变了一下。可以送到当店的物件早已都送去；足以算是三餐的也只有小米稀粥了。可是天气还不见好，像是半个月里也不能利利落落地开了河。

就是小米稀粥眼看着也要没有了。

"这可怎么办呢？"

当着前几天的晚上，做丈夫的时常叹息地说着。他是中等身材，一身酱色的皮肤，也还忠厚的一个家伙。他时常摸着自己的下巴和嘴唇（这是他喝酒时候的一点习惯，可是这时节却是为苦难困住了，莫可奈何地这样做着），渐渐地把手掌伸向上面，一直到把整个的头都摸遍了，他也抓不着什么有用的主意。本来就是的么，在河上度过了半辈日子，早已没有家乡，也没有产业。水上飘来飘去，也没有十分熟习的城市。

"只要开了河就算不得什么。"

他的心中反复地这样想着，可是河就一直不曾开，也没有一点征兆，突来的春寒还使冰层更厚了起来。

也许由于不良的天气，孩子生了病。伤风发烧原以为是极平常的小病，可是三天内也不减轻，心中就有点慌了。她更知道清楚一点，从前的两个孩子都是这样死掉的。

"怎么样，这病不要紧吧？"

他像是有点恐惧似的问着，他的心也浮起来，他等待着一个能安下心去的回答。

"也许不大要紧，可是——"她顿了顿，"要是能有点法子，还是请个人看看。"

他也知道，只要有点钱他早就会把医生请了来，至少，孩子总在念着的苹果也能买来了。可是他不能答应，只有唔唔地发着低音。突然他又问着：

"你看出什么来着？"

"没有，请个人看看不是能好得快点。"

这才使他的心再放下去，他看看躺在那里昏睡的孩子，他的心又像有刀在刺着。实在是他不能再死儿子了。五个孩子都死去，就留下这么小的一个，他们又都到了年岁，怎么还能连这一个也保不住！

"不是王二那年还借过咱五块钱么？"

她忽然机警地想起这件事。

"不错，有这档子事。"

"——没有还吧？"

"没有，可是——"

"找他一趟去吧,那天我听金发说他也靠这个码头,只要他把本钱还来就成了。"

"我去过了——"

"你去过怎么也不告诉我一声?不用说要来钱都灌了猫尿!"

"不,不是那么回事,我找了他,他正害病,比咱俩还不济!他的伙伴都辞了,他,他一个人躺在舱里哼声叹气的。"

她也叹了口气,迟缓地说:

"谁叫你不存隔夜粮呢,到这里苦上头来。当初有点钱也不知道紧紧手,到如今混到这一步。三天不吃饭,紧紧裤腰带,那倒也没有啥;孩子病了,想吃个苹果都没有富余钱。——"

她不断地说着,坐在一旁的他只是垂了头,默默地不做一声。他知道自己对不起她,这么多年她没过一天好日子,谁都知道"嫁汉嫁汉,穿衣吃饭",如今连顿饱饭都没有法子吃得上了。

他把手轻轻地盖在孩子的嘴上,呼出的热气,有一点嘘着他的手,他立刻抽回来。

他的脸变了色,嘴微微地张开一点,瞪着眼睛望她,可是他不敢问,他什么都明白了,他的心跳着。

过了一些时,他又转过脸去望着那张可怜的小脸。他贪婪地看着,像要看清了每根头发。他又把手放上去,还碰了脸,那冰一样的鼻尖使他打了一个寒战,就又把手缩回来。他看看她,她的眼睛正发着亮;他也觉得自己的眼睛有一点胀。觉得松弛一点的时候,两颊是痒痒地凉凉地滚下两行泪来。

"这可怎么办呢,这可怎么办呢?"

他的心里焦急地想着,他不知怎么样才好;可是他的眼睛却钉住了孩子的脸,那张脸模糊了,看不清哪里是鼻子哪里是眼睛,只像一张白纸。

"爸爸，爸爸，我要苹果，……我要……"

孩子突然颤抖地说着，随着哭了起来。哭声却并不洪亮，因为已经没有力气。

"好，好，爸给你买去，你不要急，回头我就给你买来，一个，两个——十个！又大又红，好不好？"

他一面说一面站起身来，可是孩子已经没有在听他的话，又是昏沉沉地睡过去。

他才把头伸到舱外，她就问着：

"你到哪儿去啊？"

"我，我，看看王二他怎么样，咱们真得想点法子。"

他说着已经站到舱外，圆月挂在天空，月光照在身上和脸上像是载了寒冷，金发正在前舱里打着鼾声，可是他才走了两步，金发就用粗的嗓子大声问着：

"谁呵？"

"我。"

"掌柜的，——"

金发只吐出来这三个字就又沉沉的睡着，重复发着鼾声。

寒气使他不能挺起身子，他缩着头。一步一步地走上跳板，终于跨到岸上。

冬日里，河坝上是安静的。马匹都睡着了，没有一个行人。月光把没有叶子的树影，铺到地上，寒冷使狗在远远的地方嗥嗥地鸣叫。

他的耳朵里还像听见孩子的哭声，永远是哭着，他走得远一点，那声音并没有小下去。那声音像是搓揉着他的心，拧着，扭着，使他连一口气都不能舒适地喘出来。

他沿着河急遽地走着，可是不自主地就会站住了，转过身来，又踏着走过的路，当着他转着身的时节，他望到河心，因为捕鱼凿开了的圆洞，正自美丽地映着月光，闪闪地亮着，好像那下面是另一个世界。那里也有月亮，也有星星，也许不会有烦恼。

几次他凝望着，一次更比一次望得长久些，他有点爱好那个境界了，终于他又走下河去，踏在冰上，他愉快地走着，站到那圆洞的边上又望了些时。他不能自持了，把两脚站到那薄薄的冰层上，立刻就沉了下去。

"真冷！——"

没有等他再多想到些什么，迅速地伸出手想再跳上来的念头也枉然，他是一直溜到了水底。

他没有再回来，增加了别人的想念，孩子仍是念着爸爸和苹果，还添加不少听不出的呓语，她却想着他荒唐的行为。金发有点烦了，他想着一个男人出去三天五天算得了什么。

但是他早就渐渐知道自己不懂的事太多了。他有两膀子的好力气，他能像一匹野牛似的工作，到了晚上他就一个人像猪样地躺在那里睡觉。若是泊在码头，除去干点零碎活他就是躺下去睡，酒会使他的头胀眼花，烟使他的嘴舌麻涩，女人只使他可怜，为的是她们都那样没有力气。可是别人和他的心不同，骂他是傻蛋，也有人说他是好小子。

他抓着铁篙的木柄凿下去，身上冒着汗，也就不十分感觉到寒冷了。每次他凿通了一块，他就有莫大的喜悦，他想着："我要是天天来，一河的冰都会凿开了的。"

雾却使他厌烦，当他稍稍停下来的时候，扬起头来，他什么都看不见。他喘口气，连那空白的水气也无法分出了。他只能又低下头去继续着工作。

他起始又把铁篙刺到冰上，他看着那亮亮的篙尖插进冰中，心里就十分高兴，这一次他想能凿下更大一块来。他一面工作一面欣赏，他费去不少力气，还歇了一小阵，终于把那一大块切断了。他用篙支着它，有趣地拨来拨去，热汗像是已经透了贴身的棉袄。

当着他把那冰块送到略远的地方，从水的下面却漂上来些什么，他在心中想着：

"这是啥呢？"

他轻轻地拨着，那物件很容易就移动了。那像是一捆布，又像是一卷行李，他暗想着：

"那也不错，捞上来晾干了，干什么用不好！"

他把篙尖刺下去，当他放松了手的时候，那物件在一压之后就更冒上来些，这次他看见了，那是一具尸身，头部已经肿涨得像西瓜。他打了一个冷战，为得想看清楚一点，他又刺了一下。

那具尸体发得像一匹牛那样大，嘴和眼睛都紧成一条缝了。脸色像漂白过那样，可是在前额的左部他看见一块斑。他的心跳着，急急地用手擦了擦眼睛，再看了一次，他知道没有错误。他知道了，他再想想那衣着，什么都和他所记忆的相同。他就大声地叫起来：

"掌柜的，掌柜的！……"舱里的人立刻就回应着：

"是他么？"

"是他，一点不错。"

"要他快点进来吧。"

"他不能进去了，你，你……"

"笨货，你不会搀他进来么？"

"没有法搀，你，你，你老快点出来吧！"

在他的语音中显然带了万分的恐惧，她匆忙地站起身，嘴里叽咕着：

"你真不中用，就是只死猪也能抱进他来呵！"

昏睡着的孩子突然惊醒了，哭着，拉了她。外面金发正用岔了的嗓音高叫：

"快出来吧，快出来吧，还不来看他……"

"宝宝，等等我，爸爸带苹果来了，……"

她轻轻地放松孩子的手，就走出舱去。可是漫天的浓雾使她什么都看不见，她就不耐烦地叫着：

"金发，你说什么鬼话呵？你看见什么了？"

"你老到这边来就看得见，朝里舷，……"

她只听见在雾里有这样的声音，她摸不清在哪一面。寒气已经使她战兢兢地抖着。

"你在哪儿呵？"

"朝里舷这边就是了，这么大雾五尺也望不出。我踩在冰上呢，你老只要蹲到船板上就成。"

她听从他的话，试着脚步走着，生怕一脚踏个空会翻下去。她走了两步就看见伸到船边的篙尖，她问着：

"就是这儿么？"

"好！蹲下来就看见了，你看——"

站在冰上的金发把篙尖抽回去推着那具尸身，她果然就看见了。她整个的人随着像是着实地缩了一下，喏喏地说着：

"这是他么？我不信，……"

她极大地睁大了眼睛看着，可是她只看见他的脸，她什么也听不见，什么再也看不见。猛然地她就朝了那尸身跳下去。

"怎么着，你老——"

还没有等金发说全了这句话，她已经沉到水里去。可是随着不知什么力量又托上她来，她听见一两声孩子的哭声，却又沉下去了。再浮起来的时候，顶在头上的是牢不可破的冰层，她就又沉下去。

金发吓得呆了。当她漂上来一下的时候，他没有能用篙尖穿住她的衣裳，就再也不见她上来。他的额上淌着汗，莫名其妙地用尽了力量把铁篙插向冰中。他想着把冰都凿开了，她就会保得住性命.……

雾并没有消退，更沉滞地停留在空中和每个角落。冬日的河面是平静的，——雾气锁住了一切动着的事物。只使人在心中想着："天还能开朗起来么？"

接着只是一声无望的叹息。

（选自1936年12月文化生活出版社出版的《黄沙》）

夏　晚

"炎热是从什么地方来的呢？"这将是一个有趣而费解的问题。是从天上降下来的么？或是从地面上升起来的？要不就是在空气中传播着，塞满了每个细小的洞孔。

这个夏天是热的，人都这样说（其实真心地说想来一定有多么长久的炎热期倒未必，只是在这个夏季中，有过几天热得出奇的日子）。在冬天的寒冷中显了龟纹的路，现在是被晒成灰土的细粉了，厚厚地积着，也许有二寸的厚度，在太阳光下呈露着白茫茫的颜色，像是更增重了夏日的烦躁。在人马的脚下起着一阵白烟，却也不像春日里那样随风飞舞，感觉着难耐的炙热，就懒懒地在空中转了几转，又都落了下去。

这时候太阳已经不是正正地吊在天空的中间，把它的光芒笔直地投到地上来；它已经偏西，而且是快要没到树林的背后了。可是炎热仍然留下来（是不是留下来也成为疑问了，因为那些天接连地有过几个喘不过一口气来的夜）。炎热的泉源像是不知道在那里留存，把汗水从每个人的皮下引出来，在汗毛孔那里冒露，像一颗颗明亮的珠子。年老的要把"心静自然凉"的话说给年轻的人听，好像十分安静地挥着羽扇，将近完全忘却了世间的一切烦恼。但是年轻人并不能听取他们的话，青年人是动的，活的；那些年老人呢，只是静静地在那里等待着死亡之召唤。

可是聚集在一个地方的人却包含了年龄上有各样差别的，这个地方一向是被称为消夏的胜地，有荷花也有垂柳，有池塘还有鸣蝉。为了游者的方便和个人的利益，路旁扎了许多的茶棚。路窄了，人也更显得多了，有只穿了红兜肚满脸泥污的孩子，有一面走一面自在安然抹着胡须的老年人，有把头发梳成女人一样的不良子弟，有才从乡间来，这个牵了那个的老少男女。但是在那里面去遇到一两个和时代竞走的男女也不是一件十分困难的事，他们穿了入时的西装，用嘴唇嘘着没有字的歌，活泼轻佻地在人群里穿来穿去。

若是一个人能跳到高空中望下来，所见到的将是一条僵死的蛇，蜿蜒地曲着身子卧在池水的中间，那上面有许多蚂蚁在爬来爬去。不只是爬，而且是拥挤着。有的时候一节路是塞满了人，走过去的只有大声地叫着，还要用着力，才能勉强地穿了过去。忽然间人很快地四散了，闪开了路，还可以看到站在一圈人中间的正是一个四十多岁的汉子，嘴上留着一把剑柄，眼睛里包着泪，发着不分一字的声音，从嘴唇那里流下来粘粘的涎水。他的两手抱着拳，向着四面打躬，身边站了一个十三四岁的姑娘，梳了辫子，穿着红衣裳，用尖锐的声音叫着：

"诸位，您慢点散，您不给钱不要紧，您也站在这里捧捧场。我们父女也算是侍候了这一会子，难说就不值一个小铜子？大热的天，谁也知道在家里乘乘凉好，谁愿意受这份罪？您就来看，这点功夫容易么？……"

小姑娘十分熟练地把这一些话喊了出来，人们还是散走了，只有几个铜元，在空中翻了一个筋斗，疏疏朗朗地躺到地上。

那个男人忍不住了，慢慢地把那柄三尺长的宝剑从嘴里拔出来，吐出一口涎水和血来，才张开嘴来说：

"在下从十二岁走江湖，如今也有三十多年，不说人缘有多么好，总也没有得罪过人。在下活了这么多，都是靠诸位的力量，'在家靠爷娘，出门靠朋友'，就说我们占了这一方地，这大热天给您看了几套玩意儿，真就不值您一个钱？不说还给您卖了这趟力气，就算是要饭的叫两声老爷太太您也得给上一个两个。您说哪点儿容易，您就看——"

他拾起来放在地上的宝剑指点着那上面的血迹，又接着说了下去，

"——这总不是变戏法的事吧？哪位要是说有弊病有偷藏就请过来看，要不然也试一下，……"

可是没有人理他，那边的地台戏唱得正热闹，才来的人，赶到这个当口，也不愿意停留下来，仍然放开他们野马般的步子，朝着别的地方去了。

他摇着头，叹了一口气，不要再说下去了，就坐在地上两手拢了膝头 那个小姑娘一个一个地把丢在地上的铜元拾了起来，连着尘埃送到他的面前。

"爹，您看——"

小姑娘鼓着腮，撅着嘴。

"有什么可看的，放到那边去吧。"

其实他用不着这样来看，别人在丢下的时候他大概地已经记在心中。他拔出系在腰带上的烟袋，装满了烟叶，点起火来抽着。

那个小姑娘把钱放下了又走过来，靠了那个男人的身边坐下去，半响不说话，突然就说：

"爸，咱们回去吧。"

"回去？"他像是十分愕然地望了她，把烟袋嘴子从嘴里拔出来，等候着两缕烟悠闲地从鼻孔里冒了出来，他才接下去说："才打了不到

十吊钱，凭什么能回去呢！"

"你看，没有人给钱，卖这份力气干什么！"

"回去不也得吃饭么！这点钱够什么！孩子，别抱怨啦，谁叫咱们命苦呢，这都是前生造定，——"

说到这里他顺手推了那个小姑娘一下，她会意了，虽然是极不情愿，也不得不站起来。

"给众位叔叔大爷们请安问好，这孩子才十一岁，从小妈妈就去了世，跟我长起来的。虽说练不到好处，您也就看看这点不容易的意思。给众位叔叔大爷再请回安，求众位多捧场，值个好呢您就叫一声，方便的呢，就请您赏下一个半个的来，好，练起来。"

他是从坐在那里，变成蹲踞的样子，后来是直直腰站起来了。那个小姑娘用尖锐的嗓子应着他的每句话，要请安的时候就向四方请安，等他把话说完了，她就抱一抱拳起始练起来。

果然，这计策像是十分有用，来来往往的过路人有的真就肯停下来看着了。

那个男人站在一旁，在胸前交叉着手臂，两个手掌分挟在两腋下，为了助兴的关系，时时叫出一声好来。可是他的喉咙，因为一年三百六十五天总是不值一文地使用着，只能发出喑哑低沙的声音。他是有着褐紫色的脸，露了笑容的时候，满脸上是挤严了皱纹；可是当他的脸平静了，就看出来被太阳晒到的皮肤襞皱处，显出一条一条的浅色横纹。他那左边的面颊上，有一块二寸长的刀疤，他的额角宽大，眼睛却并不十分有神。有两颗牙齿是突出来的，就把嘴显得永远是翘着一点（有的人会说他生了这样的牙齿才适宜把宝剑吞了下去）。在当初看出来，他也许是一个心急如火的壮汉子，可是这些年的江湖闯得把他的性子磨得平滑了，他明白人所给他的和他给人的永远是那样不匀称，他不再去争斤较两，他只是容忍一切，尽一份自己的力量，他知道抱怨是没有一点用的事。

在当初，如果有那些无心肝的人看完了热闹就散开去，他几乎会跳出了场子抓回来的。这样子就有殴打的事情发生，他那蛮力气两三个人还不算数，可是常常许多人都把拳头捶到他的身上（因为他们都没有看过这样不讲王法的卖艺人），那么他只有倒在地上，过后捱到住处，躺上个三天五天。好了起来以后，一阵子性上来，他仍然会温习这样的举动，结果他是又被人打倒了。到后来，他学得乖一点了，他不再跳出场子去，他只用酸毒刻薄的话去说着，有的时候也撒野数上两句不能入耳的话；可是当着有瞪了起来的眼睛，他又自自然然地把话头转了，使含了怨的人无法发出来。可是到了现在呢，他连这样的话也不说了，他只是恳求别人，要别人明白只要丢下一个铜子来他就会满意的，就是真的不给一个，他也不说什么，他认了"命"，他明白了"命"是没有法子违拗的。每回那个不懂事的小姑娘和他抱怨着，他就说："谁叫咱们的命苦呢？"他只知道他们的"命"苦，可是他却不知道为什么他们的命会那样苦。

"咱俩的命是苦的。"他会这样起始着说。如果他若是有一杯热酒下肚，他更会说得高兴："你爹从小就没有爹妈，我也不知道是把我卖了的还是拐了的，我在十岁时就随了一个跑江湖的老头子转。你不要想我那时候有你这样的自在，永远有一根鞭子追着我。吃不饱睡不着的过着日子，哪能像你这样享福？咱们的命苦，爹可不能说是不疼爱你，——"

他会停一停，抹着他那风尘满面的脸。自从姑娘的妈死后，这小孩子就是他心头上的一朵花。这朵花比什么花都好，都漂亮，都鲜艳；他是用自己的血来灌溉的。每次为了要引起观客们的兴趣，把手掌打在她头上的时候，他总是暗自用另外一只手掌打着自己的腿。清脆的声音响了，观众笑起来了，他自己的腿感到一点疼痛。但是他知道，如果打在她的头上，他会更感到疼痛；那不是表皮上的一点事，将是像重重地打在他的心上。

"——咱俩穷人，又没有高楼大瓦房的，做爹的头一个就是对不起你。谁要来问爹：'爹爱谁！'咱就是爱二妞。二妞是爹的心，是爹的肝，是爹的宝剑！"（因为凭了把一口宝剑插到嘴里去才换取观众的钱，就把那口剑看成十分重要的物件了。）

二妞是坐在他的膝头上的，眼前的小火炉上也许正有一锅粥冒着热气，因为说得高兴了，他就把脸贴在她的小脸上，小小的孩子也懂得皱起了眉头，当他问着的时候，她要说为了爹的嘴里有烟臭。

这两天他却病了一场，睡在店里三天没有起来，受了点暑气，就把一条汉子打倒了。在先他还支撑了两天，到后实在是吐泻得没有一点力气，就躺到炕上去。亏得平日有上三个五个的积蓄，吃点草药，也弄得一干二净了。这一天出来还是头一遭，看看天又快要黑下去了，他还没有打多少钱。

看着人渐渐多起来了，他的心里欢喜起来。他懂得怎样来利用人类的同情和怜悯取得一文二文钱，便叫住了正在练着拳的二妞。她的脸红涨着，喘着气，大颗的汗珠从额上冒出来。鬓边的头发粘到脸颊上了，牢牢地贴住。

他就一面把手放在她的头上轻轻抚着，一面用那沙哑的喉咙叫着：

"要说也真不容易，——"她就用那尖细的嗓子接着下句：

"不容易！"

"小孩子今年才十一岁——"

"十二——呵，十一。"

"大热的天——"

"不错。"

"伺候了您一趟拳脚。"

"一趟猴拳。"

"下面该我们爷儿俩伺候您一点玩意——"

"爷儿俩来。"

"看完了您要是方便就扔下几个，要是不方便值个好，您就叫声好，——"

"叫声好，——"

"给我们爷儿俩帮帮场。"

"帮帮场。"

"说练就练，孩子站定了，把腰弯下去！"

他把语音提高了一些，咳嗽一声，像是命令似的。小姑娘就走到场子的中间，两只脚跟分开一点站定了，把身子向后面弯下去。渐渐地把两只手抵了地，像一个弓形的木凳。

他的心有阵阵的痛楚，他望她那红涨着的脸，他像是有多少话该说出来而又不能说的。他随即到小方桌那边拿了两根蜡杆，就又朝了前面说：

"小孩子才十一岁，嫩皮嫩骨，弯下腰去，要驮我这么一条汉子，这点功夫就算不容易吧？"

"不容易！"

她还是照例地应着，这种江湖口她已经十分熟悉的了。她的心中十分明白，这些话有的时候和实在的事情好像没有十分大的关系。

他走到近前，一只手抓了一根木杆，把脚踏到她的胸上。——那是无力的，柔软的幼女的胸膛；可是他极力地用那两根蜡杆支撑着身子的重量。

"众位您上眼，在下少说也有一百三四十斤，都压在这么一个小孩子的身上，要是值个好呢，您就捧我一声！"

围观的人好像被他说得无法了，放出慷慨的无损的施与，寥落地响了两声好，东北角一个学生模样的人像是看不过这样残忍的举动，丢了一个铜元转身走了。

他看得出这情形，他想疼爱这个小姑娘的人再也比不过自己；可是为了活下去，是不得不如此了。

他又跳下来，说着：

"这还不算，——"他一面说着一而又把那两根蜡杆放回去，"让她也起来先歇歇，——"他把脚一挑她的腰身，她随即站起来。

"诸位也许要说这玩意有偷藏，下回咱们来回不含糊的。"

"不合糊的！"

她边踱着边回应着。

"这一回，还要这小孩子弯下身去，我要在她胸脯上拿起一个大顶来。"

"好，来一个大顶！"

"这可是四无依靠，真功夫，真气力！"

"真功夫，真气力！"

"说练就练，你还得先弯下腰去。"

她听从他的话弯了下去，把两只手和两只脚都放得稳妥了，他也俯下身去，把手拳放在她的胸膛上。他仔细地挑选着最合适的部位，但是碰了他手掌的都是那么柔软的皮肉，他不忍把手就放上去。他放到这里又放到那里，时时又夹说些话，他知道围观的人已经起始不耐烦了，他不得不就把身子和两腿直直地竖起来。

这一天真是有点两样了，擎在下面的胸部像棉花一样的柔软，好像连了他的身子一直沉下去。他的眼睛只望得见围观者的腿、那是些条固立的，像泥象一样地立在那里；可是渐渐地在移动了，立刻就变成无数的腿子在他的眼中摇晃，不只是眼中，也在他的脑子里闪着。

他的手臂起始有一点颤抖着了，眼睛里有金光灿烂的星子在转动，他忍耐着，闭了眼睛，把牙齿咬了自己的嘴唇；可是一切仿佛都失去了效用，他知道他只有跌下来了，他没有方法和力量再支持，他却极力地扭着身子，头直顶了地掼下去，哄笑的声音立刻像波涛一样地响起来了。

小姑娘霍地立起身来，惊讶地睁大了眼睛望着跌在一旁的父亲，他的额角上流着血，他已经勉强地坐了起来，他的脸上可笑地沾满了尘埃。围观的人散光了，遗留下刻薄的冷笑。他只呆呆地坐在那里，一句话也不说，站在一边的她，也不知道说句什么好。伤口也被土封住了，都没有什么可怕的印象，只是周围惟立有冷清的板凳。

太阳沉下去了，吝啬地留下一点光辉在空中浮荡，只有高高的树梢静静地被照着。成群的乌鸦归来了，在空中打着旋子，飞着，以不为人所喜悦的声音叫着。左近的胡琴和淫逸的歌调也正到了尾声，喝彩的声音像电一样地响着。

他听到了，这是从他的腹中发出来，也是从二妞的腹中发出来。想想到手的几吊钱，不如该做什么好了。他想站起来，他的手和腿都有一点抖战。一小圈蚊子在他的头上旋转地飞着，一个两个就落在他的头上吮着血液。他挥去了，站起来，可是那群蚊子仍然在他的头顶上飞转。

他拍拍两手的灰尘，领了孩子，莫可奈何地起始收捡他们的"生财"去了。

天把夜已经抛到地上，欣然地使黑暗涨满了每个小小的角落。

（选自1936年1月开明书店出版的《残阳》）

众　神

　　闪着黄金般油光的肥胖的脸，兀自苦痛地扭着，可是他的眼睛已经不大张得开了，疮口汨汨地流着脓血，因为疼痛，神志已经昏迷了。

　　"哎呀，我的天呀！……我那在天上的妈妈呀！……我那在世界各处的爱妻呀！……我的心呀！……我的肝呀！……我的肺呀！……我的牙齿呀！……我的脚呀！……我的鼻子呀！……"

　　于是各科治疗专家，从全国的各个角落坐着飞机或是专车都来了，他们分头诊察，各自觉得自己诊察的那一部是有点毛病，可又找不出什么来。其实他的病只是在顶门上，那是三个月以前偶然在镜子里发现的，当时只是一个小小的红点，朱砂般的，露着鲜红可爱的美色，不痛，只有一点痒，一个大相士还断定他这以后还要交了不得的鸿运呢。当他闲暇的时候，他就不断地用手指抓它，掐它，慢慢地感到一点疼痛了，流了一点点的血，他立刻慌忙地吃起补血的药来；可是那疮口，却一天天地大了，血流得多了，慢慢地凹陷下去，脓血就不断地流出来，发着无比的恶臭。于是许多医生都罗致来了，但是没有一点效，那疮口尽自一天天地扩大,像一个小泉口。这使许多有良心的医生发着真诚的忏悔,怪着自己没有学来给这位了不起的大贵人治疗的本领,甚至于连病名也说不出来。有的信徒们,实在没有别的法子好想,就顺着床跪下来为他虔诚地祈祷。病人睡着的席梦思软床在他的身躯肌肉的抖动之下微微颤着,却使他们连祷词都连接不下去,只得闭了眼睛,胡乱地祈求上帝施展他的神力。但是这一切都归无用,疮口溃烂的情形一天天地加重,连病人自己也意识到渐渐不得不和死亡接近了,终于,他最后一次睁开了眼睛,用所有残余的力量吼着:

"你们都死吧,……你们死了算什么?……我刘国栋,……是国家的栋梁之材呵,……怎么我也得死?……"

但是当着他的声音微细下去,他的生命也就熄灭了。他的死耗立刻传播开去,听到的人没有不高兴的,因为他们想到从此米要跌价了,布要跌价了,药品要跌价了,花纱要跌价了,日用品全要跌价了,……人们从此可以畅快地喘一口气了。可是一股不可耐的恶臭钻进他们的鼻子里,原来这是从他那腐烂的肥胖的身躯上发出来的。从棺材的缝隙中流下来的脓血,点点滴滴地洒在街路上,于是那恶臭就在他的身后留下来。那正是大热天,苍蝇成群地飞着,当他的丧列走在街上的时候,万人都掩着鼻子,可是却掩不住他们那因愉快而微笑的脸。

可是他却什么也不知道,在这个世界他闭上眼睛挺直了身子,在那个世界中他立刻又睁开眼睛苏醒过来了。他并不是由勾魂使者把铁链套在他的颈项上把他牵到地狱中去(这是每个人都以为他一定要去的地方),却由近百美丽可爱的小天使把他驮到天堂去了。他好像自然地躺在那软床的上面,轻飘飘地上升了。他生前曾经捐过一百万,修筑教堂,他的一切罪行好像早已洗清了,万能的上帝差了专使去迎接他,一派仙乐在他的耳边嗡着。

起先他沉在这美妙的氛围中,眯缝起那一双细而长的眼睛,疼痛没有了，他的心静下去；云彩在他的身边缠绕着，闪烁着的星辰像是随手都可以采撷，他伸出他那肥胖无节的手指，一只高飞的黄蜂正巧螫了他的指尖。

"哎呀！……"

他忍不住叫起来，一个小天使翩翩地飞上来，好像早已知道他的苦痛，就在他那指尖上吻了一下，疼痛立刻就消失了。他不由得咧开他那多肉的嘴笑了，伸出他那多毛的肥胖的手，抚爱般地摸着小天使的润泽的身躯。

"小宝宝，你为什么不穿衣服呢？是不是你的妈妈嫌布太贵了，不给你做衣服穿？"

那个小天使好像还不会说话，可是听得懂他的话，就微笑着，摇着他那可爱的生着卷发的头。

"好了，你做我的干儿子吧，我给你做顶好顶好的衣服穿，有顶好顶好的东西吃。"

可是那个小天使仍然笑着摇头。

"你这个小滑头，你不听我的话，不做我的儿子，那就活该冻死你，饿死你！"

他气起来了，才把那肥胖的手握起拳头来，想捶那小天使一下，可是小天使早已笑着摇着头飞开了。

"你这不识抬举的小东西，多少人想做我的干儿子我还不要哩，你倒敢看不起我，不是看你小，我总有法子对付你的！真是初生之犊不惧虎，我刘国栋就是一只虎，哼，连虎也得惧我三分的！"

尽管他这样喊叫，他也一点威风没有使出来，他那紧握着的拳头，不得不颓然地落下去了。

他正在想着："我这是到什么地方去呀？"在朦胧的云雾中闪出一座门楼般的建筑，可是很小，像小孩的玩具一样。他心里就记起来《圣经》的话，说是富人要进天堂，比骆驼钻针眼还难；他的心在反复念着这一句话，那门楼已经逼到面前了，还是那么小，估计着连他的一条腿也过不去。可是他却不由自主地笔直向前冲去，还没有等他呀的一声叫出口，那座门楼已经留在他的后面了。他正在抹着一身冒出来的冷汗，忽然听到极温和极熟悉的声音：

"我是来迎接您的。"

他翻起眼睛来，就看到那带着谄笑的脸，那面容好像在什么地方看到过的，他就问着：

"你是谁？——"还没有等到那个人的回答，他就像恍然大悟似的："喂，我记得你，你不是代表过××会向我募过一座教堂么？"

那个人就谦卑地把身子躬下去，放着更温和的声音说：

"我永远是为主服务的，这一回，我是正式代表万能的上帝，来迎接您这位世界上的大贵人。"

"上帝？难道我已经不活着了么？"

"您是已经升了天堂，我的贵人。"

"哎呀，原来我已经死了"

"不，我的贵人，你永远和主常在。"

"滚你的吧，你这个混蛋家伙！——"

于是他就咧开大嘴号起来了，他想念他的股票和债票，他想念他的美金和英镑存款，他还想念他那在日内瓦湖畔、香港的半山上、杭州湖心里，……那些别墅，还有装在别墅里的那些女人，他更想念在第二次世界大战爆发前他所囤积的那些德国药品，这几年来他使市面缺货，用钱也买不到，使多少不该死的人都死了，可是那药品的价格却百倍以上地涨起来。……他还想起他那无数仓库中的米、布、花纱、日用品、五金、电料，……他一面哭，一面摸着身边，果然是一点什么也没有带了来。

他的哭声，却换来了那些孩子们的笑声，他气愤地叱责着：

"你们这些小东西，怎么一点同情心也没有？别人哭的时候你们怎么应该笑？"

一个清脆的声音回答他：

"我们低头看见世界上的人都在笑，我们才笑哩！"

"你们让我下去拑住他们的嘴！"

"你也不是不曾笑过他们的不幸呵！那么多人拑不住你一个人的嘴，怎么还能妄想拑住那么多人的嘴？"

"你们这些油嘴的捣乱分子，你们是不不知道我的威风的。"

"威风这个名词我们还没有听见过，我们只有东南西北风。"

他再也忍不住这群孩子们的戏弄，狠狠地把拳头挥下去；那些孩子们快乐地笑着飞散开了，他就没了命似的在空中跌下去。这真吓死他，他杀猪般地喊叫。可是这对他不过是一场虚惊，到了他是安稳地站在一座伟大的云石建筑的前面。

一个人早已伏在那里迎接他，他抬起头来一看，原来还是先前的那个家伙。

"唉，又是你，又是你！……"

那个人更谦虚地带着一脸极不自然的笑说：

"我永远是主的奴仆，也是富贵人的奴仆。"

"我记得你，不只那一次的事情，——"他深思似的用手指捻着颔下的微髭，"我好像见过你许多次。"

"是的，您世界上的大贵人，我做过掮客。"

"不错，不错，你是我们那一教区的执事兼掮客，我记得了，那么你现在呢？"

"我还兼做掮客，——做天上人间的中人。"

"那好极了，那好极了，你知道我还有点货，在我升天之前没有脱手，将来还得麻烦你老兄多帮忙。"

他也带笑容，只要他的财货还有办法，他就不再那么看重死生了。

"岂敢，岂敢，小子将来一定为您服务的，——其实，也是生活所迫，物价高涨，不捐简直就活不下去了！以后还得请您多关照，唉唉，我倒忘记传达要事了，天上的众神，正在上面等待您，请您到上边去吧。"

他于是就有点惧怕似的嗫嚅地说：

"是不是在你传道的时候告诉我的，这就是最后的审判？"

"大体的形式总得有的，不过您不要怕，天上众神心里都很欢迎您哩！好，您随我来吧，我替您去通报。"

只这样说过之后，他们连脚步都不曾移动，就已经站在那伟大的建筑的前面了。这时，忽然他发觉只是他一个人，那一个来迎接他的又不知道什么地方去了。他跨一步，便踏进了那高深的前厅，每一步都响着极大的回音，虽然在人世上他是赫赫的大人物，这时因为想起神和人的不同，心中自然就涌起几分恐惧，不得不畏葸地迈着脚步。一举步间，他已经站在一眼望不尽的大厅的进口那里了。

远远地，他看不清那中间有些什么，他揉了揉眼睛，才看出在云雾缭绕之中，上面坐了一排人。凭着幼年时做道场的图像的记忆，仿佛上面坐着的该是十殿阎罗，旁边站了许多人，该是那掌生死簿的判官、牛头马面和大小鬼卒。他不由得打了一个冷战，就仔细地搜寻着是不是有油锅刀山和炮烙的火柱，若是有的话，他自己都知道是逃不过的。可是没有，他又走进了一级，原来上边坐着的是带着慈祥面容的基督耶稣和使徒们。连那个犹大也端坐在上面。他的心放松了一些，他心中暗自歌颂着西方文明的崇高，使他不会忍受什么体肤的刑罚。这时，他才看清左右侍立的人原来是唱诗班，大风琴和手风琴嗡嗡泱泱地响着，幼童高音浮在一切的声响之上，更曼妙地唱着；在这么调谐婉柔的合奏之下，一切可怕的事早已飞散了。他的精神振作起来，就好像那一年他面觐元首接受大勋章时的昂步，把他那肥胖的身躯，又向前移动了些步。

乐声戛然止了，这引起他的惊疑。一声嘹亮的号角，响彻了沉静的空间。坐着的那一大群人忽然都站起来了。一个洪亮的声音从空中传过来：

"在天的众神，欢迎从人世来的大实业家，大经济学家，大爱国志士刘国栋先生！"

他的心一松，脸上自然而然堆满了笑容，更紧了两步，直趋那长案前站定。他的心里暗暗想着：

"任他们咒我钻不脱鬼门关，逃不掉最后的审判、现在我还不是来了，有什么可怕的！人必得要有钱，有钱买得鬼推磨——"

这样，他把存留的一点点的畏缩的心也失去了，腆着那个大肚子，把两只肥手盖在那上面，好像护着他那一肚皮的脂膏，两只脚分叉着立定，把脸一抬，———呵，原来上面坐的都是些熟人：那中间不是和他有交情的李督办？他生前有二十六个姨太太，和他打了一次牌，输过五十万，后来是在听经会里被人刺死的；那边又是做过总长的黑"财神"，他个人曾经发过万万元的钞票，使老百姓都去啃树根，和他也有过交易上来往；另外坐着一位肥胖的大亨，包庇烟赌走私，算是一个国际间的人物，在那华洋通商大埠是第一名的首领；还有一位长了一脸横肉的老太婆，她曾经生了五个做马贼军阀的儿子，使中国几十万以上的人受了他们的害。……这些人都暗暗地和他打着招呼，过后又都装着一副道貌岸然的样子坐下去了。

他的心一沉，暗自想着：

"莫非人到了天堂，心能变了，好像要来对付我一下似的！"

他再向上边望望，他们都像是很忙碌地翻着册簿，在查看些什么似的，他的心里又想：

"你们要来惩罚我,哼,不配!我的罪孽不见得比你们造得大,我还不倚势压人,我全是将本求利……"

他的眼一斜,原来迎迓他的那个教堂执事兼掮客也大模大样地坐在长案的一端。他望望他,他向他做一副鬼脸!

"这小子也在上边充数,这还算得了什么天堂,要知道是这样,我还不如下地狱!"

他气愤不平地站在那里,为了使他的怒气消下一些去,他不断地用手掌拍着肚皮。可是为支持他那肥胖的身躯,他的两腿感到酸痛,因为在人间的时候,他从来不站立的。

他正在想着的时候,好像有一只手轻轻地一拉,他向下一坐,一只柔软的皮椅,早在他的身下接住他。他心里想:只有想到什么就有什么这一点,天堂才算是可贵的。

坐在上面的一排人,自然是忙碌个不停,好像他的案件非常重大复杂,这使他的心不由得又忐忑不定。他想起,当他还活在人世上的时候,有一次清查囤积,任民众自由检举,也曾使他心惊肉跳过;可是那一次的事正应了"雷声大雨点小"的俗话,连他的一根毫毛也未曾吹动,倒是几个小囤户倒了大霉,弄得家破人亡,再也爬不起来。他的心里就盼着这最后的审判也和上次的相同才好。他还没有想完,坐在正中的那一个就用极其严厉的口吻向他问着了:

"你就是刘国栋么?"

"是,我是刘国栋——国家的国,栋梁的栋。"

"你的父亲是——"

"我和救主,还有我们的圣人一样,我不知道我的父亲该是谁。"

"你的年龄?"

"那我也记不清,我的数目字不是用来记年龄的。"

"那么你记得什么呢?"

"我记得我曾经做过军需总监，财政总长，××银行董事长——一直到我离开人间的时候，我还是一切国家和商业银行的董事，我是第一个融合官商的人，说起来我还称得起是一个发明家哩，哈哈哈！"

"可是你看，这一些都是控告你的案件，有凭有据；而且自从你死了之后，人间的笑声一直冲到天堂，连我们都感受到不安呢，可见得众人是多么盼你死呀！"

"多数人的意见也未见很是可靠的。"

他还强项地为自己辩着，因为在他的心中早就打定了一个念头，他想："我虽不是好人，你们也全都是痞子，《圣经》上不是说过一个故事，要没有罪的人才能裁制罪人，比起你们所造的罪孽来，我真还算不得什么，那你们怎么配来审判我！"

"我知道，我知道，——"那个坐在正中的人连说了两句，不知道是承认他所说的多数人的意见不可靠，还是知道他那份不服的心情。"不过民意总不能泯没的，我们虽然是在天之神，也是非常尊重民意的，人民告发你垄断居奇，使人民的生活陷于苦痛之中，关于这一点，你有什么话说？"

还没有等他张嘴，审判者之一就站起来为他辩护了。

"本席以为这一点他的动机完全是为了国家，使人民能够节省物力，减少无谓的消耗，也就是增加国家经济的力量，这是实行经济战所不可免的手段，那些大经济学家，为了这个问题正在焦心苦思，难为他用这简而易举的方法，得以实现最理想的方策。不但不是罪，这还是他的大功哩！"

那个人说完，轻轻抹着额上的汗，得意地望了他一眼，才坐下去。这使他记起来他也是一个才被飞机炸死不久的大囤户，想不到他也成了神。他还记起来他们曾经合手做过布匹和棉纱的生意，还有点拜耳的西药。

"第二件，是关于粮食问题，你生前囤积大批粮食，一面低价压迫农户，一面高价应市，结果直接间接由没有饭吃而发生的死亡，为数甚多，这也是你的一大罪。"

"节省粮食原来是美德，那些老的少的，没有用的残废的正该在此时间死去，免得糟蹋有用的粮食，这也是为保存国家元气着想，怎么能算是他的罪过？"

这也是另外一个为他辩解的，他也看他好面熟，过后就想起来他原来是×省的大绅粮，就因为囤积粮食被人民给砸死的，这么一个人，死了也是一个神！

"还有第三件，经营证券外币，买空卖空，捣乱金融市场，陷国家财政于不利的地位。"

"我的亲爱的主呵，关于这一点，容我代做一点卑微的解释，——"这是那个教堂执事兼捐客说话了，"那也全是为了调节有无，使市场得以活动，否则无买无卖，陷于停滞的状态中，我的主呵，那不就引起极大的恐慌？"

"那么关于武装走私，偷运资敌的一项罪，你还有什么话说？"

这一次，真是由他自己答复了：

"我武装走私，正是用我的力量，从敌人的手下抢运物资，增加我们抗战的力量；至于偷运资敌，我运过去的不过是些粮食和土物，日本人不吃我们的米大家是知道的，他们也不要用我们的土产品，根本我是接济我们在沦陷区中的同胞，难道这也能构成我的罪名？"

他理直气壮地为辩护一通，可是对他的控告还没有完：

"有人控告你，抗战以后，依借你特殊的地位，在统制外汇之下还增加了一万万美金存款，广营别墅美人，为世界上的人士们所不齿，我想关于这两点，你大约没有话可说了吧？"

"增加国外存款，正是光大国辉，不要使外国人看不起我们中国人。我对国家民族既然有了这么多的贡献,那么我修筑些休养的陋室,该算不得罪过吧?而且我一直也没有把它们看做我个人私有的产业,不是那些到外国考察的大官大学者们,时常住在我的别墅里边么?既然不是为己,即使是有罪也不该我一个人承受吧?"

"还有,还有,你那些美人呢?"

那个审问的人也笑眯眯地捋着他的长胡子特意提起达一点。

"那我全是为了慈善的缘故,世界上闹着多么大的饥荒呵!有多么大的变乱呵!我使她们住在坚固的堡垒中,忘忧地生活,难道这不是人道主义的抬头么?在她们,从此衣食无虑,在我,也算是实行了合理的生活,你们诸位说说,是不是?是不是?"

"是,是,是……"

应声不迭地从每个人的嘴里进出来,关于这一点,好像大家全有兴趣,欢呼和笑声,轰雷般地响着,立刻那点紧张的情况,在大家的欢笑之中飞散了。那些人都已经坐不安稳了:有的伸懒腰;有的打呵欠;有的挖鼻子;有的用小手指挖耳朵;还有一个爽性用手捏着那烂脚趾,过后还放在鼻尖嗅着;正中的那位主审官,用一根细纸捻通着鼻孔,等他爽快地打了一个大喷嚏之后,才通身舒畅地站起来郑重地说:

"刘国栋生前既然为国为民,勤劳功高,自应升入天堂,列为众神之一,无庸多议,——"

接着乐声又起来了,一阵春风,把笑容又卷上了每个人的脸。大家一齐离位来向他握手称贺,他有点不知所措地一面和他们握手,一面不住地点着头。他心里想着从此他也是做为天上人间主宰中的一个了。

那个主审的人趋过来和他抱歉地说:

"真对不起老兄,总得具一个形式,否则别人要批评哩。"

"我知道大神的苦衷,我想天上人间总是一样的。"

提起人间,引起大神的心思,他关心地问:

"我那些宠幸，不知道，不知道，……"

"她们，她们，——"他闪了闪眼，"都进了庵庙修行了。"

"那才好，那才好，——"他又转过脸去叫："为欢迎我们新同伙，我们应该大开筵席。"

"不，不，这是战时，必须以身作则，提倡节约，预备些茶点，还是开一个座谈会吧。"

"这样太单调了，没有意味。"

"当然请几位女神来参加，这件事交给我们的女同志去办，一定是尽美尽善。"

说着的人用眼瞟着那个凶眉恶目的老太婆，她居然笑了，撒娇般地骂着：

"你们这群色情狂，死也忘不了我们！"

可是她径自姗姗地出去了。这时在他的耳边有一个声音低低地响着：

"国老，国老，我问你人间的六〇六是什么行市？"

"你要什么牌子的？"

"不是我要，我想脱手点，真正德国老牌，一点也不假，——"

"你有多少针？"

"万八千的总还有，——"

"归我吧，行市随你定，说多少就是多少，我全收了。"

"那，那，——"说的人反倒有点犹疑了，"我还有，我还有点扑疟母星、阿的平、药特灵——"

他正在静心侧着耳朵谛听，可是从另一只耳朵里又灌进来一个更有力些的声音：

"我还有些大小五金、机器、马达，听说人间正缺货，我可以让出去点。"

"好呀，那是好事，你把货色花单开一个给我吧，价目也开上，看看怎么样再说，——"

可是那边已经有人不耐烦地叫起来了：

"有话我们等一下大家公开地讨论不好么？何必这样急——"

这时，那个也是众神之一的教堂执事兼掮客，哭丧着脸和他诉苦般地说：

"您说，我可怎么办，我是从来没有货色的，辛辛苦苦得来一点钱，生怕有什么损耗，我就和洋牧师商量，他就劝我折成港币存在香港的银行里，那是完全为了安全起见，丝毫没有不爱国的心，因为那时候抗战还没有开头哩！——"

他才伤心地倾诉到这里，别人都不耐烦地叫着要他们坐下，原来他们都已坐完了，剩下两个空位给他们。他就坐在他的身边，一口气也不喘地又继续说下去了：

"——谁想得到抗战来了，我的存款也一天天地高起来，那时候我心里正着实地喜欢哩！真是一步也不用动，眼看着它的兑价高起来，谁又想得到，鬼子还敢打香港，这一下，香港完了倒不关我的事，我的存款也无影无踪了，我的港币连行市都没有了！你看，这可要我怎么办？我就是那么一气，一口痰塞住了，离开了人世。可是我一直也忘不下，我不知道有什么善后的办法，我这才是'屋漏偏遭连夜雨'，我是多么可怜呀？"

他两手合在胸前，眼睛向上翻望，顺势就跪下去了，做出虔诚祈祷的姿势。

"丢开你那世俗的祈祷形式吧，大家不是都在这里，你想求谁就朝谁说吧。"一个人不耐烦地说。一个人又半调侃似的说：

"所以我们一定得维护帝国主义的利益，将来再把香港归他们，要他们收拾港币。"

"说起港币来，"刘国栋有条不紊地回答着，"那我还许比你多些，那犯什么愁呢，反正是天塌压大家的事，大家都倒霉！"

"你是大财主，九牛一毛的事。我的让给你，好不好？"他露着极其可怜的口吻向他哀求着。他肯定地摇着头：

"现在你还能说如果我答应了你，我就可升天堂么？我已经是神了，我也用不着再讨你的好，我想你也没有法子再说如果你不听从我，我把你打入地狱去！"

这时，那位大神又插过来：

"我也有点货，我的货和我的信条有点连带关系，——"

"我还不知道您的信条是什么？"

"你真是一个十足的傻瓜，我虽然不打什么招牌，我的做为，你总该看得出来。我相信武力，我相信杀戮，杀光了，打净了，自然和平在望，你和那些老百姓说那些婆婆妈妈的大道理干什么，只有动手就是了，你不记得么，天不下雨，我都用大炮轰天——"

"幸亏现世没有像您这样的人了，否则我们都得挨轰！"

"现在我才知道当时的错误，你不要怕，炮弹连半天高也飞不到。"

"那么您到底存了点什么货色？"

"烈性炸药、毒气，还有大炮，克虏伯厂的，都是那年我自己订的货。听说世上又在打了，一定又需要这类武器的，我总觉得对于人类，爱之不如杀之，使他们一下就得到永远的安宁。——"

正说到这里，一阵女人的笑语声自远而近了，每个人都留下来伸长颈子谛听，那声音自远而近，又远了，他们正有点失望，一个十五岁的仙女来通报她们径自到乐园去了，请他们立刻也到那边去共开一个迎接人间大贵人的跳舞会。

于是这些人，全忘了那点礼貌和那点尊严，提起衣服的，拉着胡子的，拔起脚来就争先恐后地从通到外面的一个窄门挤出去了。

乐园里正荡着淫佚的、下流的、疯狂的音乐，众神就像趋膻的群蝇，嗡嗡地飞进去了。

一九四二年八月十三日

（选自1955年人民文学出版社出版的《过去的脚印》）

生　存
——献给忘年的好友S

那个二十岁时便在欧洲露了头角、被目为绘画天才、后来又经过十多年的苦作、现在正是艺术学院教授的李元瑜，两手提了两只水桶，从河边三步一歇五步一停地走回来了。那正是冬天，可是汗气模糊了他的眼镜玻璃，他不得不时时停下来用手指拭抹。乘势也歇一歇。他那十几岁时便因为肺病而倾斜了的腰，提着水和空手都一样地向左倾着，正像毕萨的斜塔，使人看到就那么不舒服；对他自己，使他的呼吸更不自然。

他不能停得太久，寒风使他那流汗的背脊像放了一块冰，他只得再吃力地提起水桶走着。这是他怀着欣喜找到的一条小路，免得被学生们看到，一直从家里的后门就下到河边去。三歇五歇之后，那个从前是他的学生现在是他的妻子的良枝从后门看到他，三步并两步地一面奔着一面叫：

"我正要去看你，去了这么大半天，来，我提这一节。"

他望望她，摇摇头，只让她提一只，自己仍提了一只默默地走在后面。

"怪不得慢了，好重呵，你还提了两只。"

走在前面的良枝，迈着不稳的脚步，嘴里还咕噜着；去了一半的重量，他可以抬起头来，那佝偻着、像一株长得不好的树干的妻的背影，正填满他的眼睛。只有他知道她从前是一个多么聪明、活泼、美丽的女孩子，也只有他知道她虽然是四个孩子的母亲，还不过三十五岁，可是连他自己和她面对着的时候都难得在她那早衰的、划满了皱纹的脸和那时时流着泪的眼睛看出她有过美好的青春。她那一双手，被人看到再也想不到是能描画人间美好的事物的，只觉得是适宜劈柴、烧火、煮饭、洗衣、种田的……

到了家，他放下水桶，长长地叹了一口气。她错会了意，便体贴的说：

"李先生，你累了吧？"

她一直称呼他李先生，她就是因为习惯，可是心里总还以为有说不出的亲切，因为她原来是他得意的学生。

"我不，我看到——"

他还没有说完，她就出去了，一下就捧来一杯热茶，放在他的面前。看到这个相依为命的可怜的女人，对他仍是这样好，他的两眼都是热泪。他断断续续地说：

"我——我还以为他们认得我——我是教授．让我一个先呢——想不到，那些挑水的人都欺负我——把我放在最后边。"

"那，那你为什么不和他们争呢？"

"唉，良枝，到了这个地步，我对谁都不争，我和他们还争什么呦！"

他简直管不住自己了，把脸埋在手里，呜呜地哭着。

"不，李先生，不要难受，小屏好容易才睡着，她冻得只是哭。"

他猛然抬起头来，惊叫着：

"唉呀，坏了！——"

"怎么的？"

"合作社的平价布又过了登记期！"

"不能去商量一下？"

"没有商量，他俩说过期就算放弃权利，我们放弃，他们可不放弃，本来我以为那笔生产补助费可以到的，想拿这笔钱，把布买来给你缝一件棉袍——"

"我不要，我不要。"她好像谦逊似的说。

"这也不是客气的事呵，大冬天，还穿夹袍子，拿酒来支持体温，这不是拿自己的生命开玩笑？"

"是开玩笑，孩子都四五个月了，补助费还没有下来，真要是等这笔钱，还怕不连性命都送进去了？我只希望睡一大觉，把这个苦痛的年代过去了，我们得好好地过两年。"

"你在做梦，照这样下去，我们不能有好日子。这个国家不拿我们当人，校长也不拿我们当人，尽管嘴里满口尊师重道，不说了，不说了……"

他掏出来在他嘴里衔了二十年、刻着无数细小牙印的烟斗，装起一斗土烟，点起来抽着。不抽烟，淡得没有一点味，抽一口，满嘴辛辣，好像放了无烟炮在口腔里，不得不急急地吸着，吐着。

"我还忘记告诉你，昨天晚三畦菜都被偷光——"

"算了，反正是那些撤下来的兵，谁都管不了。"

正说着的时节，一个孩子的哭声由远而近地来了，良枝赶紧奔出去，立刻就抱回来一个五六岁的哭着的孩子。

"告诉妈妈，阿毕，哭什么？"

那个身体瘦小，显得脑袋特别大的孩子，满眼挂着泪珠，还不肯放开手里的烂菜叶，边哭边说着：

"他们要打我，说我偷他们的菜。"

"你是去偷了么？"他忽然严厉地问。

"没有，妈妈要我到园子里拾他们不要的菜叶，我没有偷他们的。"

"他们打了你么？"

"没有打着，我跑了，他们追，把我吓哭了，他们还说，下回再去，就要敲断我的腿！"

"他们不敢。"妈妈抚慰着说，在他的前额上亲了一下。

他好像胜给似的把菜捧给她，忘记哭了，大声地叫着：

"妈妈，给你，你看我拾的好不好？"

"好，好，你跟爸爸坐着，妈妈给你煮饭去。"

阿毕站下来，偎到他的身旁，孩子抬起眼来看着他：

"爸爸，抽烟有什么好处？又辣，又把胡子都弄黄了。阿毕可不要抽烟。"

他没有说什么，只是凝视着孩子的缺乏营养的黄皮肤，还有那一对显得过分大的眼睛。忽然一个乡下人把头探进来张望着，看到他就说：

"先生，有米卖么？"

"有，有，你要多少？"

"五斤。"

"五斤不卖，麻烦得很，买个二三十斤才可以。"

"先生，不是不肯买，没有钱买啊，我们苦得很，担了一担菜，卖下来的钱不过买得到五斤米，比不起你们当先生的。"

"好吧，好吧，卖给你吧。"

"先生，好多钱一斤？"

"八块。"

"好米不过八块,你们的烂平价米也要八块?"

"那么你不要吧。"

"要是要的,便宜点,算七块半钱,我这里有三十七块,少你五角钱,称五斤。"

"随便你吧,随便你吧——"

他很不好意思地把钱接过来,好像极不注意地放在桌上,就把那乡下人领到门后的米缸那里。那人用一个布袋盛了半布袋米,然后用自己带来的秤称着:

"还缺一点。"

看着那个平秤,那个乡下人不依不饶地争着。他有点忍耐不住了,就自己抓了两把给他:

"去吧,去吧。"

那个乡下人才藏着快要露出来的笑容走了。这时把米放在锅里的良枝走出来,看到他就问:

"是买米的吧?"

"是呵。"

"你多少钱卖的?"

"七块半。"

"上当了,别人卖八块半。"

"不提了,不提了,谁要靠三斤五斤变卖米过日子,我从来也没有想到过!"

"唉,这个日子是一天比一天难过了。"

她用下襟擦着流泪的眼睛,忽然婴儿的哭声嘹亮地响着,她赶紧跑到睡房去,把奶头塞到孩子的嘴里才停止了哭声。

校役送来了两封信,一封是校长室通知下午四时半开临时校务谈话会，另外一封是那个在××专科学校十六岁的大儿子阿炳的来信。他还没有看，就像报喜信似的向在睡房里的良枝叫着：

"阿炳有信来了哩，他的摆子一定早好了，果然是的，你看，……"

他匆忙地拆开信，已经看到第一句报告摆子不打了的消息，于是他又看下去：

——昨天校长在纪念周上报告，说教育部督学就要来校，限同学在本星期内一定要把制服穿齐，否则就勒令退学，要偿还入学以来的膳费杂费和图书实验费。儿不知如何办法，学校有人代做，工料共五百元。记得入学时校方所发制服费为八十元。当时买了四十粒奎宁，已经吃完，不知大人是否可将此款汇下，不然，儿只得回家，行李还得留在学校做抵押……

等到她把孩子又放在床上走出来，看到他已经没有喜意，把信丢在一旁，愁眉苦脸地坐着了。

"有什么事么？"

"你自己看吧，我不知道怎么办了。"

她读着，读完了倒很平静地说：

"昨天你上课去、阿琳也有信来，我还忘记和你说，她说学校要她缴钢琴费，没有的话，下月就不许练习了。"

"学音乐的不弹钢琴，那又算什么！"

"是呀，我就赶紧托人带给她了。"

"你哪里来的钱？"

"就是给小屏订牛奶的，我先挪用一下。"

"孩子的牛奶呢？"

"我想生产补助费下来就什么都好办了。"

"唉,我们总是,钱还没有到,用处早派定了,东拉西扯,将来不知道怎么办!"

"昨天不是那个秦先生来过么?"她不知道怎么忽然想到昨天来的不速之客。

"是呵,你还记得他?"

"我记得我们刚结婚的时候,他时常来的,那时候他不像这样子。"

"是呵,就是抗战才有钱的,最近做了参政员了,就要到重庆去开会。"

"他来说些什么?"她忽然很感兴趣地问着。

"还不是那些不关痛痒的话,我也就是那么敷衍他两句,人有了钱,都变了,我们也犯不着讨他的便宜。"

"他真的什么都没有说么?他不是还把你那幅《母亲的肖像》看了一回么?"

"不错,我倒忘记了,他还记得那张在法国沙龙入选的画,他特意要我拿给他看。"

说到这幅画,在他们的心上立刻引起了不同的反应。他想起了对于母亲的回忆,和作画时对于母爱的信念,与其说是一幅好的肖像,不如说是画幅全充满了母亲的光辉,使人一看到就不得不投身到画家的崇高的意境里。她就是被这幅画打动得最深的人,于是就把自己的幸福和生命,完全呈献给心中敬佩的伟大的画家,而开始他们共同的生活。这些年,他们的生活虽然很苦,可是她一想到雪莱的那句"如果生命是艰难的,共同受苦也是快乐的",就增长了她的勇气。

他们用温柔的眼睛互望着,顿时感到年轻了,握着手,两个人的手都轻微地抖着。

"我拿给他看，想不到他说那幅画一定可以卖大价钱.他劝我交给他，带到重庆去，他可以先付我一笔款——"

他顿了顿，然后又接着说："如果我不看在老朋友的面上，我一定要把他骂出去了，我李元瑜，把生命献给艺术的，怎么肯出卖我的艺术，又怎么肯出卖我的亲爱的母亲？我恨不得打他一个耳光"

"李先生，你不要真生气，没有人了解你，没有人和你共甘苦，有我。"

"我知道，良枝，我没有打他，也没有骂他，我就一句话也不说，默默地把画收起来，一直等他告辞，我还是一声也不响。我想他能懂，他也不是一个傻瓜。——阿炳的制服费还是给他寄去吧。"

"我们哪里有钱呢？"

"不是有笔钱留给我换一副眼镜么？留了半年多，总是够买半副的，一辈子赶不上，还不如给了阿炳，我的眼镜等将来有钱再说。"

"你不是说眼镜度数浅了，时常头痛——"

"现在还管得着头痛不头痛，回头有进城的学生带去汇出，加上卖米的钱，大约差不了许多。"

"呵呀，阿毕又跑到哪里去了？"

"我不知道，好像乡下人买米的时候他就溜出去了。"

"你歇歇吧，我去找他，快要吃饭了，好在我们还有吃不尽的米。"

闪着莫可奈何的苦笑，她就走出去了。他独自又装了一袋烟，思索着。他想起狄更斯一本小说里的话："我们虽然很穷，可是我们很快乐。"他自己笑了，笑着那个天真的作家没有经过穷苦，才说了错话。他正在穷苦中打滚，他们只有悲惨，没有一点快乐。

阿毕被母亲送回来了，举着两只因为玩水而冻得通红的小手；她说是要去烧菜，让爸爸好好给他一顿责罚。他虽然点着头，却把孩子紧紧抱在杯中,孩子也把小脸偎着他,一直到母亲把饭端出来的时节,才挣脱了他的手,首先爬到椅上跪着,贪婪地看着母亲捧出来的菜。

饭端来了,就是菜,一大盘,一个色调,孩子迅速地溜下来,撅着小嘴又扑到爸爸的怀里,带着哭音说:

"爸爸,我不要,我不要。"

"你要什么,阿毕?"

孩子只是摇晃着他的大脑袋,什么也不说,还是母亲洗了手走出来,故意装做惊喜的样子,和他说:

"阿毕捡来的菜真好吃,妈妈在房里尝了一块,再好没有了!"

孩子才露着诧异和疑惧的眼光,迟缓地又走近了饭桌。

打开饭锅,是一股冲鼻子的霉臭的热气。勉强地又爬近桌子的阿毕,把饭吞了一口,夹了一筷子又厚又无味的菜叶,就噙在嘴里,不再咀嚼,一对对的大眼泪从鼓着的腮帮迅速地流下来。他吃了一口,摇摇头,母亲说:

"阿毕真能干,这菜多么好吃!"

"不,不,给阿毕拿点酱油来吃一点吧,下午爸爸给买面包吃。"

阿毕这才睁大闪着泪光的眼睛,笔直地盯着他的脸,看他一边打着逆呃一边把饭吞了下去。

他不止是吞咽着饭,他的心里在想,他没有路可走了,只好把艺术拉到地上来,他可以卖画,为了生活,他凝视着阿毕,凝视着那个瘦得没有一点血色的妻,他的手还是不断机械地把饭送到嘴里。他一点味道也觉不出来,他只知道为了让生命延续下去,必须把这些东西送到肚子里去。

吃过饭,使体内生出些稀有的温气,他喝了一杯热茶,抽了两袋烟,他把阿毕拢在怀里,低低地和他说:

"爸爸给你画一张好不好?"

"好，好……"

"要坐两三个钟头不许动——"

孩子迟疑了一下，在小小的心里思索了一番就说：

"妈妈要我和她到后山去捡树枝，——"

"今天你不去，要妈妈自己去，坐好了有一个面包吃。"

"那好，我要坐，我要坐。"

孩子高兴得跳起来了，他还兴高采烈地说：

"是不是这阵就要坐？"

"不，爸爸先领你去买面包。"

他说过，拿起桌上卖米的钱，牵着孩子的手走了出去。上午还有太阳的，这阵仿佛就被风吹跑了，天上只是灰濛濛的一片。

走到门前的食店，拿了两个面包，把钱放在那里。首先那店伙就是冷淡地注视着，一点也不感到兴趣；后来看到是现金交易，就赶忙不放过机会地说：

"李先生，手头要是方便，前欠也还清了吧。"

"过过再说，有钱不会忘了你。"

他说着，连头也不敢回，可是他觉得出自己已是满脸发热。阿毕不管这许多，只是热心地反复地问：

"爸爸，什么时候吃呵？"

"到家里再说。"

"怎么是两个呢？爸爸有一个么？"

"爸爸不吃，你有一个，那一个爸爸要用。"

孩子从来没有听说面包还可以用的，等到跨进家门，他先半个给他吃，他不再问了，三口两口咬完，就又热心地望着桌上的一个半面包。

他推开窗，把椅子放好，再安妥画架、画板，把阿毕抱到椅上，吩咐他：

"就这样坐好,不要乱动,爸爸用那半个,还有一个也是你的,画完了才吃。"

他取了半个面包走回画架,凝神地望着,孩子并不看他,只是像眼睛里要冒出火似的瞪着桌上那个面包。他心里想:"好,就是这样,饥饿,饥饿的光,饥饿的火……"

"阿毕,就是这样看定那个面包好,——让爸爸好好画——"

他拿起木炭棒,迅速地在纸上落着,可是他的手发抖,线条并不能全如他的意描出,他不得不时时用面包擦改。他知道他的手抖,因为营养不足和过分劳动,想不到因为贫穷却影响了一直以为超越别人而不会受一切损伤的技巧。当他休息的时候,他长长地叹了一口气。

阿毕看着他放下木炭坐在椅子上,尽管两眼不动,嘴却说了:

"爸爸,是不是画完了?我可以吃面包了吧?"

"没有完,还要画,你下去歇歇吧。"

"我,我不要歇。"他生怕失去他的希望似的,仍然坐在那里,看着那个面包,有时,他的喉部微微动了一下把一口口水咽了下去。

他抽着烟,查看自己的作品。他看到同样两只饥饿的眼睛,在他的画纸上瞪着,望着人间,望着人间的粮食,还有那粗粗勾出来的宽阔的有一点突出的大额头,该是丰满却凹陷下去的双颊,因之显得有一点尖的下巴。

"我要给他生命,要他在全人类的面前控诉,孩子们不该受到这种虐待!"

他自语着,猛然间,丢下了他的烟斗,又起始他的工作。他那不好的眼镜,使他要时时眯着眼睛才看得清。他甚至于看到那在血管里流淌着的缺乏营养的血液。他画出他的嘴来,那是时时都在微微翕动,想吃一点什么的饥饿的嘴。他爽性把眼镜取下来了,他来回地走着,看着画着,他忘记了自己的疲困和自己的苦痛,他用尽残余的生命的力量描画孩子饥饿，他想到下一代的幸福，下一代的快乐。他几乎想大声叫出来使孩子们饥饿是人类的罪恶！

忽然几下敲门的声音，扣碎了他的想象。他一面应着，一面像战败了的兵士似的放下碳棒，用手帕拭着头上的汗珠。门推开了，进来的原来是中画教授王大痴，他冒口就说：

"原来李公在作画，还有此雅兴，打搅，打搅！"

他赶紧赔着笑脸留下他，告诉阿毕到后面去玩。

孩子很快地跳下来，拿了面包，就跑到后边去了。王大痴在画架前端相了一下，不断地赞赏着：

"杰作，杰作，令郎真是眉目清秀，一派福相，将来老兄不必愁，一定享福！"

他不知道怎么回答才好，他苦笑着，说不出话来，默默地先把画架收拾起来，然后让茶让烟。

"我正需要一杯茶，刚刚下课，讲了两点钟的中国绘画史。"

王大痴接过茶杯，一仰脖，就灌了下去，接着吐了一口气，咂咂嘴，把一口痰吐在地上。

"我报告你一个好消息，好消息……"

"什么好消息？"

"我们的待遇又要增加了，重庆的朋友有信来，行政院就要公布——"

"那么从公布那天起，转来转去，钱到手总要两个月之后，没有什么好处。"

"总比不加的强吧，"王大痴好像有点不服气地说。"还有一件事，还有一件事，——"王大痴说了一点，又腼腆的低下头去，又自语般地就："反正我不告诉你，你等一下也会知道的。"

他并不关心，可是王大痴终于还是说下去了："你不记得我那幅

《关圣抗敌图》吗？最近部里有公家来，说是已经获得美术首奖，有三千元奖金。"

"这倒真是好消息，你的那幅《关圣抗敌图》想象力真高，青龙刀一挥，日本人的脑袋都掉下来，不但该给你奖金，将来胜利后一定给你一等胜利奖章。"

"那倒说不一定，不过有十六字评语倒很恰当：'鼓励抗战，振奋人心，国家之荣，民族之光'。总算他们还能了解我们艺术家的深意。"

"难得，难得，你的家乡有信来么？"

这一句话，不知怎么的，把王大痴的高兴都浇熄了，顿时笑容从他的眼角飞逝，嘴角和眼角都垂下来。

"说不得，也想不得。这一向都没有信来，看报上的消息，日本人从我们那里已经三进三出，真是想不得！我的父亲害风湿病，我的女人生产才满月，我有三个孩子，大的不过十二岁。真是想不得！"

"那你为什么去年回家不把他们接出来呢？"

"接出来钱不够用，那边物价便宜，又有几十担谷子。都说日本人来了也不要紧，谁想到这一下，真是劫数，劫数，唉，我不能想，我想不得，我们谈别的吧，谈这些事我受不了！"

"这种日子本来谁都受不了的。"

沉默些时，王大痴突然又像记起些什么似的朝他问：

"你的教授资格审查下来没有？"

"我根本就没有送。"

"有研究费呢！"

"那几百块钱的研究费，我要问问他们，谁配审查？当教授又不是做官，用不着刻意迎合这一套，如果看我不能教，爽性不聘好了！"

"老兄，中国的事就是如此，何必这么大的火气？"

"我还有火气，"他的声音只是提高了一下就又低下去，心中感到悲哀，"回国以来这许多年，什么气都磨平了"

说了之后，他的心里这是有些后悔，他不是不知道王大痴和他的见解绝对不同，而且他一点也不能了解他；他实在无处发泄胸中的郁闷，就这样说出来了。

王大痴喝了一口茶，又吐了一口口水，才像记起点什么似的说：

"我原来还邀你去开校务会议的，谈谈闲话就忘记了。"

"时间到了么？"

王大痴仲出手腕来，看看表，说：

"已经过了一刻钟。"

"那我们就去吧。"

"你的衣服太少了，加点吧？"

他笑了笑，回答着："不少，不少。"可是他的心里知道，他再没有什么衣服可加了。

他们赶到会议室，原来还没有开会，到的人也不多，连召集开会的校长也没有来。

拣了一个可以眺望窗外的地方，李元瑜坐下去。看着灰黯的天空飞着仓皇的归鸦，他的心中无端地充满了凄迷之感。他正在出神的时候，王大痴拉拉他的衣襟，回过头来，才知道是那个长着一口大胡子的校长来了，大家都站起来迎他。

"对不起，对不起，方才我在陪省府秘书，所以来迟了一步，现在我们开会吧。"

照例是都站起来，咕噜一阵，静默一秒钟然后就坐下来。那个校长又照例地搓了好半天的手，不断地吸着气，过后才一板一眼地开始他的话。他坐在那里，兀自望着窗外的暮景，只是断断续续地听到好像捂着鼻子说话的闷音。一直到天全黑了，校役把洋灯送进来，他才转过脸来，望着那盏灯。

"我们必须要打起精神来，为了我们能改国立的前途；陈督学是部长最信任的人，这次来表面就是视察东南高等教育，其实就是来看我们学校的。"

"李先生，李先生，方才大家推你负责学校环境，从明天就要开始。"

"什么环境，我还不知道。"

"哈哈哈，艺术家还有不会改善环境的？李先生太客气了，哈哈哈！"

这一笑，把他笑得更糊涂了，他真不知道要他做些什么事，他以为要他来改善全校师生的物质环境和精神环境，他想连他自己的都一点办法没有，怎么还能管到别人的？校长听了他的说明，又大大地地哈哈了一阵，随后闷着鼻子说：

"不是那些，李先生，你错会意了。我的意思是把学校弄得美术化一点，花草庭园，都要收拾一下，改一番新气象。学生方面已经在做欢迎的标语，明天我就把新制服发给他们，当天他们要到三公里外郊迎。如果教授愿意参加，那是再好也没有的了——"

没有一声回音，好像说在空谷里，校长似乎感到一点没趣，接着说：

"这不是兄弟个人的事，这是学校的事，诸位同仁全体的事，改了国立，待遇自然可以改善，经费也充足，——说起来资格也好些，我在重庆的时候，部长再三吩咐我要我好自为之，可见他很看重了我们的学校，那一次他还特别提到李先生——"

李元渝正为方才分配给他的工作成到感到气闷，忽然，话头又朝他来了，他不知道又有什么事，只得把脸微微扬起望着。

"部长非常钦佩李先生的艺术造诣，说过以后部里还要多多倚重，这当然是李先生的光荣，也是我们全学校的光荣——"

全场的人都用羡慕的眼光望着他，使他感到惶惑。这种称赞使他却感到侮辱，可是话又说下去了：

"——这一次乘着陈督学来的好机会，我们请李先生为部长画一张像，托陈督学带去，这件事于私于公都大有益处的"

"我，我，我，……"

由于侮辱和愤怒的混合的情感，使他的声音打着抖，身子也正在打着抖，他只说出一个字，重复一个字，再也说不下去；可是校长却替他接下去：

"我知道，李先生不能凭空画的，我这里有部长的一张相片，正可以做底样，我早准备好了的。"

说着，已经把一张八寸半身相片送过来了，他不得不伸手去接，可是他的手在发抖，几乎把相片落到地上。校长好像很关心似的向他说：

"李先生是要打摆子吧？"

"是的，我是要发摆子。"

他赶紧接下去说：

"那么，请李先生早休息吧，"他像好意似的说，把他送到门口的时候，还不忘记低低地加了一句："请务必在一星期以内画好。"

他只是唔着。迈出了门，他就大步走向寒冷的夜中。他大大地吸了两口气，反倒不抖了。他厌恶地朝地上吐了两口口水，急急地走回家去。

他远远地看见从家屋的窗口远透出来黯淡的灯光，他忽然感觉到家是这样可爱，虽然他们抱着贫穷过日子，——贫穷紧紧地抱住他们。他们相互了解，相互同情，谁也不侮辱谁。可是走出来就不同了，他们简直不知道他是怎样抱着他的崇高的理想过着他的生活的。

他一步步走近自己的家，就更觉得欣快，到了，推开屋门，把相片朝乱书堆上一丢，好像丢开了侮辱和愤懑了。这是少有的，怪不得已经坐定能桌旁的妻儿们，都露着愕然的样子望着他，想不出有什么高兴的事。他坐下去吃饭，满心都很快活似的，使她不得不问：

"李先生，有什么好消息么？"

他抬起眼来，想一想，用力地摇着头，不说一句话。在那一刹那，他忽然想到狄更斯的那句话还是有道理的，微笑又偷偷地爬到他的脸上来了。

"爸爸又笑了，爸爸一定是吃了糖。"

吃完了的阿毕，高兴地指点着。

"好，爸爸是笑了，明天给阿毕糖吃，现在再坐点钟，爸爸画完你。"

说着，他们一齐站起来，帮着把食具收进去，他立刻支好画架，把灯端过来，让孩子照方才的样子坐好，他就开始了他的工作。

"不要动呵，动了明天就没有糖吃！"

"爸爸，我要三块。"

"五块也有，只要你好好坐着。"

许久都不曾看见的笑容在他的脸上显着，失去了许久的工作的热情又恢复了。一直到坐着的孩子因为困倦，低垂着头，几乎从椅子上滚下来，他才不得不放下手，把孩子抱到床上，把衣服脱下去，放到他们两人合盖的棉被里。一直没有张开眼睛的阿毕，好像抱被快乐的幻想睡着，嘴角那里带着微笑，有时嘴唇还轻轻地动着。

他把灯移动了一下，仍旧继续他的工作。外边起风了，从关不紧的窗子，从壁缝，从地板下，寒风钻进来把灯火吹得摇摇不定不定。隔壁的妻的睡中的呻吟又哀凄地起来。耐不住寒冷的小屏哭着。只有他一个人还没有睡，用他对艺术的热情撑住这寒冷而黝黑的夜。他的手坚定了，一点也不抖，他的心里全是火，从他的手指，他把生命灌注到孩子的肖像上。一直到他真是疲乏极了，他才坐到椅子上，看着面前的作品。

迎在他面前的，不是一幅画，是他的心爱的孩子。那里面同样地流着孩子的和他的血。啊！那一双闪着饥饿的火的眼睛，那一张要向人类控诉的微张着的小嘴，那个不该懂得忧愁而早已皱了起来的眉头，那个原该丰满而显得瘦削的下颊，那听不见的而永远回荡在空中的孩子的哀叫：

"我……饿……呵……"

听到这声音而兀然站着的是他的爸爸，是多多少少成年的人们。他们不曾使孩子们享受一天快乐，却给他们苦痛，使他们哭泣，分担人类的不幸；当着他无路可走的时候，他还要出卖这不幸，来维持他们的生存。他不再把艺术放到高不可及的地方，只是说这充满了生命的、流着血液的、听得见心跳的画里的孩子，紧紧地抱住他了。就是穷，他们也只愿意紧抱着渡过这困苦的泥淖。谁也不能背弃谁，谁都不能丢开谁。若是有命运的话，他们也只有一个命运。

因为伤心，也因为困乏，泪水从他的眼角流下来了。对着肖像的孩子，好像感到羞耻似的，他埋下头去，用两只手掌盖住脸，尽情地哭泣着。

夜，夜是更深了，风是更紧更冷了。

一九四六年五月八日　夏坝

（选自1955年人民文学出版社出版的《过去的脚印》）

别人的故事

"想不到，那个说是在前线打死的当兵的丈夫，前几天又回来了，——"

我那个隐居的朋友，顶着正午的大太阳，从离城十里的乡间跑进城，还是那么急躁地无头无尾地冲出了这一句话，然后就把自己交付给门边的竹椅上，把长衫的下襟撩起来揩一次汗，随后又用它当扇子般扇着。

我递给他一杯凉开水，一把扇子，我又送过去另一把坚固的木椅，代替在他身下吱吱响的可怜的竹椅。

他是一个爽快的人，三十五六岁，抗战以后便忘我地为国努力，跑了许多地方，担了不少危险，也着实吃了不少苦；忽然心灰意懒起来了，连本行教书的事也不干了，独自来在×城附近的乡间，租了一点地，自耕自给，养鸡养猪，就做起一个隐居者来了。可是他实在还不能全然忘情于城市，三五天总会跑来一趟，把古今中外的愤懑倾诉一次，再买些城里的物品，又随着夕阳回到乡下去。在城里好像他只有我这样一个去处（仿佛那个县长大老爷也是他的老同学，可是他从来没有去看过他）。他和那些乡里的人却相处得很好，别人都不拿他当外人看待，这是我到他那里去住几天的时候亲自看到的。他会治一点病；人的、牛的、猪的、鸡的，都会治，我想也许是为此才造成他们中间融洽的感情。此外，他的性情虽然暴躁，心地却极好，喜欢帮别人的忙——这就是他惹来许多烦恼的主因，可是也为他赢来乡下人的敬爱。

我这一段描述使这故事的发展迟缓了，事实上他喝了一杯水，冒着更多的汗，一只手忙着抹，另一只手忙着扇，他的嘴也忙着说下去了：

"你不记得住在我屋后的那一家人么？一共是三口：一个老太婆，一个女人，还有一个男人，一直都也没有小孩子，——"

"就是从前你说过的，要把那长工招赘的那一家？"

他拍的把空着的手向大腿上击了一下，几乎是嚷叫着：

"就是呀？你也看见过的，不是那个年轻的女人的丈夫出征去了么？听说他是独子，本来抽不到的，就因为他没有钱，他就给抽去了，到我和他们做邻居的时候，他已经两年没有音信了。可是她家中还有一个男人做工，后来才知道他原来是一个外乡人，走到这里，被他们雇下来做长工的——"

"不是就招赘么？"

"你比我还心急，那是后来的事呀！说起来好像是不大体面，可是事实上又无人可怨或是可耻。那个老太婆的性情很好，她从来不吵不骂，只有想起自己的儿子的时候才流着眼泪；可是也不过自己哭哭罢了，从来不会把怨气泄到别人的身上。照例她是关心她那许多只鸡的，还有三口猪。她不到田地里去，一面看房子，一面照料这些牲畜。那个年轻女人也真好，她不但能好好侍奉那个老太婆，她的身体那么健壮，挑担下田，什么吃苦的工作都做得来。可是本来要两个人才做得了的田地，由她一个人做，显得是太多了．她们就不得不花钱雇了一个长工，——"

他说到这里，停了一下，自己去倒了一杯水就站在那里，头一仰，一杯就空了，他跟着又倒一杯，端过来坐在自己的坐位上。他又接着说下去：

"这个长工又是一个好人，他不大爱说话，什么事情都做，只有真是什么事情都没有的时候，他才坐在坪上的石磨边，抽一袋烟，默默地望着蓝天。那天有什么好看呢，我也觉得很奇怪，也许他所看到的蓝天上有他自己喷出来的烟雾幻成的云彩吧？可是我没有问过他，他一向不大爱说话的，谁也不知道他是从什么地方来或是有什么样的身世。他见了我总是笑着，有时候还替我做点事，全像他分内该做一股；依照我那长工的说法，他不是一个逃兵役的，就该是一个犯了案的强人，本乡本土住不下去了，不得不远走高飞，……可是这一些，对于我都不发生影响，我只知道他也是一个好人。

"在这三个好人之间，从来也没有什么争执，这是左右邻居一眼都看得到的，就是在他没有招赘之先，人们也从来没有说过什么不三不四的话，因为他们中间所有的关系也都是一清二楚的。后来大约是怕生活程度高起来了吧，工资也跳着涨，什么都贵，怕她们也许划算起来有点不合算，而且出征的人一直没有音信，老的就想到自己的死，少的就想到下半世的生活，于是他们就不知道怎么说好了，后来——后来那个长工变成了赘婿。

"像这样的事，在我们那里平时实在是没有的，可是现在不同呀，这不是叫做'大时代'么？在这大时代中就有了大变化，什么都变了，让人摸不着头脑，让人不能规规矩矩做人；那么这两三个小小的人物的关系的变化，当然也算不得什么事了。

"实在他们也还是没有变，只有第二天大清早，我无意中看见她跪在溪边的方石上，我还以为她赶早起来洗衣服呢，原来她是在那里无声地哭着。她不知道我会看到她，——其实我也只看到她的背影，从她那微微耸动着的两肩，我才猜想到她是在哭；我一不小心踩落了一块土，发出一点声音，她就惊惶地站起来，我想那时要不是水挡住了她的去路，她决不会回头和我迎面相遇，把那一双红肿了的眼睛显给我看的。她不得不从这条路跑回去，只是深深地埋着头，两只眼睛只是看着地面，像是一只山鹿，从我身边惊惶地窜过去了。

"此后一切就都如常了，他们照常和平沉默地工作。那个长工也会处，就真把那个老太婆当作自己亲生的娘看待，事情都弄得服服贴贴：那个老太婆也不再抱怨物价高贵，因为他们不必用钱买什么，要用的东西挑出点什么去就可以换来。

"就是这样的日子也将半年了，想不到，那个说是在前线打死的当兵的丈夫前几天又回来了——"

他说到这里慢条斯理地顿住了，我本来是平静的，现在倒有点忍不住了，有一点不耐烦地说：

"开头是这一句话，说了这么大半天，还是这一句话，到底怎么样了？"

他并不回答我那略为急躁的问题，嘴边挂着微笑，又倒了一杯水喝着，这一阵他的性情仿佛比我的还要温和些。

"你可以想得到咯，当然要起一场纠纷，闹得大了也许还会出人命，是不是？"

他得意地这样说着，我却带了一点微愠地和他说：

"这些话不该你来问我，还是该我问你的，——"

"不但你我，每个人都会这样问的，当初我的长工告诉我，说那个丈夫回来了，我就惊了一下，很自然地都有种暴风雨之前的那种感觉，我在等待着，等待着——"

"就是等待也有一个限度吧？"我也放开心，半取笑地插了一句话问着。

"那倒不一定，我就是那么一一天一天地等过来的。可是，雷雨并没有来，日子过得倒是异常地安静。我真想不到，许多邻居也无法想到，怎么会一点事情也没有呢？他们好像生成的一家，和善的一家，这倒使一些人感到奇怪了。他们还是那么安静地工作着，只是当闲暇的时候，悄然被我看到在坪了上抽烟看天的又多了一个汉子，他很瘦，有一副黧黑的面容，好像一个烤焦了的番薯。他也不大爱说话，他们在一处，倒像两个兄弟。

"这样地又过了几天，邻居们的担心全都失去了，虽然感到这是一个谜，可是谁也不愿意去解开它，就任它那么安静地存在着。是的，在担心之余，我甚至于都忘记他们的存在了，我们的长工也不再说话，因为这正是早稻熟的时候，他忙不过来，想找一个短工又找不到，那些做工的汉子因为怕抓丁都不知道游到哪方去了，所以他只好闭紧了嘴巴忙碌着，——有时候我也帮帮他，我会打谷子，打得不怎么好就是了。

"那一天大清早，我正想趁凉快做点事。可是我的房里来了几个客人：一老一少的女人，前后是那两个丈夫，还有一个陌生的近四十岁的男子。我一看见他们，心里想：'果然有事出来了，'我自己的脸就先红起来，很不自然地毛手毛脚让他们坐，他们没有坐，却怔怔地各放出一副呆相，他们没有说话，我可更不知道说什么好了。

"嘴里没有说话，那时候我的心里却在想：'不用说，一定得好好办个交代，照这样下去当然也不是事！那个陌生人总是请来的一位中人，怕是他的亲戚。倒想不出这场纠纷是谁得谁失？'

"我又坚持着要他们坐，为的是坐定了好说话。他们就点着头表示谦恭地微笑着，那两个女人占了一条长凳，那个陌生人自己坐了一张小圆凳，那个儿子在长凳的一端挤着坐下了，那个招赘的长工没有地方可坐，就倚在门边。

"还是那个老太婆先说话的。她用手轻轻地拍着坐在她身旁的那个后背,说:'这是我的儿子,打了几年仗,两三年没有音讯,总算平安回来了。'她就完就真心由衷地笑着,因为缺牙齿,她的脸顿然就显出短了一寸多。我说:

"'那也是你的福气呀,难得又骨肉重聚,——'

"我的话还没有说完,就被她那长长的一声'咳——'打断了,她那残留的笑容马上消失了。我从她那简单的声音中读出来一大篇的怨愤。她再出不说什么了,紧紧地闭着她那瘪嘴。正在这时候,不知道谁什么时候提进来放在墙角的一只大公鸡,不耐紧缚着的脚咯咯地响着,才打破这沉默,也引起我的疑问。

"'这只鸡——'我是朝所有的人问询,那个当兵的就紧接过去:

"'一点小事,先生,一点小事麻烦你——'

"说到这里,他又像有点腼腆似的低下头去。我要和他说了:'我知道你们是无事不登三宝殿的,还是快点说出来吧!'

"可是,这话只在我的心中说了一遍,我却一个字也没有说。我只是热心地望着方才说话的那个汉子,使他不得不勉强地说下去:

"'我们是想麻烦先生写个字据,就是,就是,……'

"他的眉毛一高一低地蹙着,喉咙好像被这两个字塞住似的,再也接不下去了,我都要替他说了:

"'不是你把老婆正式让给那个赘女婿,就是要他立一个字据,从此断绝来往,反正就是这两条路,邀一个人做见证,烦我写个字,免得日后有纠葛。'

"'我们想请先生立一个让妻据,——'

"'我早就猜到了!'我恨不得能这样大声喊出来;'我们'这两个字引起我一点疑问,便又问着他:

"'谁?'

"'我们，——我和他，——'他说着，伸出左手指定了那个倚在门边的长工。

"'是你让给他，还是他让给你？'我不解地问着，我早就算定这件事逃不出他们两个的关系。

"'不是，先生，是我和他把我们的老婆让给他，——'

"为使我明了起见，他的左手这次笔直地指着那个坐在圆凳上的陌生人，那个人一直是没有一点表情的。这却使我大大地惊讶了，这完全出乎我的意料之外，使我好一阵都说不出话来，我想走一条路只有两个方向，谁也想不到还会平地升天或是入了地。

"'没有法子呀，怎么办也不好，还是这一下大家都省事！'这句话他好像是自己咕囔着，却也像是说给我听的解释。

"在这个大时代中，奇怪的事情固然很多，但是像这样奇怪的事怕也不见多吧？我想听到这里，那个女人总该有所表示吧？可是她尽自埋头坐在那里，像他们几个人一样，一点也不动情感，好像听着一件别人的故事一样！"

"真怪，真怪，这是我想不到的，——"我忍不住打断他的话，一面不断地摇着头，——"可是老兄，你得知道，这件事你做不得，因为没有法律的根据，卖老婆已经是不应该了，怎么还能两个人一齐卖？你真得慎重一点，弄出事来连你也免不掉责任！"

"我才不管这些，既然他们都心甘情愿，我还管他们做什么？世界上不合法、不合理的事情多着呢，为什么一定要他们这些小人物奉公守法？当时我怔了一下之后，就显得愉快地磨了墨，铺好纸，先问着他们的姓名。这我才知道那个陌生男子叫郑德祥，是在城里开油果铺的，有两个钱，没有儿子，把这女人买去做二房，想能给他生一个男儿。那长工说没有名字，只记得姓李，于是由我作主叫他做李全。当兵的本叫黄金发，这次去打了一场仗，说是长官给他换了一个名字，叫做黄大勇。

一切原来他们都已商量定了的：一共是一千二百元，每人分五百元，余下的二百元奉献给那个老太婆。我依照他们的大意写好了，慢慢地为他们又念了一次，看他们都表示着满意微微地点着头，我才又把那张纸放下，要他们盖章。

"先是那个陌生男子很熟练地就把图章盖在他自己的名下，再坐回去就掏出成把花花绿绿的钞票数着。那个长工问我他没有那个东西该怎么办？我就告诉他右拇指的模印打在上面也可以，他就听从我的，把手指向墨里一蘸，我把地方指给他，他还像看看倒正似的看了些时候才稳当当地印在上面，自己还伏在纸上看了许久。

"'先生，我——'

"'你也是一样就把右拇指印在这里好了。'

"我生怕他找不到他的名字，就特意也指给他，他却说：

"'先生，那我知道。可是我的右手在前线给鬼子轰掉了！'

"'呵，呵，那，那就用左手好了……'

"听了他的话，我倒有点狼狈起来了，这时我才知道我以为他永远在袖着的右手，却早已不存在了！我觉得我的眼眶有一阵热，好像被什么酸了一下。我看到那个把左拇指从纸上再抬起来的汉子，脸色全苍白了；他的眼睛不看我，也不看别人，只是半扬着盯住了空无一物的屋角。我也看过去，恰巧一个结网的蜘蛛丝断了，它一下子就垂到地上，地上墙角的那只大公鸡，一嘴就把它啄进去了。

"'先生，那只大公鸡，那只大公鸡，……'

"他说着，接不下去了。这只公鸡对我原来是熟稔的，它有五斤重，时常在坪子里昂首阔步。那个老太婆早就和我说过要留到过年祭神的，想不到被他捉了来，绑了许久，把那一点雄气已经销尽了，只是垂头丧气地卧在那里。那个老太婆就替他的儿子说：

"'那只大公鸡是送给先生的，麻烦先生，心里怪过意不去的，又

没有什么好东西，送给先生过年的时候一家团聚杀来敬神吧，我们留着也没有用了！'

"像是预备告辞了，他俩都站起来，这时那两个女人才像触到些什么似的突然抱在一起了，——只是抱着，并没有哭；可是等她们松开手的时候，我望到四只泪汪汪的眼睛。

"'不要忘记钱了哇！'

"那个买主把一卷钞票塞在他的手里，他迅速地数了五百张交给那个长工，好像再也不看一眼就把它全塞在袋里。当那个陌生人把一张字据收到自己衣袋里，他说：

"'先生，到城里去不要忘记到到小店去坐坐，好东西供养不来，一杯茶、一盘点心总缺不了，到明年也许能给你吃红鸡蛋呢！'

"他笑着，那笑声那么不中听，我倒恨不得眼前有一颗红鸡蛋把他那笑的嘴堵住，我得和你说，我一直对他也无所谓，可是他的笑和他的话惹怒我，到他又说一句：'我们走吧，'我就想一脚把他踢出去了。

"那个女人就一声也不响地低着头跟他走出去了，才走了三五步，那个当兵的汉子又赶了上去，从衣袋掏出一方毛巾来，呐呐地说：

"'这，这一块毛巾，是我受了伤躺在医院里别人慰劳我的，我，我没舍得用，早就想定带回家来给你，现在，就算我慰劳你吧！'

"那女人接过去，看了些时候，又抬起脸来笔直地望着他，过后就猛然一转身追着那个走远了的男人，他们家的一条狗，边追在她的身边，不断地摇晃着它的尾巴，有时还咬着她的后襟。

"看看望不见了之后，他们母子二人，才又向我道了一番谢，扶持着走回自己的家里去了。

"当我转过身去，想回到我自己的屋里，我才看见还有一个不曾走；他蹲在我的窗下，静静地抽着一袋烟，两眼望定了远天。一直到我走到他的身边，他才惊觉地站起来，这样我才看到他不是蹲着，他原来是坐在一个小小的行李卷上。他没有说什么，朝我笑笑，把烟袋里的灰在墙上磕着。我虽然也没有说话，可是心里在说，'你还在这里等什么？也该走啦。'他好像猜到我的心意似的畏畏缩缩地和我说：

"'先生，我是一个光身人，什么东西也没有，不能酬劳先生，我知道我要送你钱，你一定不要，——'

"'我本来什么都不要的，帮你们这一点忙算不了什么。'

"'是呵，我就想帮先生一点忙，你的稻子还没有割完，变了天就要坏了，我赶着给你弄一下，你先生忙不过来的。'

"这倒有点使我为难了，后来我想：'也好，就算我雇一个短工，——'我就答应他，可是一想到我的邻居，我又和他说：

"'你还是帮忙他们吧，他的手脚不方便，也怪可怜的，——'

"'他们的已经割完了，这两天我赶着给他们做完了，唉，他们倒是一家好心人！'

"他又叭着一袋姻，望着那轻袅袅上升的白烟，他又像在想些什么。我怕他无处可去，就答应他了，我还告诉他，就在我这里做下去也好，我不会亏待别人的；他好像对我这许多话没有什么兴趣，因为在他的脸上看不出一点变化，没有一点感激之情。当我要走进房去，他又把我叫住了：

"先生，我还有两句话告诉你：——'

"我站住了，望着他，于是他就怯生生地和我说他原来是有名字的，不大好听，就没有告诉我，他就那太像一个女孩的名字，许多人都取笑过他，所以他就不要了，他原的名字是李依妹。

"'那怕是我的妈妈疼爱我，怕我的命薄养不大，才故意给我取了一个女人的名字，谁想到我倒养得很好，这些年到处游，像一棵无根草，四海为家，死不了——可也活不好！'

"'唉，这个年月谁也活不好的！'

"我附和地就了一句，他就挺挺身子，把烟袋磕好，放在身上，把小行李一堤，提到我那个长工的房里去了。从此我要是不到田里就看不到他的影子，他到晚上也不歇息地工作，这样几天间就把我的稻子割完了，打好了，晒得差不多了。有一天清早，我那个长工来告诉我他走了，他只是把那小行李向肩上一放，就又走了。

"这倒引起我的心的不安来了，我总觉得我亏了别人点什么，所以我就赶着大太阳到你这里来了，你说我应该怎么办呢？"

"这与你有什么相干，这不过是别人的故事。"

我故意这样说，忍着我心中的情感，望定了闪在他额头上发光的汗珠。他瞪了我一眼，有一点急似的说：

"哼，你说这是别人的故事么，可是我看你也有点受不住了！"

这使我惊了一下，我知道他怎么看出来的，我就什么也不再说，和他陷在沉默中。我想，他把这个故事说出来，心上总觉得轻松一点，可是我听过后，我的心却陡然沉重了。

一九四二年十一月十五日

（选自1955年人民文学出版社出版的《过去的脚印》）

晚　宴

那简直像梦一般地，她又从遥远的地方飞回来了。她孩子似的扑向母亲的怀里，就把她那沾满了尘砂的短发的头，埋在母亲的胸前。她们许久都没有说话，站在一旁的人也为这景况打动了，没有人移动一步，也没有人发出一声。只有那做母亲的啜泣的微音，应和着人们心的跳动，轻轻地震荡着那几乎也静止了的大气。恰巧落在她头上的眼泪，由于头发太干燥，一颗，一颗地都滚落下去了。可是埋着头的她，并没动一下。母亲便又惋惜地说：

"可怜的瑞瑞，原来她睡着了。"

母亲于是轻轻地吩咐张嫂李妈还有那个笨秋兰，有的去预备洗澡水，有的去捧衣服，有的去吩咐厨房做些点心，有的去拿化装用具。她默默地流着泪，有时还偷偷地在她那发黑的颈子上吻了一下。

梳洗完了之后，太阳已经偏西了，她穿着显得短的旗袍又走向母亲，有一点抱怨似的说：

"妈，您看这多么短，找还是穿我那套军服吧！"

"嗐，那出出进进的多么不方便！我已经告诉他们把裁缝找来，连夜给你缝新的，明天就有了。这一件，也难怪，本来是四年前的——"

这一说，又引动了她们的情感，她就又傍着母亲的身边坐到地毯上，把头偎依在母亲的膝上。

"这几年我不在家，我还当大轰炸的时候把房子炸坏了。"

"没有，没有，——可是那一年防空洞边上擦了一个下去，听说把人都震昏了——"

"那时候妈妈呢？"

"我不在里边，我早到南山去了——你还不知道吧，就是你走的那一年，你爸爸心里难过得很，朋友们为他解闷，陪他打麻将，一场牌就赢来一座房子，你爸爸还起了一个好名字，叫做'云雀山庄'。"

"方才我在飞机场看到爸爸，他只和我板着脸，好像把笑忘记了。"

"嗐，孩子，你可不知道，你爸爸现在有多么大的身份！他怎么能随便和你笑？他还是一个官呢！可是他一接到你的电报，欢喜得坐也不是，立也不是，清早就派人去请一些客人，今天晚上算是给你接风。"

"妈，我不要，我不要，我不惯和那些人来往，我情愿一个人……"

她说着，急遽地摇着头，脸红涨着，短发像旋风吹动的茅草。

"傻孩子，你急什么？"母亲轻轻拍着她的后背，"没有一个你不认识的。他们都想你，想看看你，难得你回来了。"

正在这时候，秋兰气咻咻地跑进来报告着二小姐和二姑少爷来了。

她赶紧站起来，掠掠头发，依在母亲的身边，一齐走向外面。她顺便问：

"二姊到底和那个于署长结婚了吧？"

"可不是，也不知道他们谁的命不济，结了婚就丢了差事，一直到这一阵，——说话的时候可小心点，他有点不对。"

她们没有走到外边，他们已经走进来了。她的二姊走在前边，一看到她，就像一阵大风似的刮到她的面前了。也不顾手里的钱袋，把她拦腰抱住，用那怪声怪气的嘴在她的脸上亲着。要躲都来不及，她只得紧闭眼睛，等到对方的热情消退了，她才微微张开眼，充塞她面前的，就是那张又大又白，像浸了水的馒头似的一张脸，那两片又厚又肥的血红的嘴唇打着抖地说：

"唉，好妹妹，你可想死姊姊了，想不到你长得这么大！唉，唉，……"

她正要和她也说一句，忽然她的手一松，把她还向后推了一把，就像演员似的说：

"来，让姊姊好好看看你！"

这一下，她反倒把离别四年的二姊看清楚了，她不只是脸胖了，全身都膨胀了。她的衣服穿得那么瘦，恰巧像扎了绳子的香肠。她的手指甲也是那么红，像染了猪血，只是她的颈子显得比从前短了些。她偏还要穿那么一双高跟鞋，她那肥大的身躯就不断地摆动，好像站不住脚的样子。

"我的好妹妹真好，真好看，我可早算定你该回来了。我早就和妈妈说过，那时候你才走，'到嫁人的时候自会回来的！'现在，我的话不错吧，你果然回来了！"

说过后，她得意地格格笑着，突然中止了她的笑，指着站在她身边、脖子上骑了一个小孩的人向她说：

"你认识吧？那一年我们还在一起吃过茶的，是不是？"

"我认识，您是于署长。"

"什么署长，老早完蛋了！你看，我的上边可有一个小署长，他十五岁一定做署长，像老孔的儿子小孔一样！"

"那是你们的孩子吧？"

"是呵，我们就是这一个，他爸爸天天把他看做宝贝了！"

她仔细看看那一上一下、一大一小两个人，才看到他们的眉尖，眼梢，嘴角，都是相同地垂下来。还都有一个朝天的鼻子。说是一个是一个的放大或是缩小都是十分恰当的。

"快点，宝宝，快喊娘娘！"

那个做母亲的一半吩咐一半教唆地说。

"良良，良良！"

"这么大了，还咬不清字，真羞死人！"

那个母亲才一羞，那个孩子哇地一声就哭出来，那眼梢，眉尖，嘴角都弯下去，泪水扑簌簌地淌着。这时候不提防被骑着的人大叫一声，急急地端下来，已经尿成湿淋淋的一片。他立刻脱下外衣，背心，正要脱衬衫的时候，母亲就说：

"我们还是到里边坐吧。"

他们走进去，二小姐立刻就吩咐他到洗脸间好好洗一下。

"我的湿衣服呢？"

"放在这里好了，我要秋兰给你熨好送去。"

等到他一离开屋子，她就开始她的抱怨：

"妈，我可真受不了，他简直愈来愈不像话，今天出来的时候，他又和我吵了一架，把家具又都砸烂了。"

"你们总是这样，好好歹歹的，没有一个完！"

"这回可不同，我一定得和他离婚。"

"那还不是你自己的事，当年你结婚的时候也没有听我一句话，我不是早就和你说过学毒气化学的人心一定狠毒，可是那阵子你把我的话当耳旁风——"

"妈，您也不给我作主，那我怎么办？"她说着，眼泪汪汪地，可是她忽然又转过话头："要说他的学问，那可一点也不含糊，就是运气有点不济——"

"倒不是运气，我看是脾气。你爸爸不是给他找过三回事，他都没有做成？"

"那不怪他，妈，您想要他那么一个有学问的人去当总务主任，又是什么禁烟委员，要不让他去陪周老伯喝酒，做诗，打坐，您想，那他怎么成？"

"那怕什么，有钱就可以，挑肥拣瘦的，哪有那么合适的事？"

"从前我不是和爸爸说，要爸爸出资给他开一个化学工业厂，爸爸也不答应！"

"不要说你爸爸，我也不答应，一天到晚研究毒气，有一天就把我们毒死了。"

"妈，那才不会，他为了我，也不会毒死我们家里人的。"

"那么你还相信他和你有感情的。"

"可不是！"

"这样还谈离婚做什么，回头我和你爸爸说，再给他找一个合适的事，没有钱用尽管来拿，要不是我的胆子太小怕他吓着我，我早就把你们接回来了。'你们都来了，我也是一个热闹，免得只看你爸爸和小老婆缠。"

"妈，我还忘记问，姨太太还在呵？"

"你看见过的那一个早跑了，现在这个是前年弄来的，她不是睡觉就是上街，不等你爸爸回来是不出来不转来的。这年头，什么都变了，连小老婆也没有一个规矩。"

"怎么，这大半天他还不出来，别又有么事了吧？"

"没有，没有，"他一面应着一面走进来，"我不过听你们谈得热闹，不忍打搅。"

她们都为他突然的出现吓了一跳,可是他倒像什么事也没有似的摇摆着走过来,这时候,她又看出来他的眉头还总是皱着,眼睛,鼻子和嘴凑到一起,时时好像上了别人的当。她看到他背心上的金链垂下来,就好心好意地说:

"姊夫,你的表怕要掉出来。"

他低头看着,笑了笑,向外一扯,原来不是表,是一把金钥匙。

"唉,当年这还是大学里的一个荣誉奖呢,功课好,那有什么用?还比不上大乌龟的儿子小乌龟呢!"

"今天晚饭不得早,我们先去用点点心吧!"

母亲为了打断他那发不完的牢骚就这样说,让着他们大家都到小饭厅里去。

吃了一点红枣百合,使她蓦然地想起几年来常吃的小米红枣粥,她就一个人偷偷地溜了出来,站在天井里。那只大狼狗,仍然像熟识似的跳到她的身边来,一下子便扑到她的身上。看门的老李,赶着跑过来替她叫住。

"四小姐,您好呵!"

"老李,你倒还硬朗。"

"托您的福,没灾没病的,总算过得去。您这几年都在哪儿?"

"就在家那一边,这么些年,你不想家么?"

"还怕不想家,我的四小姐?到了我这把了年纪,更要想家了,俗话就得好:叶落归根,您看我还不知哪一天——"

老李没有说下去,只用手掌揉着他那红眼睛。

"快了,快了,咱们都要回去了!——怎么,老爷又买丫头了?"

她指着从后院走到前边来的一个十六七岁的女孩子说,老李笑了笑,等她走过去他才说:

"小姐，您看错了，那是周大老爷的。"

"就是长大胡子的周厅长么？"

"是他，可是人家早已升了，比厅长大得多，我倒说不上来。那是他的'人'。"

"什么'人'？"

"新名词，叫什么'伪组织'。"

"那为什么在我们这里呵？他的太太又不在这里，——"

"您还不知道么，他的大小姐当家，比什么都凶。他不敢带回去，在我们这里住了两年了。周大老爷天天晚上来，风雨无阻，半夜才回去，真亏他老人家有这么大的精神。"

"这个人怕可以做他的孙女了。"

"谁不说呢？现在不迷信，不信因果报应，放心胡来，这几年连我也看够了。要说这些年老爷倒是官运高照，招财进宝，可就是来往的人愈来愈不像样。您不在这里，就说我都看不过去，什么东西都有，公馆里每天都要开两桌闲饭。周大老爷自不必说，从早就是自己人，可是也不该把一个小老婆放在别人家里养呵，这可算怎么一回事呢？我倒情愿打完了仗，还是回去过那简单日子，我真是一个老腐败。——"

正说到这里，忽然听见两声汽车喇叭，两扇大门迅速地敞开了，一辆绿色的汽车溜进来。

"您看，老爷回来了，那个抱着狗的，就是新姨太太。"

她听到之后，一转身，又跑到房里去，她才走到甬道那里，正遇着向外走出来的母亲，一把就抱住她。

"我的心肝，你跑到哪里去了？我真是疼不够你，这几年，这几年你想妈妈怎么受过来的，方才你到哪里去了？"

"我跟老李说话。"她笑着回答。

"唉，你还是老脾气，和下人有什么好说的？走，到妈妈房里去，好好陪陪我，——"

"姊姊他们呢？"

"不管他们，就这一阵就烦死人了，我总想他们是故意到我们这里吵嘴的，好让我们听，烦我们！瑞瑞，将来你可要听妈妈的话，别的我也不争，只要你把那个人领来给我看看，帮你做个主。"

"妈妈，我没有想到结婚。"

"我不干涉你，随你的便，如今做父母的都是可怜人。你看——"

他们才走到小客厅，正看到于明泰像马似的在地上爬，背上坐了他们的孩子，二小姐一面扶着一面不断地唱着歌。听见有人来了，他停了停，抬起头望一下，接着又爬了起来，忽然他又向她们说：

"你们懂得么？一个大生理学家说过，人如果保持爬行，平均可以活到二百岁。"

"那我还是愿意站着活几十岁好了。"她微笑着说。

"老实讲我也不愿意多活。"他蓦地站起来，忘记背上的孩子，幸亏他的太太抱住了，没有翻下去，"这日子多活一天多受一天罪！好人活该倒霉，那些混账王八蛋才得势，我于明泰，不偷不抢，就活该做牛马在地上爬，……"

二小姐扯着他，母亲也拉着她，三步并两步地跑到楼上去。可是才到楼上，就看见连盘子带人从一扇门里扔出来，那盘子打得粉碎，那门砰的一声又关起，那个人涨着一张大红脸，向另外一边走去了。她疑惑地问着：

"那不是爸爸么？"

"不是他还是谁！我们不管，走走走，到我们自己的房里去安静一下，我是惯了的，怕你受不了，我听说你有心脏病——"

"可不是，要回来好好医治一下——"

"那么过两天我们还是上山吧，这里没有病的人都会吓出病来。这简直算不得人家，这是马戏班，什么都有，胆子大看起来倒有点意思，你住几天就都知道。"

"妈，我真想不到三年里我们的家变得这么热闹了。"

"热闹还在后头呢，我们等着瞧吧，孩子！我们先好好歇歇去。"

她也许是要好好休息一下才回来的，这些年的工作，把她那本来就不好的身体弄得更坏了。可是当她随着母亲睡在那张又柔软又宽大的席梦思上，她的身子仿佛在云里那样没着落的样子，再加上那床鸭绒被，好像罩上一片火，烧得她难耐。这几年连梦里也没有这些东西，怪不得使她感到那么陌生了。她简直睡不着，可是她不敢动，生怕惊醒了一旁闭目养神的母亲。窗外不时地响着汽车的喇叭，狗也在叫着，杂沓的人声也有一点听不见了。夕阳在窗上留着最后的和煦煦的柔光了，它好像有所眷恋地盘桓些时，便沉了下去。一切都是平和。忽然一只手轻轻地拍着她，还有那温和的语音低低地响着：

"瑞瑞，醒醒吧，时候不早了，该起来洗洗脸了。"

她就带笑回答：

"妈，我根本没有睡着。"

"嗜，傻孩子，那你为什么不说一声呢？我就是躺着养神，还生怕惊了你，要知道这样我还不如说些话呢！好吧，我们起来吧！"

母亲说着开了电灯，就连这也使她一时睁不开眼睛。自从离开家那一天，就不曾看见过电灯的。这几年她忘记了许多，也认识了许多，她仿佛在梦的边缘上游行着。她下了床，呆呆地望着打扮着的母亲，还是母亲提醒了她：

"你站在那里做什么呵？"

她猛然地一惊，不如如何是好地回答着：

"我不知道做什么好呵？"

"快些洗洗脸，梳梳头，换一件衣服。"

"好，好……"

她一面应着一面就忙着去了。

客厅里明着更辉煌的灯光，当她和母亲走进去的时候，顿时觉得眼睛一花，憧憧的黑影子都伸长了，向她聚拢来。等她定了定神，大睁开眼睛，才看到那原来是客人朝她走过来，都摆着一副似笑似关切的脸。她正自感到惶惑的时节，突然父亲的声音响着：

"都认识吧，瑞玉？没有外人，全是至好，都是见过的，周清老你还记得吧？快喊一声周伯伯，——"

父亲像导演似的为她指示着，她先看到那一大把花白胡子，再向上看，才望到那颗东瓜样子的脑袋。脸的中央是一个又肥又大的肉鼻子，红油油的鼻尖好像要滴落下来似的，额下远远的是一双又细又长的眼睛，他的嘴却望不清楚，只像掩在丛林中的一口大井，从那里面却吐出含混不清的语音：

"真好，真好，这么大了哇，你不记得我了么，嘻嘻，小时候你不是总欢喜我抱的么？大了呵，再抱是抱不得了！"

他好像一面说着一面淌口水，他的身躯摇摆着，还没有等到她叫，父亲就又告诉她：

"那是周伯母——"

她又看到那个可怜的女孩子，深深地埋着头，畏缩地依着那个可以叫做祖父的人的身边。瑞玉叫不出口，爽性把周伯伯也忘记叫了。那时候父亲又为她介绍其他的客人：

"王先生你总记得吧？"

"记得，记得，您还教过我经济学呢？现在您还教书么？"

"不，不，教书是误人误己的事，我现在主编《正义杂志》，我是一心一意维护正义的。"

"王先生可了不得呵，现在是在野党的领袖，将来一定发达！"

王力行一面听着一面咧着他的嘴角，那副金丝眼镜不断地从光滑的鼻梁上溜下来。他不得不时时用手指接着。他换了左手，才空出那只右手来，伸过去，好像表示他的毅力似的，紧紧地握着她的手。她几乎要叫出来，只是为了礼貌才忍住，用力地把手抽出来。

"那是钱叔叔，你该认识吧？"父亲指着那个一直斜垂着头的一个四十左右的人说。他的全身都好像在酒里浸透，软洋洋地，像是如果不是为了体面的关系，他就要趴到地上了。她向他点了点头，他朝她拱拱手。

再看过去是于明泰和二姊，在父亲的背后一直有一个吃吃笑的人，等到父亲闪过去，才看到那是一个二十多几的浓装艳抹的女人。父亲好像有一点窘似的低低地说：

"这是新姨——这是瑞玉。"

"我们是一家人，还有什么可介绍的？"那个女人尖声尖气地说。她那一双水汪汪的眼睛，骨碌碌地转动，当她说话的时候，眉毛不停地挑着，嘴角和眼睛也随着移动，甚至那无甚可动的鼻子，仿佛也在动着了。

"大家坐下谈吧，大家坐下谈吧，……"

父亲这样说，他自己却站在房子的中间。他不过是五十左右，可是鬓发已经灰白了。因为最近又做了××局长，他不得不把他那佝偻的躯体勉强地套进一身中山装，左胸间还挂着一号的徽章。往常他回到家中，首先就要换上便服，这晚上怕是因为忙，没有来得及，所以不但他自己难过，使看到的人也觉得不舒服。

人们才坐下去，仆人又引进来一男一女。那男的有四十岁上下，有一张白净的脸，青青的下颔，还有油光光的头发。那女的至多有三十岁，像一只小鸟似的一跳一跳地走进来。

父亲赶上去和他们握手，来客是那么有礼地和众人相见。到了她的面前，父亲说：

"这是郭先生，——那是王太太，——小女瑞玉，那一年在香港见过的。"

"不错，我还记得，我们一齐在浅水湾玩过，那时候你还没有这么高。"

她只是呆呆地站在那里，使她吃惊的是那个女人不是郭太太而是王太太，这个关系恰巧和她的想象不对。此外她也在搜索她的记忆，她记得有这么一个人，可是她也记得在她离家的前一年，他早跑到上海去了。

"——他怎么还能回来呢？他附过逆的！"她明明白白地记得。

那位王太太只把头微微扬了扬。就做为和她招呼，于是又昂首阔步地，像一只吃饱了的鹅，牵着那个郭先生的手臂走开了。

"这是什么人？"

她低低地问着正来到她身边的二姊。

"我也不大熟，好像现在是××院简任参事，还是什么国民代表。"

"我怎么会记得他下过水呢？"

"有这么一回事，"二姊恍然大悟似的，"怪不得有几年没有看见，他去过的，前两个月才回来，那个王太太好像也是这次才同他来。"

"那么王先生呢？"

"谁知道他们是怎么回事，一直也没有看到那个王先生，她总是和郭先生在一起，好像还住在一个地方？我记得，郭先生就因为带回两个汉奸，才从草头升到竹头。"

看到她那茫然的样子，她就解释着：

"嗐，就是从荐任升到简任——"

"哦，原来是这样！"

当当当，壁钟敲了七下，客人们的私语停了一下，好像等待什么新的事件。乘着最后的一响的余音还在空中袅袅漾着，主人就大声说：

"请诸位入座吧。"

大家脸上露了一个满意的笑容，有的人嘴里咕哝着只有他自己才听得出的话语，就一个接着一个的向饭厅去。周清翁是毫不犹豫地走在前面，他身旁那个十六七岁的"伪组织"却畏缩地躲在一旁。深深地埋着头，像在寻找可以钻着下去的地缝。那位王太太不管三七二十一拔脚就走，郭礼明为了表示他的礼貌，赶紧跟上去，没有忘记把手插在她的手臂里。钱子周因为是老朋友，早就站在主人的身旁；王力行就一面摇着头一面走进去。父亲和钱子周走进去之后，另外的人才随着进去。到了餐桌让一番，大家才坐了下去。

钱子周向四面望了望，就和主人说：

"陈总理今天没有约呵？"

"约了，约了，怕有别的事不能来。我们先吃一杯吧。"

"是要吃一杯，"周清翁站起来，大声嚷，"四小姐今天得以回来，简直是一桩了不得的喜事，大家理应先干一杯！"

"一定得干，这是我们妇女的光荣！"

王太太起来，举着她那又白又瘦的手臂，郭礼明偷偷地拉着她的衣襟，低低地说：

"亲爱的，你喝不得呵！"

"你管不着我！我偏喝！"

王太太把手一扬，好像下了极大的决心。郭礼明不提防，倒把一杯酒倒翻了。主人赶紧给他倒上，随着说：

"大家请坐吧，都是她的长辈，不必站起来，我们先吃一杯。"

大家都喝了,瑞玉也喝了,之后,她恭敬地站起来说:

"谢谢诸位,等到我身体好些的时候,我还要回去的。"

"什么?"

周清翁的眼都瞪圆了,在他的胡子中间,看到那张惊得闭不拢的嘴,每个人都用奇怪的、严厉的眼光望着她,她就又从容地补了一句:

"我是说,那时候胜利等到了,我们都要回家去。"

周清翁这才捋着胡子大声笑起来,高兴地又举起杯,说:

"我们为胜利喝一杯。"

主人好心地说;

"等吃了菜再喝吧,免得容易醉。"

"不,不,——"周清翁表示非常坚决,像叫口号似的嚷着:"我们就吃这杯空心胜利酒。"

大家不得不站起来陪一杯。才坐下去,仆人就捧来一个和桌面大小的圆盘,满装冒着热气的菜,放在桌上,盘边就靠近每个人的嘴,这使大家沉默了,因为那是无所不有的万象菜。海里的,山上的,才采来的,存了一二年的,随你的选择,随你的发掘,能使每个人都满意。可没有语言了,只有咀嚼的声音,不知谁,一边吃,一边在叹息。钱子周却坐在那里不动, 于明泰好奇地问他:

"钱经理,您怎么不动?"

"我,我持斋。"钱子周勉强地抬起他那歪着的头,回答他。

"您持什么斋?我倒看不出。"

"我从小不动荤。"

"大概是佛爷转世吧?"

钱子周笑了笑,不承认也不否认。

"我看大概是吸血夜叉一转,否则不会那么忍心放高利贷。"

于明泰没头没脑说了一句。钱子周有点受不住,脸一沉,正要说点什么；忽然听见有人哎唷唷地叫起来，他们同时望过去，那原来是王力行。主人早已关切地问询着：

"王先生，您是怎么回事？"

"我有点牙痛，——"

"好，我有'加当'，要他们快点去拿来。"

"不必，不必，我是吃了一块江瑶柱，塞到蛀牙孔里，只要用点开水嗽出来就行了。"

"那更方便，——去，快给王先生拿一杯开水来。"

仆人赶紧三脚并两步地为他捧来一杯水，他接过去呷了一大口，鼓动两个腮帮和舌头搅着，然后又仰起头来，像喷泉似的冒着气泡，发着清脆的音响。一桌人的眼睛都被他吸住了，看着他又挺直头颈，两眼一闭，下巴向前一伸，把一口水咽下去了。每个人都感觉到好像自己咽下去点什么脏东西。

"怎么？"

"好了，好了……"

"怎么您把口水给咽下去了？"

"这是我的习惯，"王力行很自然地说，"在这困苦的时代，许多人都没有饭吃，所以不忍心糟蹋粮食。"

"这话也对，"于明泰立刻又接下去，"反正是自己的嗽口水，又不是刷马桶水！"

王力行觉得受了侮辱，跟着说：

"于先生，您怎么这样说话？"

"我没有说什么，我完全是站在赞助的一面，没有一点反对的意思。"

"我以为您这个比方太不伦不类，要我心里难受。"

"可是先生，您忘记了，方才您那么一咽，别人的心里够有多么难受！您的原思是要节省那牙齿间的一点粮食，可是差一点把我们装在胃里的都翻出来。我们一点也没有敢抱怨您呢！"

"那是我的自由，——。"

"自然我懂得，您的自由论我早已拜读过了，假使你从地上捡一块狗——"

"请不要说了，请不要说了——"王太太美丽地皱着眉毛，用力地摇着头；"您两位简直忘记这是什么地方了，大家都在吃饭的时候，您们这是提出些什么问题呵！"

"很对不起您，我知道您到过外国，时常招待外宾，处处讲礼貌，当年我也到外国去过一次，那时候我相信您还没有这位小周太太那么大。"

"什么，你怎么能，你怎么能——"

王太太瞪起眼睛来大叫；可是她没有叫下去，只有那个可怜的女孩子，张惶地不知向哪里躲好。每个人都预感到事有点不大对，互相望着，恰巧，正在这时候，仆人引进一位客人来，尖尖的头上顶着一个小尖帽，一副黑晶眼镜遮住小半个脸，蓝袍青马褂，雪白的脸衬着两撇黑胡子。瑞玉低低地问着：

"这怕是一个汉奸吧？"

"不，不——"二姊肯定地摇着头，"我见过他，他是从前北京政府时代的国务总理，现在是××委员，还是一个大词人。你看他的派头有多么大！"

她望到父亲下席迎接他的时候，他已经小跑般地赶过来，又拱手，又握手，为了礼貌的缘故，还没有忘记把眼镜取下来。然后他朝所有的人好像看到，又好像不曾看到的拱拱手，绕了半个圈子。

"我真抱歉，诸位，来迟了一步，要诸位久候了！"他说着又是一个半拱，"这也怪不得我，我是从××巷一步步走上来的。"

"锦翁，锦翁——"周主任委员赶紧站起来拱着手。"久违，久违，最近有什么大作？"

"清老，您倒先来了，抱歉之至，抱歉之至。这些天心绪不佳，隐居闹市，意味索然，没有写什么，只是和了清老上次见赠的两首诗，已经寄上了，怕您还没个收到吧？请坐下谈吧，请坐下谈吧。"

主人招呼，仆人早已安好坐位；可是来客才要坐下去，于明泰突然又站起来说：

"慢着，这个数目不对！"

大家都怔住了，不知他说些什么，二姊扯着他的衣襟，和他低低说：

"好好吃饭吧，讲什么数目，坐下，坐下！"

可是他倔强地推开她的手，仍自不管不顾地说下去：

"当初耶稣被犹大卖了，和门徒们吃最后的晚餐就是这个数目：十三个。这是一个不吉祥的数字，我们应该避讳。"

说过后，他仔细地瞪着眼看望每个人的脸，好像搜寻似的转过去，之后很失望似的摇了摇头。他的妻子先忍不住了，叫出来：

"你这是怎么回事呵？"

"不要管我，不要管我，我是看我们十三个人中间谁是耶稣，"他顿了顿，又接着说："可惜得很，一个也不是。"

那个王太太故意讥讽似的说：

"于先生，也许你是，可惜你看不见自己。"

"不，不，我也不是。"于明泰严肃地说，"您知道，我是学毒气化学的，行路先不对。我并不会造福人类，虽然我还没有伤害人类，而且我也不愿意背起苦痛的十字架，戴上刺人的荆冠。我还要活，我正在努力制造一种毒气，要毒死全城的老鼠，对于人没有一点伤害，那时候我才算造福了人类，也许就配当耶稣了。可是现在我还不配！"

"那么该怎么办呢？"

"要有一个人退席。"

"那么我退吧，好在我也不能吃。"

这是钱子周说，可于子明泰又说了一句

"要那个像出卖耶稣的犹大退席。"

"那我倒不情愿退席了，我又不是犹大。"

于明泰侧过头去望了他好久，才说：

"你也有犹大性，你什么东西都卖，从猪卖到良心，你用钱来赚钱，而钱的本身对于人类没有一点益处，只有害处。——"

钱子周不服地站起来，歪着头想向他争辩，可是他顺手轻轻一按，又把他按下去了。

"怎么，怎么，你骂我，还不许我说话？"

"明泰，明泰，你不要这样子，你怕是喝多了，下去休息休息吧。"主人焦急地说着。

"我不醉，我句句都说的真话，本来要我退席倒无所谓，可是我一点都不是犹大，我不能走，我们要犹大离开！"

"难道，难道，你以为我卖过人么？"

"你没有卖过一个人，可是你使多数人遭殃，你们囤积米粮布匹，使多少人没有饭吃，没有衣服穿，你不使一家哭，你使万家哭，难道你还不配算一个犹大么？"

"那，那，我们是调节有无，抢运物资。而且那不是我一个人的事，是银行的事。"

钱子周气得脸发白，声音打着抖。

"银行是谁的？"

"是股东的。"

"你是不是大股东？"

钱子周答不出来，只是点着头。

"好了，表面上你是总经理，你负责银行的业务；内里说起来你又是大股东，可谓表里一致，没有丝毫推脱的余地。可是你不要着忙，你还算不得最重要的。"

于明泰喘了一口气，用手掌抹一下嘴边的唾沫星子，又像猎狗似的张望着。

"明泰，明泰，你坐下吧。"他的妻子哀求般地向他说,

"你少说吧，我走开就是。"

他一把拉住她，急着说：

"你凭什么走，你又不是犹大，除了这几年好抱怨我之外，你没有想卖我呵，你没有想跟别人跑呀！你走不得。"

说过后．他一扬脖，又把一杯酒灌了下去。他打了一个呃，把酒气全喷出来。那个王太太赶紧把小手绢朝鼻尖上一捂，好像闻到什么恶气似的。

"其实，你也有点像犹大——"他把脸朝着王力行，"不要看你那份学者的样子，我懂得你，我早就懂得你，那些年你要求好人政府我就懂得你的用意，你是说如果政府有了你，那就算得好人政府了。"

"岂有此理，岂有此理，你这是什么意思？"

"你不懂么？哈哈，我给你打一个比方吧，你好像一条狗，你在汪汪地叫，要是丢给你一块肉骨头，你就不张口了，是不是？"

"宗老，宗老，您看，您看……，"

王力行好像哀求似的望着主人，主人不得不站起来说,

"明泰，你也太不像话了！"

"他不是狗，我收回我的话，好不好——"他冷冷笑了两声，"他是狼，他是狗的祖先——狼！"

王力行实在忍不住了，他的情绪一松，跟着又紧起来，一时忘记了

学者该有的风度，呲着牙伸着脖子向他吼叫！

"你凭什么骂人：你，你，……"

"诸位请看，他像不像想要吞掉我的狼？"于明泰从容不迫地说，"我并不是说空话，他是有血腥气的——"

"你说，你说，我什么地方有血腥气？"

"你不记得么？那一年你在××号召青年，组织抗敌团，结果是制造了许多特字号人物，伤害了青年，也害了中国人民。"

"那，那你不能这么说，我是为国家培育英才。"

"什么英才，什么国家，简直是祸国殃民！就像周清翁——"

主人忍不住了，担心他的话又说到别处去，便用严厉的口吻制止他。

"明泰，不要说了，太不像话！"

"周清翁是好人，说不出什么坏话来。德高望重，仙风道骨，真是了不起的人！"

每个人听到这里都放下心，舒适地喘一口大气，继续听他说下去：

"——当代的大词人，保存国粹，提倡国术，笃信佛教，有一副菩萨心肠。既不贪污，又不钻营，主张无为而治，与世无争。太平盛世，这自然是老百姓的好模范！"他故意顿了顿，偷觑着那个被说的人一面摇晃着头一面不断地咋舌头。"可是现在不同呵，又是负了很大的责任的×××会的主任委员，是要做好事的，要做与民有利的事的。可是你只像一具活尸首，那又算怎么一回事。简直对不起我们这些老百姓，请看他身边的那一个可怜的人吧！"

"你不能瞎说，我是为了慈善的缘故——"

"就是因为那样，你的罪过才更大！你把一个无家可归的小女孩，原来可以算你的孙女的，却做了你的小星，你的良心放在什么地方！"

"我没有强迫她，我也没有欺骗她——"

"是呀，我知道，难道你还以为把她带到天堂里来？你实在是把她送进人间地狱！"

那个可怜的人，把眼睛无望地看着他，像是哀求他不要再说下去。

"你，你简直胡说。不满现状，反革命！"

"清老，怎么您动气了么？连您涵养这么深的人也动气了？——"

"怎么你还敢当面指摘我。"

被说的人简直一点也忍不住了，不断地用手拉着自己的胡子。

"我不是指摘您，您还能动气，这正是好现象，既然能动情感，就该多做点事了，我就请您睁开眼睛看看外边有多少受苦的人民呦！"

"明泰，明泰，你这是为的什么呵？"

一直没有说过话的母亲也忍不住开口了。

"您不知道，我这是为我那才从远处回来的好妹妹致欢迎词，她离开这几年了，我要她认识一下我们这里的大人物。——你不必在你那里眼镜里偷偷看我，你不认识我么？我可认识你。辛亥革命没有弄掉你，北伐也没有伐掉你，你这一次本想就是当一个汉奸算了，不知道你怎么又混到这边来？"

"对不起，于先生，我和您素昧平生，今天首次谋面，您凭什么对我加以人身攻击？您得记得我还是一个律师，我可以告你的！"

"我又不是小孩子，您也用不着吓我。您不记得么？我还是做学生的时候，我曾经到府上拜访——"

"怎么，您到舍下去过？"

好像这话打动他一点感情，他也颇有兴趣地问着。

"是，我去过，去的人就是多了一点，您那听差不放我们进去，还把门关起来，当时我们动了一点小气，就闯到门里去。等我们赶到您内院，没有见到您，有人说您是从后墙翻出去的，后来我们才知道您是从狗洞钻出去的。"

"你，你原来就是那群暴徒之一，你们把我的财产加以损坏，我到法院告了你们，你们没有一个人到案。"

"我们既不为个人的名利，又不做别人的爪牙，我们去打你，是代表全中国的人民打你的，可惜我们的力量不够，打来打去，天下总有你的份！"

"您好像有点不服气似的？"

"哼，我不服气什么？如果你要是耶稣，我也许不服气，羡慕你；你不过是个犹大，我不服气你做什么！"

"于先生，我看你说够了吧？"那位王太太皱着她的眉头说。

"没有够，没有够，你，我还没有说到呢！如果那时耶稣收女门徒的话，你一定就是那个女犹大！"

"你以为我会出卖耶稣么？"她好像被激怒了的蛇，猛然间伸长项子，昂着头，咝咝地朝他叫着。

"你还卖不成耶稣，至多你不过出卖你自己亲爱的丈夫。"

"你这是什么意思，你这是什么意思？……"她一点也不气馁，仿佛于明泰的话一点根据也没有。

"王太太，我要是你的话，我一定不会红脸的，你忘记了你的丈夫，你和日本鬼子混过，又混到这边来了。"

"那你管不着我——"她截断了他话头说，"我自有我的自由。我要游戏人间，逢场做戏，你管得着我么？"她尖声叫着，每一个字都把下巴伸向他，好像怕他听不清楚似的，还把那美丽的小手在桌上使力地拍着，似乎在打板眼。"再就，你们男人家可以东一个西一个，难道我们不能找一个么？"

"不错——"周清翁忽然得意地摇着头，"这就叫做面首。"

主人也不耐烦了，拍着桌子叫听差，问他为什么不上菜。

"老爷，您不知道，拉空袭了，把火盖住，要解除才可取再炒菜。"

"我的天，又是警报么？"母亲的脸立刻变了色。

"不怕，众位，敌人的飞机不会来的，就是有紧急的时候，我们再躲进去也不怕。"

主人站起来安安客人的心，可是看样子，倒没有人注意。郭礼明站起来，不知道朝哪一个说他要有两句话说的。

"你大可不必说了——"于明泰一句话就给他关了门。"你是以出卖起家的。"

"我们家里从来没有做过生意。"郭礼明为自己辩解着。

"你出卖了你的好朋友才做一个小官的，后来你又把自己卖给伪方，做了两年伪官，你忽然又回来了，你还升了官，不知以后又要卖什么了！"

"你不能乱说，不错，我到那边去了两年，你得知道我是有使命的——"

"是呵，你当汉奸也奉了使命，你落水出水，仿佛比我们这些人还干净，这简直是些什么世道哟！我于明泰，不偷人，不抢人，不为非做歹，真是立得住，坐得稳的一个好汉子；可是我倒了天下的大霉！外人看起来，我娶了好太太，老丈人有财有势，谁想得到我于明泰照样穷得光赤赤的，我还硬得打肿了脸充胖子，出入这些富贵之门，有一天我若是得了势呵，——"忽然，紧急警报像狼嗥似的叫起来，大家就纷纷站起来。仆人起紧向防空洞搬茶几藤椅，客人们争着向外跑。王太太跑在最前面，到了洞口，又大声地叫着：

"不要忘记带一副扑克牌，省得坐在洞里闷死人。"

母亲简直是走不动了，两个女儿搀扶着，一直到了里边，她才像得救似的向着瑞玉：

"你们那里有警报么？"

她笑着点点头。

"也有日本飞机投炸弹？"

她又点点头。

"有好防空洞么？"

她先摇摇头，然后说：

"我们就是疏散到郊外，找一个坟头躲躲也就算了。"

"那可真吓死人，我要是早知道这样，还不惦记死你。"

"我不怕，我们没有一个人怕。"

防空洞里的电灯熄了，那边在打着扑克的人大声叫点蜡烛。

飞机的声音，已经嗡嗡地在头上响着了。

于明泰的心里想："这简直是劫数，里边还是十三个！"

忽然他意识到手里还托着一个小的，他才放下心独自微笑着。

一九四五年六月二十三日

（选自1953年9月平明出版社出版的《靳以短篇散文小说集》）

小红和阿蓝

  细纱间里的几万只飞转的锭子像哨子一样尖着，分不出个点子来地响成一片。车间里迷迷蒙蒙，不知道是喷雾还是飞舞的细花绒，简直像漫天大雾。到处是飞花；屋梁、通风设备、车架、车肚……放在架上的粗纱也沾了一层花绒，像一只只蹲伏着的长毛兔；电线和铁架上的飞花就像无可奈何挂下来的白胡子。机器声音隆隆地响着，人的声音一点也听不见了，好在工作忙了，也顾不上说什么。要说话只有抱着膀子，把嘴贴着耳朵大声说，几个人在一起，就像团团围簇的一朵大花。平时稳稳当当的小红，鼻子尖也沁出汗珠来，两只手迅速地一拨，一扯，一绕，一捻；接好了头。跟着是打擦板，拉白花，换粗纱……她还是能有条有理做了这件又做那件；只是本来就不好说话的小嘴闭得更紧了，两条腿不断地前后移动，眼睫毛上沾的飞花也来不及抹一把。工作帽没有盖住的头发，沾满了雪白的花衣。和她共了半条弄堂的阿蓝真忙坏了，本来她的心里还记得住些路数，可是断头一多她就慌得忘了，她忙这头忙那头，做了这件又做那件，满头满脸都是汗珠。本来就有点翘的嘴，现在是大张着喘气；钻到鼻子里的飞花，害得她要打喷嚏又打不出，眼睛涨满了泪。就这样，有时候好容易把一台车的纱头接好，另外一台车的纱头差不多又坍光了。她气得两脚直跳，恨不得什么都不管坐在地上哭一场！恰巧吃饭的时间到了，铃声响过之后车子慢慢停下来，阿蓝抹了一把脸上的汗，又在工作裙上擦了擦手，匆匆忙忙躲在弄堂里接起头来。

小红悄悄地走过来，像往常一样拉她一起到饭厅去吃饭；阿蓝赖着不肯去，咕咕哝哝地说："我不去吃，台也坍光了，还有脸吃饭！"

小红笑笑说："不吃饭怎么行，越是生活难做越要吃得饱饱的，没有力气干活更不来事！"

"原来的车速还没有加稳，一下子又加上去，把人都要做死了！这种生活真要人的命！"

"这也说不上要命的事。走吧，走吧，回头再说。咱俩是团员，天塌下来也得顶住！吃好饭，我帮你一起接。"

小红总算连拉带扯把她拖走了。她们都是一九四七年进来的养成工，过去受过同样的苦，共同在敌人的枪刺前钻出钻进；解放以后就在一个班里挡车，都是第一工区，有一条弄堂还各占了一半；宿舍里睡的又是上下铺，一天到晚在一起，亲生姊妹也难得像她们这样好法。可是论脾气和性情来说，却又大大相反：一个是沉沉静静，不多言不多语，不慌不忙，手脚却挺快；一个是什么话也藏不住，心直口快，说话不走肠子，说过可也就算了。工作起来也很利落就是拿不准，有时好，有时坏，连她自己也说不出一个名堂来。问起她来，她自己也会说："冷热病呗，像发疟子似的！"如果和她说："那么你不会冷的时候加点热，热的时候撤点火？"她就把嘴一嘟，什么话也说不出来了。就是因为常常一冷一热，进进退退，就好像一直在原地踏步，看不出什么显著的变化来。但是在紧要关头，不管心里存在着多么大的难处，表面上她还算能挺得住。

当夏天第一次加车速的时候，阿蓝看到绒辊转得快，车子的声音高，接头时一把没有抓住锭子，手指就热炙火燎的。她知道这是车速增加了，她就红头胀脸的向小红说：

"一声不响就把车速加快了，怎么也不先说一声？"

小红赶紧就着她的耳朵就："不要吵，咱们怎么能带头吵？听听群众有什么意见，好好反映上去。不但要自己没有问题，还要帮助解决问题。不要忘记咱俩是团员，是党的助手，就是要在这紧要关头发挥作用。"

全车间的人声嗡嗡，都被机器运转的声音盖住了；人人忙得满头大汗，有人就说：

"这哪里是细纱间，简直变成弹花间了。"

还有的说："这可怎么办？跑得来上气不接下气，还是赶不过来。再生两双手脚倒好！"

她们还没有来得及去反映，吃饭的时候车间总支书记刘金妹就在饭厅里向群众检讨。在解放以前，刘金妹和许多老工人共过患难，风里雨里，处处顶在前头，解放以后，她脱产担任了车间的党的领导工作，一天二十四小时，倒有十六个小时和同志们在车间里。工人们都喜欢她，她也关心每个工人，每个工人都感觉到她的心贴着自己的心，不仅有关工作上的事愿意和她谈，就是个人思想上，甚至于一些琐碎的个人私事也高兴向她倾拆。工人们一看见她那黑红的脸膛，略有一些沙哑而非常亲切的嗓音，就深切地感觉到她是自己人，她说的话正是自己心里要说的话。她向大家说在这第二个五年计划的头一年，也是毛主席说的苦战三年的第一年，全国的工农业生产都要飞跃前进。今年的棉花要堆成了山，质量好不必说了，产量也要胜过往年。农民弟兄把棉花摘下来给了我们，我们就该纺好纱，织好布，让全国五万万农民弟兄都穿上新衣服。我们要吞得进，也要吐得出；我们只有在原有的设备之下，吞进农民给我们送来的棉花，经过我们的手纺纱织布，这是一件艰巨而光荣的任务，正该好好地让同志们讨论，大家想办法；可是我们只被"艰巨"吓住了，忘记那伟大的"光荣"，没有好好和同志们商量，也没有很好地帮助解决困难，不声不响地把车速加了上去，使同志们莫名其妙感觉到生活难做。这是我的工作上的疏忽——实在说是错误。情况就是这样，同志们有什么意见都可以发表，如果大家都觉得生活实在做不下去，只要你们完全同意，还可以考虑把车速退回去。

刘金妹把括说完，两手一敞，好像把整个的心都掏出来了，听候大家的意见。经过短时间的冷场，四面八方都有人发表意见：

"加了哪还能退？我们又不是屠头！我们只能向前，决不能向后转！"

"我们不能忘记工农联盟，咱们到农村去访问的时候不是说过了么，他们生产多少棉花，我们就要纺出多少纱，织出多少布！全国工农业都在快马加鞭，飞奔向前，我们哪能像小女人走路？走痛了，还要坐下来，怨天恨地，那可丑死人了！"

有人说："速度可以加，领导要拿出办法来，怎样减少断头？怎样把白花稳定下来？怎样减少跳筒管，不要只让我们挡车工受苦，请技术员和保全工跟着我们运转，随时帮助我们解决问题。"

也有人怀疑这样加车速是否合算，尤其是断头多，来不及接；白花不是像过去只有几两，现在是一大口袋一大口袋向外掏，老年工人看到这些雪白的花衣，就不由自主地说出来："真罪过呵，多么好的棉花，看看都肉痛！"

"一点也不错，这样不是增产，简直是浪费，糟蹋农民兄弟千辛万苦生产的棉花！"

也不知道是谁躲在人背后放出这样的冷箭

"谁要给国家造成浪费？谁不肉痛？谁还想故意糟踏棉花？别人能加快车速，为什么我们不能？只要有两只手，就没有办不到的事！"

那些话实在使阿蓝忍不住了，她闻出来气味有点不大对头，她就冲头冲脑把心里的话一口气冒出来。接着是一阵掌声，说明群众批准了加车速，而且有决心不落在别人的后边。

论道理阿蓝也明白，可是每次加车速，她还是手忙脚乱，心里烦躁，说不出个名堂来。在这个问题上，她从前的朋友技术员小梁和她说岔了，最后还是把他们引到两条道路上去。

小梁是纺织专科毕业的学生出身，说话细声细气的，好像黄梅天的糖块，甜得让人腻烦。第一次加快车速的时候，阿蓝曾经向他坦白地露出自己的心情；可是他不但不帮助她，反倒火上浇油。他明白地表示对于加快车速根本不赞成，他好像憋了一肚子气："纺织工业生产提不了好高，产量高，质量就靠不住，成本也要增加，工人更吃不消！你看，连你也哇哇叫起来了，就应接及时照老规矩办事！"

他理直气壮地说出这一番话，好像他是替工人抱不平；可是阿蓝不领这份情谊，她一肚子气，忍不住大声向他叫：

"谁哇哇叫？人家是要你想点办法，帮助找窍门，谁要你泼冷水？算了，咱们不谈了，有本事你贴大字报，把你那些鬼心思挖出来让大家看看！"

她把手一甩跑了，心里想："他和我们总归不是一路的。"可是他碰上机会还像苍蝇一样粘过来，好像满关心地问她：

"怎么样，生活难做吧？"

"没有啥——"她连头也不抬，闷声地回答着。

"今后还要加，看你怎么样！"小梁好像出气似的咬牙切齿地说。

"那我也不怕，我是团员，我就愿意接受这个考验。"

"又不是对敌斗争，有什么好考验的？"小梁两肩一缩，两只眼睛一翻，鼻子还不屑似的哼了一声。阿蓝真是气坏了；可是她还努力捺住性子，教训他两句：

"战争时期在战场上考验，现在，我在细纱机前受考验。"阿蓝一个字也没有忘记把话全说出来，其实这是小红和她说过的话，这句话启发了她，每当她工作困难的时候就想起这句话来。她还以为可以同样启发小梁；可是小梁像鬼迷了窍，他的脑子长了霉，他捧定狗尿苔当鲜蘑，是非香臭不分！

"要开花也要结果，敢想敢做也要有现实性。你如果做不下来，我可以帮你打慢车。"

"这是什么话！"阿蓝简直忍耐不住了，眼睛瞪得大大的喊了一声："别人能做我就能做！你忘了，我是一个团员，我是站在纺纱机前十年的老工人。我有十个指头，就能征服断头；我有共产主义觉悟，天大的困难也挡不住我！"

她斩钉截铁地把这些话都说出来，她的信心和勇气十分高涨，不知在什么时候，小梁就像影子一样溜掉了。

最近这次车速增加，阿蓝还是有些招架不住，尽管她心里记得小红的话：要活做，要掌握机器和断头的规律，要人管机器。可是手脚一忙她又忘个干净，她和机器拼命，结果是让机器把她管住了。小梁又像股阴风似的在耳边吹了一句："四百转！"她连眼也不抬，顶住他的话："一千转也不怕！"可是在心里，她偷偷盘算了一下：罗拉四百转，锭子就是两千多转！怪不得她的左手掌和手指都磨出了老茧；照这样下去，手皮都要磨出火星来！她正在怜惜地捧着自己的手掌，一抬头，小梁已经不见了。她也还紧站起身来，赶到车间去，正看到小红为她的车子接头。

"我就猜到你给我接头来了。也许是我这两部车子难弄，一加车速就坍光！"

"你看这样好不好，咱俩换换车子，好在是一个工区，同志们不会有意见。"

"好吧，就怕不是车子问题，是我这个人的问题。"

车子再开起来的时候，她们换了弄堂。小红走了两三个巡回，才把头一个一个接好。她发现飘头和跳筒管就抢接，免得影响大；她一进弄堂就望到底，出了弄堂又向后头全面地看一眼。虽然忙了些，可是她还算掌握得住弄堂的情况。阿蓝可不是这样，她手忙脚乱，地来跑去，见头不放；可是头差不名又坍光了。

她们遇见的时候，阿蓝哭丧着脸说："你看，又都糟了！"小红就心平气和地对她说："不要紧，咱们再换回来好了。不要没有信心，也不要忙乱，劲头还是要使得对。断头多也不怕，只要你接得住，慢慢它就会减少下来。"

阿蓝就是在这方面差，你不能说她被困难吓倒，就是想不出个好办法，不仅把自己的工作情绪搅乱了，就是生活也弄得乱七八糟。自从车速加快以后，操作时间照旧，工余的时间却挤走了不少，下班洗澡开会以外，代替体育运动和文娱活动的就是睡觉；连业余学校的复习也不经常做了，"2"分像一只顽皮的鹅似的不断地朝她伸过头来。上课的时候，书本的字也飞速运转，不久就转成朦胧一片，让老师叫醒怪不好意思的。在党团员小组会上，尽管开头她总是噘着嘴什么也小说，过不多久她就把心里的话都吐出来，热烈地期待着同志们的帮助。她记得支部书记说的："怎么会没有困难？困难本来就是为了我们能克服它而存在的。高速挡车就和打仗一样，怕不得。你愈怕，敌人愈要打你；不怕才能征服断头。在我们的工作中，高速就是总路线的灵魂。我们是特殊材料做成的人，不但要自己做得好，还要帮助其他同志们；尤其是老工人。我们要发扬共产主义精神，互相帮助，共同提高。小红，你来说说你的经验。"

小红在人群中说话总是那么不好意思，声音低得像蚊子叫：

"我有什么可说的，还是照往常一样，不过跑得快点。"

"小纱断头多，跑得快些，两条弄堂至多不到四分钟。中纱大纱就可以慢些，中纱多做清洁工作，大纱做好小纱时断头多的准备工作，像剥清皮辊、罗拉、钢丝圈上的花衣，换好粗纱，串好头……"

"是啊，这就是新的工作法了。接头的时间可以缩短，巡回还是要坚持。看到断头不要忙乱，就像遇上敌人一样，一个一个地消灭它！可是也不要和断头顶牛，要动脑筋，先把影响大的接好，比如筒管和绒辊两头的纱要是断了不接，白花就会塞满，会影响其它的部分。飘头更要紧，一个抓不住，就会把一排都飘断……"

大家一面听，一面点头。

阿蓝听了小红的话后，脸上闪着笑容，恳切地问支书提出要求："加快车速要说明白，免得有时晕头转向，突然觉得生活难做，弄不清个道理。——再有，生活做很便当了，车速就不能再退回来。"

"不是车速退回来，是咱们车间大皮带过些时候就松下来。咱们的电气工人正在给咱们造小马达，要是今年都能换上就好了，还可以解决些清洁问题。"

会开完了，阿蓝兴高采烈地拉着小红回宿舍去。走在路上，小红忽然想起来问："这些天小梁怎么不来了？"

"我和他算了，到紧要关头就看出来他和咱们不是一条心。想不出好办法来，打打气也是好的；可是他总是说丧气活，拉后腿。他的眼睛长在脑后，总是向后看，和我们的方向不同。"阿蓝说着，一脚把路边的一块小石子踢得好远。"我早听你的话也就好了，我太不冷静，工作没有路道，对人对事都看不准；你听，你听，这是黄宝妹在唱！"

阿蓝听见广播器传出来的戏曲，就在路旁停下脚，全神贯注地听起来。

"你真强,连黄宝妹唱也听得出!"小红在一旁称赞她,"不是我强,是黄宝妹强;她不但会唱,还会拍电影。那个电影一上来就说劳动模范也得好好向别人虚心学习,这话真有道理。她什么都行,说上调搞工作就搞工作,下放挡车也没二话,说全组消灭白点就做到。她真是:政治思想好,工作好,同志关系好,家庭生活也好,学习也好什么都来事。我真欢喜她,我敢说谁见了她都欢喜!要是能把电影搞来放一放那可真好,对咱们的帮助一定很大。"

"我们要全面地向她学习,"小红加了一句,"遇到困难也不回头,向工作里钻,做一个生产和工作的多面手"

"是呵,我也一直这样想,碰上困难就发毛,生活做得没头没脑,我真生自己的气"

"找得出自己的缺点就好办,缺什么,补什么,天下没有难得住咱们毛泽东时代青年工人的事!"

"小红姊姊,你以后多帮助我,随时提醒我,我要是再发牛脾气,你就狠狠地批评我,好不好?"

阿蓝天真地斜着头等待她的回答,小红笑了笑说:"我的缺点也不少,怕说话,不善于和群众打交道,缺乏青年人的朝气……让我们以后互相多帮助好了。"

吃过晚饭,大家很早就睡了。整个的宿舍安排得好,都是同班的工人,作息时间相同,谁也不会打扰谁。好像才睡下去不多时候,小红觉得脸上凉阴阴的;张开眼一看,原来是窗子没有关,外边飘进雨水来。她赶紧跳下床,把窗子关好把桌上的水擦干。雨很大,风也不小,闪电一忽一忽地照得满屋子通亮。她看见阿蓝在上铺睡得很好,火闪亮的时候看到她的嘴在微微翕动,好像在说话的样子,身上的被单早已被她踢到脚下去。小红轻轻地把被单给她盖好,自己又躺到床上。可是她一想不对,风雨大,车间的气温变化大,温湿度难得掌握,断头一定更多。

她想到这里,再也睡不稳,霍地就从床上跳起来,把衣服匆忙穿好,抓起门后的一把雨伞就跑出去。她一跑出宿舍的大门,大风雨就像要把她顶回来;她用了全身的力量冲到外边去,大雨点简直要把雨伞打穿了。地上像小河一样淌着水,路灯的光也飘摇不定。小红的觉没有睡足,撑着把伞顶着千斤力的风,她的身子也有点摇摆。忽然一股斜风,把雨伞整个吹翻了顶,大雨没头没脑地淋下来,浑身上下都湿透了。她把破伞一丢,倒觉得轻快,拔起脚就向厂里跑。守门的警卫员躲在小房里,还来不及看她的工作证,她早已跑进了车间。三步两步跨到箱子间,打开自己的衣箱,脱下湿衣服,擦干了身子,换上了工作服,她跑到细纱机旁,就是回到了自己的家,甲班挡车工李珍弟看见她就说:"这么早就来接班,还不到三点钟,你大概是起冒失了,看错时间?"

小红笑了笑,一面不断地赶着接头,一面说:"我还来晚了,再早些来更好些。"

"可不是,车速加快了,今天晚上断头又特别多,两只手可真忙不过来!——你明天还要当早班,不睡觉怎么可以?身子又单薄,搞病了可不是事!"

"年轻力壮的怕什么?你的生活难做还不同我自己的一样?这是咱们共同的工作,分不得你我。"

"小红,你想得好,我从来也没有想到这一层。"

"你有家,又有孩子拖累,比不得我们一身无牵挂。"

"怎么没有牵挂,半夜还不忘记工作,赶来帮助别人,这不算牵挂么?——不过我们的牵挂最大不过是那个家,你牵挂的是咱们大家的事。"

事实上,深夜赶到车间里来的也不只是小红一个人,还有一些不当班的同志也赶到车间里来。有的是中班完了没有走,有的是半夜赶了来,总支书记和车间主任看样子是一天一夜也没有离开车间,甚至连医务室的同志半夜也背了药箱下车间。只是没有看到党委书记和厂长的影子，小红觉得有点奇怪。自从他们搬到厂里来住，日日夜夜都看得到他们；哪里有问题，哪里有困难，哪里就找得到他们。偏巧这个大风雨的夜晚，车间里倒看不见他们的影子。

这晚上，小红工作得很起劲，李珍弟再三劝地去休息她都没有听。她觉得眼睛很清亮，手指灵活，腰腿也不酸，巡回跑得快。因为两个人挡车，四只手抓断头，生活再难做也比一个人便当得多。清洁工作也做得很仔细，机器的声音像进行曲，催得人的脚步慢不下来，却把时间很快地催跑了。——小红抬头一看，红煦煦的太阳已经从屋顶上的玻璃窗钻了进来，夜间的大雷雨早已无影无踪，一个新鲜的早晨不知不觉地降临了。睡了一夜好觉能消除疲劳；愉快地工作了一夜，使人的精神饱满昂扬。她一点不觉得疲倦，正像引来了无尽精力的泉源，不断地汩汩地地流着。正在这时候，沾了一身泥水的阿蓝跑进车间里来，她一看到小红就像找到亲人似的大声叫："我早就算定你独个儿加班来了。"

"呵呀，你怎么弄得一身泥水？"

"你还不知道，半夜里来了黄浦江高潮战斗的号召，宿舍里的人差不多都参加了。想不到昨天晚上是一年里最大的潮汛，苏州河的水都上了岸。我爬下床来一看，你早已无影无踪了。我拔脚就跑，我想你一定先去了；可是这一夜也没有看到你的影子。党委书记和厂长和我们一道干了一夜，我们不但加强了后门、仓库和厂房的门，还把全厂的阴沟全堵死了。要不的话，前面倒防守得好，不提防从后边进来，那不是白干了么？到处都没有看到你，我估计你一定在车间。我真算猜对了，来的时候你为什么不叫我一声？你让我好找呵！"

"我看你睡得怪好的，我就没有喊你。这样也好，你这一夜干得比我还好！"

"好倒不见得，劲头不小就是了。走吧，我们先去洗洗脸，赶紧吃早饭,好不误接早班。"

"你们慢点不要紧,都干了大半夜,要好好休息一下,还有一班的工作等着你们呢。"

"不要紧,越干劲头越大,兴致越高;干三天三夜也算不得什么。"

阿蓝很兴奋,说了以后就拉小红跑出车间。就有那么巧,这么好的早晨,单单碰上了头发梳得光溜溜、穿了一件雪白衬衫的小梁,不慌不忙地迎面走过来了。他睡了一夜好觉,准时从蚊帐里钻出来,准时吃饭,准时上班,一切都照着他的常规办事。看着她们,他照旧挂出一副似笑不笑的脸容,可是她两个把头一扭,连正眼也没有看他一眼,朝另外一条路跑去了。

(选自1960年5月上海文艺出版社出版的《热情的赞歌》)